LES NOSTRES MARES

Les nostres mares

és l'obra guanyadora del Premi Sant Jordi 2022, que convoca Òmnium Cultural i edita conjuntament amb Edicions Proa.

El jurat del Premi Sant Jordi era constituït per Sebastià Alzamora, Mita Casacuberta, Ferran Gadea, David Guzmán, Simona Škrabec, Dolors Udina i Carme Vidal Huguet.

LES NOSTRES MARES

GEMMA RUIZ PALÀ

PREMI SANT JORDI

Proa

Primera edició: febrer del 2023
Segona edició: març del 2023
Tercera edició: abril del 2023

Disseny: Òmnium Cultural
Maquetació: Departament de Realització
Il·lustració de la coberta: © Montse Galbany
Amb el suport de:

Generalitat de Catalunya
Departament de Cultura

Ajuntament
de Barcelona

ÒMNIUM Proa

Raval Edicions SLU, Proa
Diagonal, 662-664, 08034 Barcelona

Dipòsit legal: B. 1.405-2023
Imprès a la UE
ISBN: 978-84-7588-995-5

A les nostres mares
Margarida Palà Rubio
i
Conxita Canal Gil

I a totes les que cada dia aneu a buscar el món
que ha rodolat pendent avall
i ens el torneu a penjar.

L'actitud d'un lector enfront d'un llibre d'una dona que parla de la dona ha d'oscil·lar entre aquests límits formulables en aquestes dues opinions: Primera actitud: «Pobretes dones! Ja hi som. No havíem quedat que les sufragistes ho havien arreglat tot? No tenen tots els drets que havien demanat? No voten? No surten de nit soles? No aconsegueixen llocs de periodistes, ministres, savi de laboratori, fins i tot un lloc a les càpsules dels coets interplanetaris? De què ens han de parlar ara?». Segona actitud: «Però, no havíem quedat que això del feminisme era un moviment superat, com l'anarquisme i l'estudi de l'esperanto? No havíem quedat que les dones, les autèntiques dones s'havien adonat, gràcies a Déu!, que el seu lloc era a la llar, amb els fills, i que aquest paper secundari no era un paper secundari, sinó una auréola de prestigi sagrat?».

[...]

Totes dues actituds, però, arriben a la mateixa conclusió: ja no cal parlar de la dona. De fet, el problema de la dona no existeix.

[...]

Tots sabem que una fórmula de mala fe és ignorar aquell problema que no ens ve de gust de plantejar. Tots sabem que respecte al problema de les reivindicacions socials ningú no pot dir ja com Maria Antonieta: «Si no tenen pa que mengin coca». Respecte a la dona, en canvi, la frase segueix essent utilitzable amb les variacions pertinents.

MARIA AURÈLIA CAPMANY

Si una cosa desitjo pels meus fills, és que tinguin el coratge de les dones.

Adrienne Rich

Sobretot, desitjaria que els homes que llegeixin aquestes pàgines puguin identificar-se amb les paràboles protagonitzades per dones amb la mateixa empatia que tan sovint hem manifestat nosaltres cap a les seves.

Gloria Steinem

‹ Xats

Sopar sense Tupperware

I què representa, que ens farà una entrevista? ✓✓

Diu que més aviat ens vol escoltar

Doncs així que es calci, que ens tocaran les petites, hahahaha

I si comencem a saltar d'una cosa a una altra? Vols dir, cap pregunta?

Alguna cosa sí, però li interessa més veure'ns en... un segon que busco com ho va fer anar

Això, en el nostre "context"

En nuestra salsa, vaya

Així que no falti vi ni cava, que aviam si ens sortirà la salsa aigualida ;-)

Ara, ara, que l'aigua espatlla els camins ;-)))

El mam ja el portaré jo de la fonda

Y yo les hago la teca, para esto tampoco hay que preocuparse

Però no ens hi presentarem pas amb les mans buides

Doncs xocolata de postres, que va bé perquè no es rovellin les neurones

Tranquil·les, que per deslligar la llengua jo tinc una sorpreseta

I jo una cosa de quan érem joves, ja veureu com li traiem brillo a la memòria

Caram, quina organització, noies!

En dubtaves?

No gens ;-)

Tot preparat per fer de protagonistes

Lali

Història viva del seu temps, la Lali. Testimoni privilegiat del progrés. Del nou confort, del nou benestar: del nou consum. De la vida moderna, tu, que ja era hora que elles també tastessin el gust de la contemporaneïtat, que ja l'ha palmat el podrit del Franco, que ja no hi ha crisi del petroli, que s'ha acabat la guerra del Vietnam, que l'ONU acaba de declarar l'Any Internacional de la Dona. I una efemèride més, encara: el primer fill de la Lali arriba al món el mateix any que arriben les primeres calça-gasses d'un sol ús. Beneïts dodotis! *¡Ni gota ni gota!*

Per elles, la modernor serà un invent per no haver de tocar tanta mè. I això sí que és néixer amb la flor al cul, com a mare: la Lali era de la primera generació que no hauria de fregar a mà —al safareig, o a la pica, amb sabó de pastilla, ben neutre, de coco, si podia ser— els draps i draps i més draps de roba xopats de cacona i pixum que les criatures arribaven a enllardar cada dia. Perquè ben cert, allò que les criatures ja poden menjar glòria, ja.

I si haver pogut tenir dodotis cada cop més perfeccionats pel segon fill no li semblava prou privilegi, i dodotis que ja vorejaven l'excel·lència per la tercera prou luxe, a la Lali també li arriba al moment just la modernor dels dodotis amb velcro, transpirables, de màxima absorció, dermatològicament testats i anatòmicament adaptats a les necessitats de la *gent gran*. Al moment just que els haurà de menester per la seva mare, li arriba allò que ara tothom ha deixat de dir-ne gasses o dodotis i es veu que se n'ha de dir *bolquers*.

Un entrenament de primera, els bolquers *advanced* que també ha acabat fent servir amb son pare. Una ganga, poder fer pràctiques amb els progenitors impedits tota sola. Un gran què, aquest senyor currículum a l'esquena. Perquè quan li arribi el primer net, la Lali els hi sabrà posar en un segon, amb una sola maniobra, amb un sol dit, el coi de bolquers.

I ara que ja en són més d'un, els nets, ara que la Lali ja torna a estar a l'última moda i sap on trobar a Barcelona bolquers *ecològics*, fabricats amb matèries primeres naturals i renovables, amb base de blat de moro lliure d'OGM, sense clor, sense perfum i sense plàstic, tal com l'han evangelitzada el fill gran i la jove: ara aquesta broma dels bolquers *de roba*?

—Que reculi quaranta anys enrere?! Que reculi quaranta anys enrere?! —la Lali era a la cuina. Tenia el fill gran al telèfon en mode altaveu i el pollastre a les mans, fent-lo a quarts—. No senyor, no fregaré gasses, jo, no m'emmerdaré les mans com a l'època de la meva mare —ben tancada en banda, la Lali. I clac!, cop de tallant a una ala.

—Maaama...

—No em dona la gana —clac!, cop de tallant a l'altra ala—. Com si no n'hagués tingut prou amb ensumar-les, les pastetes de tota la família —clac-clac!, cop de tallant a cada cuixa—. Les de tots tres fills, les dels avis, al cel siguin, i les de la teva canalla.

—Si no hauràs de fregar a mà, maaama, que plasta, si t'ho he explicat tres-centes vegades: els bolquers de roba poden anar perfectament a la rentadora, mira el paquet que t'he deixat aquest matí, ho diu ben clar!

—I el dia que destapi la tova i m'hi trobi uns cagallons ben durs i formosos, què, també a la rentadora? A fer voltes? —i ara la Lali ja tenia tot el pollastre partit i escamarlat a la safata del forn.

—Al vàter, mama, és un momentet, ho llences al vàter i poses el bolquer per rentar.

—Tu tot ho veus sempre molt fàcil. De lluny, ho veus —clec-clec-clec-clec!, ara eren les patates, les que passaven pel seu ganivet.

—Escolta, que jo també en canvio, eh.

—No vulguis competir perquè et guanyo per pallissa —clec-clec-clec-clec! ben primes, que no costen tant de coure.

—D'acord, aquí sí que et dono la raó. Però va, sisplau, abraça el canvi, mama, que està calculat: un nadó sol genera entre nou-cents i mil cent quilos de bolquers, i són residus que no es poden reciclar!

—Jo també soc un residu que no es pot reciclar i aquí em tens, pencant com quan tenia vint anys, al darrere dels teus fills —clec-clec-clec-clec!, i aquesta ja és l'última.

—Va, mama, fem un tracte: si tu acceptes els bolquers de roba, jo faig el que em demanis.

—La vasectomia —txac!—. Ai! Hòstia! —la Lali s'ha escapçat una espurna de dit amb el ganivet de les patates.

—Què dius?

—Que m'acabo de tallar i que et facis la vasectomia, dic.

—Collons, mama, només et vaig comentar que amb la Margot ens ho estàvem rumiant.

—Els collons i el soldadet et funcionaran igual, sé de bona tinta que una vasectomia és segura, efectiva i molt poc invasiva. Tu mateix: o vasectomia, o aquest paquet de bolquers de roba ja te'l pots confitar —i s'embolica el capciró amb una mica de paper de cuina.

—Doncs vasectomia.

—Vasectomia urgent.

—Mira que arribes a ser plasta, quan t'ho proposes.

—Si tu demanes hora, jo surto al carrer ara mateix a regalar tots els dodotis contaminadors que encara em queden: conforme? —la Lali es destapa el dit i ja no sagna, què va. No res, fer-se un tallet. Se n'ha fet sempre, la Lali. Se n'han fet sempre, elles: qui en toca en trenca i qui llesca es talla. No cal fer tanta comèdia per un tallet.

*

L'últim net li havia caigut molt malament, a la Lali. *Ens ha fallat el DIU*, reien fill i jove com dos Isaacs Newtons meravellats amb la poma. *Mira, ha fallat!* Que us ha fallat el DIU?! Que us ha fallat el DIU?!, repetia sense cantarella ben bé de pregunta sempre que no se sabia acabar alguna cosa. Nosaltres no teníem manera, però la vostra generació, descuits d'aquesta classe? El seu home va posar pau amb allò tan seu de *més val augmentar que disminuir* i va obrir una ampolla de cava. Ella es va estar ben bé una setmana de morros, després que li anunciessin la bona nova que tornaria a ser àvia.

Per tercera vegada.

Perquè la Lali tot just feia quatre anys que havia enterrat sa mare. Després de deu de tenir-la clavada en un cul de cadira per un atac de feridura. I en feia dos de son pare, després d'un càncer d'ossos que el va esmicolar de viu en viu. Havia pujat tres fills, atès els pares, cuidat dos nets, i una mica, una miiiica només, una mica començava a poder-se encantar al mirall.

I no és que estigués desvagada, tampoc. El fill gran i el mitjà li venien fixo a dinar, de dilluns a divendres, com un clau. I molts dies la petita i tot. I dels netets també se'n feia càrrec ella, que fill i jove eren d'aquests... com se'n diu? Penques també, i com els bevedors amb la feina, feia la comparativa sempre que se li resistia la paraula *workaholic*. No s'estava mà sobre mà, no, la Lali. Una mitjana de set estómacs per omplir cada dia del món.

Però el net gran ja tenia set anyets i la petita cinc, anaven solets, ja no donaven la murga d'un petarrell acabat de sortir de l'ou. Doncs au, toca't el peu i balla! Torna't a arremangar com quan els teus eren menuts. Com quan els seus ho eren. Tornem-hi amb el trinxar farinetes, dosificar dalsys, descordar bodis i canviar el coi de bolquers. No digueu que no sigui un càstig, es dolia la Lali a les orelles de qui podia entendre una barbaritat com aquella. Sort!, implorava, sort que la petita no en tindrà, tal com està el pati. I sort que el mitjà tampoc sembla que hi tingui cap interès. Sort, perquè és que...

I amb el tercer net va posar unes bases, oi tant que les va posar. Ara ja havia assaborit què era tenir algun vespre per ella. Ser del club de lectura de la biblioteca del barri i no perdre's cap llibre ni cap escriptora, per exemple. I sobretot: ser del club de les que gemeguen de veritat i de gust.

La Lali no volia perdre cap dels orgasmes que li estava regalant la segona joventut.

Per més iaia que fos.

Per més mare.

I d'aquí el xantatge. D'aquí que trobés tan urgent que el fill gran no se la jugués un dia més sense vasectomia. Ai si li fotia un quart bombo! Si li fotia un quart bombo, amb el tercer net que tot just li caminava, estaria morta en creu, es veia a venir la Lali. La jove no només era workahòlica com son fill: era una bellíssima persona, però francesa. Tenia els pares a l'altra banda de Pirineus, la *demoiselle*. Ja diràs tu si podia desfer-se de l'esclavatge dels nets, amb aquest panorama. Doncs imagina't amb quatre... I què carai, continuava botzinant per dintre mentre esperava totes les boques per dinar. Què carai, mentre esperava que el pollastre i les patates s'acabessin de rostir al forn, parava taula i amania amb un bon raig d'oli el tomàquet. Què carai, tu! Que jo també sé què és que t'obrin, que et tallin i que et cusin.

La Lali prou que havia hagut de tastar *l'últim remei*.

*

L'adreça l'hi va donar la farmacèutica de la seva amiga. Digues que vens de part meva, li va dir l'Anita, la Flora et farà entrar a la rebotiga i et sabrà dir d'un ginecòleg persona.

Anaven molt buscats, els d'aquesta mena. Aquell setembre del 1985 la Lali estava d'una falta. La llei que d'una punyetera vegada reconeixia el dret a avortar a Espanya tot just s'havia aprovat al juliol. Tan tendreta que tothom anava amb peus de plom. Els feixistes que es tapaven les vergonyes amb el vestit d'Alianza Popular l'havien fet passar per qui sap què, la llei. Però no, avortar encara no era lliure i gratuït com reclamava el feminisme. Només emparava embarassada i metge en tres condicions: violació, malformació del fetus i risc físic o psíquic per la dona. I aquest risc era pelut, d'estipular: havia d'anar de bracet d'un justificant que encara es miraven amb set ulls. I vet aquí com el gremi de tocoginecólogos del reino de España podien fer l'orni, arrapar-se a l'objecció de consciència i negar-los el seu dret. Per ideologia masclista, noranta-nou de cada cent. Per fanatisme religiós, també deunidó. I fet i fotut les deixaven a la intempèrie igual que als anys de la podridura franquista, per més llei nova de trinca que els socialistes poguessin exhibir.

Sí que se sabia d'alguns metges fora de sèrie. Metges que s'havien compromès amb els drets de les dones tot i la por d'anar a la garjola. Però eren quatre, i no per totes les butxaques.

I refia-te'n, dels que ho feien més bé de preu. D'amagatotis, esclar. El que tenia més crèdit era un de Sants. Però amb un sobrenom per apretar a córrer: *el carnisser*. Citava sempre de fosc en un pis que més que pis era una cofurna. Ni bona nit ni bona hora, només *quan comenci no cridin, per favor*, allà plantat al rebedor. A punt per endur-se la pròxima xaieta amb el davantal de plàstic regalant de sang de la que acabava de buidar.

També es podia anar al barri xino i preguntar-ho a les que més ho havien de menester. Les que s'havien de guanyar i perdre la vida fent el carrer havien de tenir sempre a mà alguna veïna que els hi tornés el ventre llis com bonament pogués. Però carnisseries les que vulguis, al barri xino també.

I a l'últim i si tenies bossa, córrer cap a Londres o a Amsterdam, que ho feien amb garanties i en quantitats industrials. Però amb tres criatures que li cabien a la falda i un marit que no li parlessis d'avortar, un marit que sempre estava a punt per augmentar en comptes de disminuir, què, la Lali?

Que no podria fer la maleta però tampoc hauria d'anar al barri xino.

La Lali, que era una fura de les ofertes, que treia tot el petroli als *vales* del Corte Inglés i a cada ajuda per fill que els donava La Caixa, que no es perdia el sorteig per fer la setmana de vacances al parador que els toqués, que comptava fins l'últim cèntim per pagar sense patir la hipoteca del pis nou i el préstec del cotxe, sempre s'havia guardat una pera per la set.

Ja tenia tres fills, ella. I una set de camell!

Doncs amb un sobre de bitllets enguardiolats va poder trucar al pis de la Diagonal que li havia apuntat la farmacèutica de l'Anita: *Fa tocar el cap amb la cua, però t'ho solucionarà*. Un pis lluent i acabat d'estrenar com la bata d'aquell ginecòleg fora de sèrie: d'aquell metge jove tan advocat vell.

—Aquí a dins hi ha alguna cosa, però jo no sé què és: vostè ho vol saber?

—No, només vull que m'ho treguis.

—D'acord, doncs prengui's aquest comprimit i vingui d'aquí a dues hores. Convençuda?

—Convençuda.

I al cap de dues hores ja hi tornava a ser. Sola. L'Anita s'havia ofert a acompanyar-la, *no cal, no t'amoïnis*, li havia contestat, que ja prou fatics tenia ella amb el nen. El ginecòleg la va fer passar a dins un altre cop, clavar els peus als estreps un altre cop, i abans de procedir:

—Hem quedat que jo no li diré què és i que vostè no m'ho preguntarà, entesos?

—Entesos.

—L'hi succionaré amb això —i li va ensenyar una cànula de goma que anava a petar a una xeringa molt boteruda—. Preparada?

—Preparada.

I li va agafar la mà:

—Miraré de fer el mínim mal possible, però una mica en fa. Així que: respiri fondo.

Deu minuts encara no i va estar fet, allò que no podia tenir nom. I la va fer descansar perquè s'acabés de refer.

—Com que aquí no ha passat res, no hi haurà informe, però tot ha anat bé: estarà toveta i sagnarà uns dies, no s'espanti, tindrà molèsties similars als còlics de la menstruació, no més. Ah, això sí, un parell de setmanes d'abstinència sexual, que la zona es pugui recuperar bé.

La Lali va ressuscitar de cop.

—Un parell de setmanes? El meu marit no sap que soc aquí: no en sap res.

La primera que es feia i desfeia un embaràs no deuria ser, que el ginecòleg tingués la recepta tan a punt:

—Digui-li que a la revisió li hem trobat uns pòlips a la matriu i que la pauta de tractament és de dues setmanes, estricta.

I el seu home li va remugar, oi tant. Dues setmanes? Pòlips? Però amb l'ordre *estricta* va haver de tenir les mans quietes. Sempre heu de tenir coses rares, les dones! Pel Quico sempre eren *coses rares.* Sense importància, manies, pots comptar.

De bon començament que se la va prendre a broma, quan la Lali li deia que la bafarada d'alls i cebes d'haver dinat de menú l'ofenia i li feia marxar les ganes de sexe. Hohohoho, i ara!, quines coses rares que teniu... Ens agradem, ens estimem i ens hem casat: qué más quieres, Baldomero, que diu l'anunci? I ni cas. Calces avall i au, cap al catre.

I quan la Lali arribava al cap del dia trinxada de la feina a Metalux i de la feina a casa, igual: orelles de paret. Li deia quatre marranades que li semblava que li havien de fer l'efecte d'un analgèsic i a manxar s'ha dit.

El Quico només concebia un tipus de voluntats: les automàtiques. Normal, que per ell la Lali hagués de funcionar com el nou escorredor de taronges que La Caixa els havia regalat per Nadal: sol·lícita, frisosa, com si el desig se li pogués encendre pitjant un piu.

Només perdonava la regla i els embarassos, el Quico. Llavors sí. Llavors el seu fàstic sí que comptava per no *consumar el matrimoni*. Però a la que tornaven de la clínica i s'acabava la quarantena, cap al bressolet i ben lluny, la criatura, que ja li picava la mosca.

Pel primer es va haver d'esperar que li traguessin els punts. Mai tanta pressa per acompanyar-la a cal metge, tu. Què, doctor, ja ens dona permís? Piense en los demás, que diu l'anunci, deixava anar la gracieta a la consulta. Amb punts i sense, la Lali tenia ganes de plorar tot el dia. De fer l'amor, tant com de posar-se a ballar la conga al mig del carrer. Però... *el metge ha dit que sí, no siguem més papistes que el papa*, *dona!*

El segon l'hi van treure per la panxa, ja podia tornar a *pensar en ell*, el Quico. Ella, sense gota de ferro i feta un cromo. I com que amb la cara pagava, el Quico va haver de tenir consciència: li va donar unes setmanes extres de marge. Però havent passat, la Lali ja va haver de tornar a fer els *deberes conyugales* que en aquella Espanya eren per santa obediència.

Amb la tercera ja tenia trenta-un anys, la Lali. Ja feia temps que n'havia après. Tornaria a casa amb els baixos i el terrat masegats i tristos i sense cap ganes, ja ho sabia. Però sense *episiotomia* ni *cesària*, cap paraula tècnica per fer servir de treva. Doncs com abans bufés fort, abans ell posaria la quarta. Com abans xisclés, abans ell s'estamparia. I això feia, fingir el que sotto voce havia sentit que se'n deia *orgasme*. Feia tal com la Sección Femenina de la Falange Española havia estat adoctrinant les dones des del 1939, al capdavall: *Ten siempre en cuenta que su satisfacción es más importante que la de una mujer. Cuando él alcance el momento culminante, un pequeño gemido por tu parte es suficiente para indicar cualquier goce que hayas podido experimentar.*

Un dia de calçotada a Valls amb els de La Caixa l'hi va sentir dir. La Lali es feia neta tota la mascara dels dits i ell baladrejava al lavabo dels homes: Ja pot portar els números i els pantalons, ja, que jo els hi trec, hahaha... Ep!, i sempre la faig contenta, a la costella, uns crits que són la prueba del algodón, que diu l'anunci, aviam si us hauré de convidar a venir perquè n'aprengueu, hahahaha!

De por, aquelles riallades.

De por, que del camí que havia trobat ella per no tenir raons ell se'n fes medalla.

A les reunions de Tupperware i als sopars sense Tupperware sempre tancaven la paradeta les mateixes. I s'hi desfogava, amb el seu *clan de la cicatriu*. Encara-t'hi, el pròxim cop que no et respecti, li deia l'Anita. Engega'l a la merda, si a sobre tu no en treus cap satisfacció, li deia la seva veïna. Si m'ho fes a mi..., si m'ho fes a mi..., li deia sa cosina sense saber com acabar la frase i amb la veueta cada cop més prima.

Oh, encara-t'hi, encara-t'hi...

Oh, engega'l, engega'l...

Oh, si m'ho fes a mi, si m'ho fes a mi...

Fàcils de receptar a casa dels altres, els xarops. Més difícils de prendre, a ca teva. La Lali calculava i calculava i no tenia prou números per tantes preguntes. On aniria, sense un sou? Qui la voldria, una comptable que feia anys que no trepitjava un despatx? Què li diria a la canalla per justificar-se? Què li diria al Quico, estimant-se'l com encara se l'estimava? I què li diria a aquella Lali que estava donant la joventut, la professió i el cos a la ciència de la família? Que s'havia cregut el conte de fades i que l'havia cagada i ben cagada? Sí? Això li diria?

El Quico havia fet cas del ginecòleg però va posar el cronòmetre. Sabia que a dos quarts de sis de la tarda de dijous faria dues setmanes de l'ordre *estricta*. Més dos dies que li havia donat de coll, goita si era generós.

El gran i el mitjà estaven convidats a casa d'uns amiguets. La petita ja havia après a caminar, però només tenia dos anys. No et pots esperar al vespre, carai! El Quico feia estona que no la deixava de petja. Porta-la a dormir i fem tots la *migdiada*, dona. Ja era l'hora de berenar i la migdiada feia dues hores que l'havia acabada. *Com es coneix que no els has pujat tu*, es mossegava la llengua la Lali. Ara no, Quico, al vespre. Doncs al veeespre... I s'ho va refredar amb un quintet. Aviam si en fan alguna de les meves... Va posar el primer canal i es va escarxofar al sofà.

Tenia un home cinèfil, la Lali. De cineclub i d'art i assaig, poc. De Perpinyà, tot el que es pogués i més.

*

Eren acabats de casar i tothom tenia a la boca el tango i la mantega. La Trinca i tot n'havia fet cançó. Sentint el gran escàndol, ves si no havien d'anar-hi ells també, de contrabando a veure el Marlon Brando. Cap a Perpinyà no hi faltava gent, que n'hi pujaven a grapats. Però el Quico no s'ho podia perdre, sempre com una teia.

L'Anita, a bodes em convides, d'agafar el 1500 i enfilar la carretera. Però li havia hagut de donar carabassa: *que l'August diu que ell no és de pel·lícules verdes*. I al Monti, al company de taula de Metalux, no l'hi podia pas proposar, la Lali. Doncs hi van pujar amb el sis-centet i l'apoderat de l'oficina del Quico, el Peña, que aquest sí que era de la seva mateixa corda. Com la seva dona, la Palmira, que portava apuntades en un bloc totes les sessions de totes les X que feien a Perpinyà: havia quadrat horaris perquè poguessin fer la creu a totes de la llista en un sol cap de setmana.

Però no seria tan fàcil, passar-hi la ratlla. Les cues al Castellet giraven la cantonada i s'allargaven qui sap quants carrers enllà. I en català del Principat, que xerrava tota aquella munió de *filmferits*. Ells, que havien pres per exagerada la mestressa de l'hotel... Un miracle, que li quedessin dues *cambgres dobles*, un miracle! No hi ha com tenir un règim feixista a trenta quilòmetres de la frontera: mai s'havien vist tants cotxes amb la B, la GE, la T i la L a la matrícula borinant per la ciutat.

El Quico i el Peña es fregaven les mans, de la xamba que havien tingut. Quan ho expliquem als de l'oficina, ai quan els hi expliquem! Perquè aquesta era la gràcia, per ells: fer el fatxenda i garlar-ho a tot bitxo vivent.

La Lali feia cua darrere seu amb la Palmira.

—L'any passat vam fer una marató de sis i va ser fabulós.

—I per què tan *fabulós*? Jo no les acabo de tenir totes.

—Doncs perquè s'hi aprèn sexe, nena. Jo vaig anar a les monges i tot era pecat, o és que tu ja les sabies, les alegries que et procura un bon cunnilingus? —la Lali va arquejar les celles: com si li hagués dit Llúcia.

—No gaire, la veritat...

—Doncs al cine pren patró, nena, i que el teu home s'hi escarrassi, ja veuràs com canvia la cosa!

La Lali es va estremir. S'havia casat amb el primer de la classe, ella. No necessitava classes de reforç, no. Potser n'hi sobraven. O n'hi faltaven d'una altra mena, barrinava quan els llums s'apagaven i el Quico ja li havia posat la mà a la cuixa tot delerós: començava *L'últim tango a París*.

Tanta xerrameca que tenien a l'entrada, i a la sortida del Castellet se'ls havia menjat la llengua el gat. Tots quatre atrapats dins d'aquella música de saxo que encara els ballava pel cap. Ells van començar a fer la mica de conya que l'ocasió obligava, però se'ls veia forçats. Elles no van dir res fins al restaurant.

—Quina pel·li més trista... —va obrir foc la Palmira—. No

me la imaginava pas així, amb tanta rialleta com ens l'han venuda.

—Què vols dir? —va fer tot estranyat el Quico.

—Que jo la mantega l'hi hauria fotut per barret, per més Marlon Brando que sigui. O juguem tots o estripem les cartes, i la pobra Maria Schneider no feia pas cara de passar-s'ho bé, precisament...

—Sí, però mi-te-la al final! —va mirar de justificar el Quico.

—I tot el que passa fins a arribar-hi? —la Palmira semblava que s'enfilava.

—Té raó... —i la Lali que faria pinya amb ella.

—Doncs que la mantega sigui pel formatge —va tallar diplomàticament el Peña.

I s'ho van prendre tant al peu de la lletra que van fer el pagès: ni una cotna. Pelat, van deixar el carretó de brie, camembert i roquefort que els hi havien portat per fer-ne *un tast*.

I per més que haguessin afluixat el ritme i la fal·lera, encara van veure tres pel·lícules més. Que van fer de més bon passar el viatge de tornada, a fe. Amb aquestes X s'hi van poder recrear tots quatre: amb aquestes X elles no eren les úniques que s'amorraven al piló. Ni ells els únics que xalaven. La Palmira li feia un cop de colze *cada cop que* i ja ho crec, que va aprendre el què d'un bon cunnilingus, la Lali. D'uns quants.

—Una ximpleria de guió, al costat de la substància Bertolucci —es feia l'intel·lectual el Peña.

—Ni suc ni bruc —s'hi apuntava el Quico.

—Però no te l'endinyen de traïdor —els va fer callar de cop la Palmira.

Un pic a Barcelona, el Quico no va gosar mai anar buscar el paquet de Cadí a la nevera. Però tampoc tenia desig de figa, ves. No innovava el repertori, per més que la Lali se'l trobés tot sovint ensumant aquelles pàgines setinades tan acabades de sortir del forn. Perquè ara, per quaranta pessetes, ja se'n podia proveir cada setmana a cara descoberta, d'imatges *verdes*.

*

Cinc dies abans de les Jornades Catalanes de la Dona que van dinamitar el resclosit temple de la Universitat de Barcelona, cinc dies justos, va i neix *Interviú*. Que ja és mala fava, també. Una revista que, per més inri, venia la nuesa d'una dona en portada per cobrir-se de glòria. I com que tal fet passava per primer cop a Espanya, les bavalles, els escaldufots i els uaus! van ser proporcionals a quaranta anys de repressió franquista: unes cues que els quiosquers encara ploren. I es van fer d'or, amb l'*Interviú* que va sortir només quatre mesos després del primer número: *Joven y desnuda*, hi van plantificar la Marisol. Sense avisar-la. El seu fotògraf *de confiança* li havia fet anys enrere un book de nusos per exigència d'uns productors de cine americans. I saps què, que no li entregaré tota la feina, nah... va tenir la pensada. I saps què, que em quedaré amb algun negatiu per si de cas, seh...

El món, que amb dictador o sense sempre és dels mateixos: aprofitats, lladres, barruts, estafadors, mentiders, depredadors...

El món, que el tenen segrestat tota aquesta púrria, per més que durant uns dies elles s'haguessin fet la il·lusió que el començaven a alliberar.

Perquè encara que el *destape* les tapés, poca broma, amb les Jornades Catalanes de la Dona. S'esperaven cinc-centes ànimes encara no, entre ponents i públic, al Paranimf de la Universitat. Res, un acte *de dones*, testimonial, es feien pagues els capitostos que havien claudicat per *deixar-les* reunir al seu sancta sanctorum. I van arribar a més de quatre mil, les advocades, periodistes, polítiques, historiadores, enginyeres, urbanistes, sindicalistes, empresàries, arquitectes, fotògrafes, antropòlogues, traductores, filòlogues, professores i infermeres que el van omplir. I més. Perquè aquelles quatre mil no eren mai les mateixes: les que hi arribaven a primera hora se n'anaven a buscar les criatures i feien el relleu amb les que no podien fer-hi cap fins havent deixat els àpats fets.

De la falta de costum, que elles mateixes es quedessin de pasta de merenga: D'on han sortit tantes dones? Tantes que pensin, que preguntin, que anhelin, que dubtin, que es dolguin i que somiïn igual que jo?

I vinga girar el cap en direcció a la porta. Un mateix tic les agermanava, també. I que no havien d'entrar els grisos? Oi tant, d'un moment a l'altre, segur. Si no podia ser, que allà s'estigués dient tot el que s'estava dient sense que les vinguessin a agafar. Sense que les vinguessin a fer callar i creure, que era el que havien vist des que tenien ús de raó. Però la poli no va voler instruir-se, cosa estranya. I elles van poder-se esplaiar amb la mà de material que cada grup de treball havia preparat.

Ponències sobre educació, moviment feminista, feina, barris, món rural, família mitjans de comunicació, participació política, terrorisme masclista, legislació... No va quedar res al tinter. I no va quedar buit cap seient. Ple com un ou, quan va ser l'hora del simpòsium dels simpòsiums: quan va ser l'hora de tocar *la sexualitat*.

Sense tabús, ni vergonyes. Paraula per paraula. Lletra per lletra i a plena veu, quatre mil dones aprenien a fer-se per primer cop una exploració mamària. Allà, sí, no es van moure pas de lloc. Al bell mig del Paranimf de la Universitat de Barcelona, als morros de totes aquelles eminències retratades a les parets: Fray Luis de León, Ausiàs March, Sèneca, Ramon Berenguer, Cervantes, Servet, Lope de Vega, Berruguete... Quatre mil dones es van començar a palpar les mames perquè sempre més sabessin com detectar un tumor a temps.

I allà, a sota de tant savi, de tanta pompa i de tanta història, quatre mil dones aprenien els pèls i senyals de la masturbació, dels mètodes anticonceptius, del dret a l'avortament lliure i gratuït, del consentiment, del dret al plaer, del lesbianisme, dels orgasmes i del seu òrgan proveïdor.

I per primer cop i alhora, descobrien aquella part del seu cos que, ves per on, sempre es descuidaven de dibuixar els llibres d'anatomia. O als poquíssims on sortia el pintaven esquifit, deu vegades inferior a la seva esplendorosa mida real. Repetiu amb mi!, les animava la ponent, es diu *clítoris*, és exclusiu de les dones, no envelleix, i està exclusivament dissenyat pel nostre plaer. Sí, sí, ho heu sentit bé, ja poden negar-ho els ginecòlegs del règim, ja: EXCLUSIU PEL NOSTRE PLAER!

Llàstima que només durés quatre dies i que només fos per quatre mil persones, tot aquell miratge.

Tota aquella sororitat.

Tota aquella alegria.

Tota aquella informació.

Tot aquell *poder*.

Les organitzadores bé prou que van recollir-ho en unes senyores conclusions, ja ho crec. Que no es perdés cap idea, cap reivindicació, que aquell estat que volia tornar a ser una democràcia anés ben calçat de drets fonamentals. I els va sortir un programa unitari i unànime que hauria pogut molt ben ser el programa feminista de la Transició. Tal qual. Sencer. De cap a cap.

Hauria pogut ser, sí.

Però què vols, amb una transició espanyola tan curta de gambals. Si sentia campanes i no sabia on. Si per *nació* va llegir *comunitat autònoma*, esgarrifa't a l'hora de l'*alliberament sexual:* només va saber entendre *dona-objecte-sexual.* O el que en català de pagès seria pit i cuixa al cine a les mans de l'Ozores, l'Esteso i el Pajares. I pit i cuixa a l'*Interviú* a les mans de tants i tants Quicos.

Ai, si la Lali hagués estat aquells quatre dies de maig a les Jornades! Si els diaris ho haguessin fet gros com perquè tothom n'hagués pogut tenir notícia i s'hi hagués pogut escapar. La

Lali hauria sabut que el que li passava era ben natural. Hauria sabut que el Quico no tenia el dret que es pensava que tenia sobre el cos d'ella. I que ella sí que el tenia tot: el dret al propi cos i el dret al propi plaer. I d'haver-ho sabut, no li hauria costat gens rebatre-li que el sexe no pot ser mai *deberes conyugales* que una hagi de fer per força. D'haver-ho sabut, no li hauria costat tant, agafar l'aplom de la Palmira i pronunciar la paraula.

*

Perquè el tango i Perpinyà ja eren borrosos i a la Lali no li marxava. Li havia quedat ben gravada, aquella paraula lletjota però prometedora. *Cunnilingus*. I un dia va fer la proesa.

—El bacallà només m'agrada per Quaresma, i ben just.

—Escolta, maco, que m'acabo de rentar al bidet —va protestar la Lali.

—No em ve de gust, menjar pelussa, dona.

—Però si en tinc quatre i d'esclarissats!

—Ja t'ho diré clar: em vaig ennuegar amb un pèl un dia i una mica més i me'n vaig a l'altre barri.

—Que et vas ennuegar amb un pèl un dia?! Que et vas ennuegar amb un pèl un dia?!

—Va ser... —el Quico es va veure de peus a la galleda—. Va ser abans de coneixe't, dona! Tanquem el llum, va, que avui soc jo el que li ha vingut el mal de cap.

Se li va girar d'esquena i va deixar la Lali amb el deshabillé i els ulls oberts de bat a bat.

I es va posar a fer números.

Era el que més la distreia del món. Repassar tiquets, factures, lletres, rebuts... Calcular-ho tot de cap per adormir-se. I l'endemà, examinar-se. Comprovar que encara no se li havia rovellat tot el pesquis que tan bon paper li havia fet fer a Metalux. Quan la canalla era a escola, ja es podia haver enfonsat tot el bloc, que ella hauria quedat en suspensió. Fent càlculs.

I és que abans de fer els llits, abans de fregar els plats d'esmorzar, abans d'anar a plaça a comprar, *abans de res*, abans que tot: els números que li havien fet companyia tota la nit. Se'ls passava al quadern de comptabilitat i se'ls mirava. Se'ls remirava. I se'ls tornava a mirar, cofoia de veure que no se n'hi havia esgarriat cap pel camí.

Aquesta nit no eren tiquets. Ni factures. Ni lletres. Ni rebuts. Eren intervals. I de tots els subconjunts de nombres reals compresos entre dos valors que delimiten dos extrems, un de concret, calculava la Lali: l'interval que anava entre l'extrem

a. *el Quico adolescent*

i l'extrem

b. *el Quico adolescent al moment de conèixer-la.*

I no hi havia manera que li sortissin els comptes. Tenia setze anys, a l'extrem *b*. I tots dos encara portaven la L al clatell, quan bo i promesos van començar a estrenar-se dins del sis-centet. Déu i ajuda, els va costar que entrés. Què representava, que el Quico havia començat a fer córrer mosses amb quinze anys? Amb catorze? Amb tretze? Més enrere no era raonable forçar-lo, l'extrem *a*.

No, aquell pèl ja deuria fer temps que s'afaitava, quan el Quico s'hi va ennuegar.

No era d'àngel, no.

I a totes les preguntes que no havia resolt de la *ciència de la família*, ara hi hauria d'afegir una sospita, la Lali.

Però a tots dos els anaven sortint arrugues sense que les investigacions donessin cap fruit. Cap taca de pintallavis. Cap flaire de perfum. Cap factura d'hotel ni de restaurant. Cap prova. Mai. I tota aquella inversió en estratègies per descobrir si hi havia cap *querida*, què? La Lali bé que l'havia de reaprofitar. I va canviar de *missió*.

*

Els seus fills ja havien començat l'edat de la disco. Un cop o dos a la setmana, a tot estirar, però ja volaven fora del niu. I cada cop volien ser-ne fora més estona. A la Lali no li feia cap gràcia, perdre'ls dels seus dominis. Perdre el seu únic domini, en realitat.

I entraven per la porta i instantani, nas de sommelier, la Lali: *Tu, una trompa de vodka amb llimona! Tu, de malibú amb pinya! I tu, de whisky amb taronja!*, els endevinava feta una fúria. Tots tres quedaven avergonyits, emprenyats i corrents a tancar-se al seu quarto. A aixoplugar-se de la seva mare.

Paquet de tabac, cabdell de marihuana o pedreta de costo que entraven a casa, igual. Paquet de tabac, cabdell de marihuana i pedreta de costo que eren puntualment interceptats i diligentment llençats a les escombraries. Després del recordatori de què va passar amb el nen de l'Anita i l'esbroncada de rigor, esclar.

I amb les trucades també. Reconeixia les veus d'amics i amigues només per l'hola, la Lali. Si en detectava cap de nova, el tercer grau fins que els seus fills l'hi cantaven era implacable. I *plasta* aviat es va convertir en sinònim de mama.

—*Una plasta perquè preounti fins quin dia exacte us esteu a França, tants dies com no et veuré?!*, acabava l'emprenyada amb el gran.

—*Una plasta perquè et digui que ja ens la pots presentar, que no cal que vinguis sempre amb els amics d'escut i t'amaguis la nòvia?!*, acabava l'emprenyada amb el mitjà.

—*Una plasta perquè vulgui que m'expliquis per què us heu enrabiat amb les amigues, si de petitones que us he tingut a berenar cada tarda?!*, acabava l'emprenyada amb la petita.

I com aquestes, deu cada dia. La Lali no entenia que la vida dels seus fills ja no era seva. I cada *plasta* que saltava entre les guspires dels retrets li era un mastegot amb la mà plana. Tenia bemolls, la cosa: el progenitor abnegat, còmplice, encobridor i comprensiu havia deixat de tenir el somriure i l'abraçada de la Lali. Com per art d'encantament, ara tenia el somriure i l'abraçada del Quico.

Perquè el poli bo de l'adolescència dels seus fills va ser ell.

I el que per ella ja era de bojos era ensopegar-lo en plena *planificació familiar*. Quan el que la Lali havia trobat butxaquejant era un preservatiu, el discurs del Quico podia anar d'aquesta manera:

—A tots tres, us ho dic! —i brandava el sobret de Durex davant de les galtes escalivades dels seus tres fills—. Al costat d'això sí que sempre m'hi trobareu. —Buf, com respiraven, pobra canalla—. Ara sou al temps del busque, compare y si encuentra algo mejor..., però amb el chubasquero posat, nanos! I tu també, xata, póntelo, pónselo, que diu l'anunci, tu també els hi has de fer posar sempre el chubasquero!

La mare que el va arribar a matricular... resava per dintre la Lali. El síndic de la profilaxi, tu! Ell, que tant havia patit sempre pel seu soldadet i que no volia *res de gomes perquè tapat no es posa firme igual*. Ella, que tenia les pastilles antibaby prohibides perquè li feien pujar la pressió una bestiesa. I la marxa enrere que ja sabia com les gastava, després d'aquell *susto* quan ja tenia tres fills. Doncs com que no hi ha més cera que la que crema i aquell *susto* no va ser l'últim, la Lali havia hagut de tornar a menester un sobre de calés enguardiolats i el ginecòleg fora de sèrie de la Diagonal.

*

—Aquest cop no —va sentenciar amb els ulls a la pantalla d'ecografies.

—Què vols dir que no?

—Que no hi ha res, que aviat ovularà: només ha sigut un retard. —La Lali no se'n sabia avenir.— No deu portar una vida gaire descansada, oi que no?

—Una casa, un marit, un nen de vuit, un altre de cinc, una

nena de dos, i encara faig alguna feineta per l'empresa on treballava. Era... soc comptable.

—Doncs el quadre d'estrès surt sol, i és molt habitual que en situacions així el cicle s'alteri. Si no volen més fills, han valorat la vasectomia, amb el seu marit?

—Diu que no se li aixecaria el soldadet i no el treus d'aquí, i perdona la franquesa...

—Perdoni vostè perquè el seu marit té una por infundada: una vasectomia és segura, efectiva i menys invasiva que una lligadura de trompes.

—Crema, cus i lliga tot el que hagis de lligar, que no vull estar més amb l'ai al cor.

El ginecòleg li va explicar com aniria l'operació fil per randa i van quedar per la setmana entrant.

—Convençuda d'esterilitzar-se?

—Convençuda.

—Si el seu marit no n'està al corrent, els famosos pòlips, que al final sempre s'han de treure —i li va donar la mà per encaixar.

*

I si amb els anticonceptius quedava veient visions, amb l'emancipació femenina s'havia de pessigar fins a fer-se blaus, la Lali. Ai si el Quico mai gosava dissertar sobre la cosificació de les dones, ell, que havia comprat *Interviús* per empaperar el pis sencer, llavors sí que li vindria un cobriment. Perquè és que quan el sentia amb sa filla.... *Que mai t'hagi de mantenir cap home, que sempre et puguis valdre per tu mateixa i que el puguis engegar amb un hasta luego cocodrilo quan no t'interessi, xata!* Doncs quan el sentia així amb sa filla... a la Lali se li eixamplava l'ànima, la veritat. No direu que no és gros, que sigui ell el que es pengi una altra medalla i que a mi encara em faci goig, es confessava amb l'Anita, la veïna i sa cosina quan plegaven veles les nits amb i sense Tupperware.

Tant se valia de qui fos el mèrit. Veure com la nena es feia gran amb aquella seguretat als ossos no era pagat amb diners, per la Lali. Sempre les coses clares, sense por, sense demanar permís ni perdó. I de tot se'n sortia la primera, la nena. Una altra cosa era l'època que li havia tocat, això sí. Una època que xuclava l'entusiasme del jovent, els escurava com un pinyol i després els escopia a la intempèrie. El sou només li arribava per compartir pis i ben just, a la nena. De poder-se *permetre* fills ni parlar-ne, amb trenta fets i repicats com tenia. De grat o per força havia de viure al dia. La nena i qui més qui menys tots, els que van començar a veure les orelles a la vida adulta quan canviava el mil·lenni.

Però que els hagués sortit una dona tan diferent de la que ella havia hagut de ser no tenia preu. O el resguard ja deuria estar ben descolorit. A punt de desfer-se-li entre els dits, si mai el trobava.

Perquè de preu sí que en tenia.

Sempre en té.

Per més poli dolent que fos, per més plasta amb els seus fills, això era el que es veia per fora. Per dintre... La Lali es llevava del llit cada matí i ningú no l'esperava. Ningú no l'hauria trobada a faltar, si s'hi hagués quedat tot el sant dia. El Quico s'havia fet caminaire. L'oficina en ple, des que La Caixa els havia *animat* a prejubilar-se. Hi havia setmanes que ni es veien el pèl. Vine, dona, que t'esbargiràs! Convidar la convidava, però a la Lali no se li havia perdut res, a Santiago de Compostel·la. No se li havia perdut res amb la colla del Quico. Si hagués sigut amb la seva de Metalux seria diferent, tant com s'avenien tot el despatx. Però els havia deixat de veure, quan va plegar per sempre. I continuava el recompte: el fill gran vivia amb la *petite amie* i enfeinat sempre. El mitjà no sabies amb qui però enfeinadíssim també. I la petita anava allargant l'Erasmus tant com podia.

Ningú.

I no li havien ensenyat a desfer el camí, a la Lali. A deixar-hi molletes per reprendre'l un cop acomplerta la *missió de mare*. Les mans de totes les forces vives que li havien aplaudit l'obra de tres fills com tres sols havien desaparegut. Ni rastre, de cap que l'ajudés a trobar una missió pel que venia ara. Ho rumiava fredament i ho veia, que el problema no era que els fills li haguessin volat com era llei de vida. El problema era que no hi havia cap altra Lali a on tornar, després de la Lali que ho havia donat tot a la *ciència de la família*. I encara es feia més mala sang. El James Bond passava dels cent anys i encara tenia paper, no l'entaforaven pas al rebuig! I de les mares que han servit a la causa tota la seva vida sense valoració ni retribució, què se'n fa, eh?

Sí, esclar. Sempre els queda una última missió, a les mares que han servit a la causa tota la seva vida sense valoració ni retribució. Però per la Lali no comptava. Cuidar els pares i els nets no comptava perquè el que no es tria i es dona per descomptat no pot comptar. Que amb els números no l'atrapaves, a la Lali.

I els dies, com si no fossin d'ella. Només li lliscaven, per sobre d'aquella pell que d'il·lusions poques i de cansament molt: ara ja tenia tres nets com tres sols. I ara ja podia bufar les espelmes dels seixanta-cinc al sacher. Rumiar-se el desig. I com que de jubilar-se d'escarràs ja es veia clar que no, al verb *jubilar* li va demanar l'accepció d'*experimentar una alegria viva, expansiva*. Tampoc res de l'altre món. El que fos però que l'omplís. Que ja s'havia buidat prou amb els farts de canviar bolquers a vells i joves.

I algú deuria recollir la crida, perquè un bon dia:

Monti ha creat el grup "METALUX REVIVAL".

Monti t'ha afegit.

*

La Lali no havia canviat mai el *contable* del DNI pel *sus labores*. L'Anita es va deixar prendre el *secretaria* i se'n va penedir sempre, que l'assenyalessin amb aquell sobreentès tan abjecte. Per això sempre estampava aquell altre *títol* allà on podia, l'Anita. Per venjança del *sus labores*, l'escarni oficial contra totes les dones que per fer *només* tenien la feinada que comporta el comandament d'una casa i d'uns fills. Només. I com si aquelles labors els vinguessin de naixença quan el metge anunciava *és una nena*.

Conservar la professió al carnet d'identitat li conservava la identitat. I la Lali es va resistir tant com va poder, a perdre bous i esquelles. I a Metalux no la volien deixar plegar de cap de les maneres. *Mai cap comptable com tu!*, deia el director de compres. *Mai cap!*, el refermava la de vendes. *Mai*, repetia en silenci el Monti, el seu company de taula. I quan va tenir la nena, que el circ ja era de tres pistes, li van fer instal·lar un dels primers ordinadors a casa. Perquè no hagués d'anar fins al despatx. Perquè no els acabés de deixar.

I anava amb un pam de llengua fora, aquell temps, la Lali. Però l'estona d'estar-se sola entre albarans se la passava al setè cel. Amb el delit i la concentració del que hi entén de música i té entrada al Palau per anar-hi a sentir una simfonia. I l'estona de trucar a Metalux i posar-se al dia amb els del despatx també tenia premi. Quan no la deia l'una, la deia l'altre. La Lali formava part d'un organisme independent del de casa seva, quan treballava. S'omplia de la vitalitat que la família se li fonia. I li era el tot.

Va aguantar quatre anys. El ferro li havia baixat fins a la planta dels peus i una faringitis li tocava l'altra. El Quico la consolava: Va, que no podràs dir que no ho has provat, dona! Amb canalla, ja se sap... ho va acabar d'adobar, amb canalla, la feina fora de casa és com l'anunci de Soberano: *cosa de hombres*.

*

I perdent el dia a dia, va perdre el caliu de la gent de Metalux. Fins avui, que els respon el whatsapp amb un *Salutacions a tothom i molt contenta que us hàgiu recordat de mi*. I ha de córrer a buscar menjar fet, avui, la Lali. Perquè ja li han tocat dos quarts de dues, li vindrà tota la familiada i el més calent és a l'aigüera. No han parat en tot el matí. El director de compres, la directora de vendes, les companyes del segon pis, el Monti, per descomptat... Quina torrentada d'alegrois, d'exclamacions i d'emoticones! I espera't, que tota aquesta esveramenta té data: divendres que ve a les nou del vespre. I lloc: a casa del Monti, que s'ha separat, se n'ha anat a viure a la torre dels pares a la Floresta i té espai per sopar i pista de ball.

—Molt bona, aquesta fideuà que has comprat, mama, però ja anem per les postres i encara no has dit res: això és que sí?

—Sí de què?

—Hahaha, us ho podeu creure, família? Tan plasta que es va arribar a posar ahir amb el tema de treure-li els bolquers al petit, i mireu avui com passa!

—Com era, *que hem de fomentar-li l'autonomia i respectar-li el seu ritme*? Doncs entesos, no li posaré cap més dodotis *per si de cas* i això serà xauxa. Però quan el vinguis a recollir, t'endossaré tota la roba que hagi mullat, llençols i tot, conforme?

I l'última batussa amb els bolquers la va fer sortir del xat.

Per una estoneta.

Perquè no es va estar per res més en tota la setmana. El Quico i tot, li va trobar canvi. Ara que tinc el soldadet arrestat per la pròstata? Ara em vens a gratar l'esquena? Coses rares que teniu les dones... Aviam què s'hi pot fer!

I la Lali ja s'aplicava, ja, amb el llibre que tocava al pròxim club de la biblioteca. Ja podia escarrassar-s'hi: no sabria respondre el nom de cap personatge, si l'hi preguntaven. De cop i volta, era la seva vida sencera, la que li omplia les pàgines d'aquella novel·la. L'inici, innocenta com un passerell. El nus, els molts que havia hagut de desfer amb penes i treballs. I el desenllaç?, cabdellava la Lali saltant de línia en línia, el desenllaç ves a saber quin li esperava. En previsió, ella ja havia avisat el Quico: Ens han ofert de quedar-nos-hi a dormir per no haver de conduir, ja et passaré un whatsapp dient el què.

*

Com si ens haguéssim vist ahir mateix. I no per ser la frase més repetida de la festa era menys certa. És que fèiem una colla sensacional, s'emocionava una companya del segon pis. L'ambient de Metalux no l'he trobat mai més enlloc, i mira que he voltat mitja dotzena d'empreses, enlloc!, jurava i perjurava un dels *nanos* del magatzem. Tots de la mateixa edat si fa no fa, jefes i tot, i això es nota, per més que jo en fos una, analitzava sense falsa modèstia la directora de vendes. El Monti anava repartint copes i fent que sí amb el cap, amb el somriure, amb la mirada: amb tota la carcanada.

I amb aquella bona sintonia, la gana se'ls va obrir. I res de només matar el cuc. Es van cruspir tota la truita de patata, la de carbassó i la de carxofa. La quiche una mica resseca que havia dut la secretària de direcció i tot, es van acabar. Del pa amb tomàquet i pernil també en quedaven quatre molles. Havien passat els taps a les dues safates de trufes gelades que havia portat el director de compres i escuraven... No! La vintena ampolla de cava?! Vols dir, vint? Ja ho has comptat bé, Monti? Només faltaria, en una festa plena de comptables!

I rient i rememorant, les energies també s'anaven escolant. La música sonava però s'estimaven més acabar-se d'explicar vida i miracles asseguts al tutti colori de butaques, cadires i sofàs que havia arreplegat el Monti.

Era la una tocada i l'amfitrió acompanyava el de logística a la porta.

—Gràcies, noi, ens has rejovenit. Una idea pistonuda, Monti!

I ja només quedava la Lali.

—Doncs jo també hauré d'anar desfilant... La meva filla m'ha baixat l'aplicació dels taxis.

El Monti li va arrencar el mòbil de les mans.

—Lali, jo... Et semblarà una ximpleria —i abans que pogués acabar:

—Que no ens hi atrevíssim fa trenta anys sí que va ser una ximpleria.

El Monti s'hauria desbocat. Se l'hauria carregada a coll, hauria saltat, ho hauria cridat als quatre vents. Ja arribaria, ja. Ara no venia de deu minuts. Però un petit gest de victòria sí que el va fer, el Monti: va tirar el cap enrere, va tancar els ulls i li va sortir un somriure que no podia ser més festa major.

La Lali va recuperar el mòbil.

—Deixa'm enviar un missatge i el tanco.

S'havien estat esperant. No havia passat mai d'una mirada clissada, quan seien costat per costat a Metalux. Ni d'un fregadís de braç al moment d'aixecar-se o de seure. Ni de dos dits que es trobaven en aquell bolígraf a punt de rodolar a terra. I la Lali i el Monti ho sabien, que eren mirades, fregadissos i bolígrafs buscats. Que no se'ls havien escapat per escapar. Però... *Una dona feta i dreta, ves què hi ha de trobar, en un xitxarel·lo. Un nano tan jove, ves què hi ha de trobar, en una mare de família.* I no se sabien espantar les pors. El Monti prou que es va escarrassar a aprendre com anaven els primers ordinadors, per ser el primer que li resolgués els dubtes quan la Lali trucava des de casa. I la Lali prou que demanava sempre pel Monti, perquè fos ell el que li aclarís aquella funció del programa informàtic que feia veure que se li havia desmanegat. Ara, de dir-s'ho amb paraules o amb la pell, mai. I quan ella va plegar i no van quedar ni les telefonades, cap dels dos va gosar temptar el diable. I van haver d'apagar el foc abans d'encendre'l. Sort que encara tenien bufera per l'última brasa.

Tot de pel·lícula, Quico: m'hi quedo a dormir.

Quin greu que el Monti visqués en un cap de carrer. Quin greu que al costat dret hi hagués un solar en venda i a l'esquerra ja comencés el bosc. Perquè aquells gemecs de la Lali van ser dignes de públic. Potser ho feia que era cinc anys més jove. O que dels quioscos i dels cines n'havia tret molt més profit que el Quico. Ves a saber. Però les llepades... les llepades del Monti la van fer tornar a néixer. Què *pequeño gemido* ni què *pequeño gemido*, que deien les podrides de la Falange! Amb traça, aquells seus baixos tan rebregats en sabien un pou, de refilar!

De desagraïts el món n'és ple, cavil·lava l'endemà a dins dels ferrocarrils tornant cap a casa. Amb unes ganes de trucar a la Palmira i dir-li quanta raó tenies, filleta! Que no volia figa, i que no volia figa, el Quico sempre tan marrà. Doncs ara ja havia trobat el paladar gourmet que l'hi sabia apreciar. I van quedar que un cop al mes se'l regalarien, el banquet.

I com que alegria cria alegria, un vespre el mitjà es presenta amb el company de pis dels últims anys. Que no és company de pis, que és més, i que s'hi casa d'aquí a tres mesos. I resulta que els hi venen a dir que tenen una mica de merder amb la banda d'ell, que té els pares separats i sa mare vol venir amb una amiga, que tampoc és amiga, que també és més. I el tema és que no saben pas com fer-s'ho per organitzar la taula presidencial. Uf!, semblava que no acabaria mai l'explicació, el mitjà. El Quico encara no ha assimilat la primera notícia, com per resoldre un assumpte de protocol. Per l'amor de déu, s'aixeca del sofà la Lali: Que no sabeu com fer-nos seure?! Que no sabeu com fer-nos seure?!

Au, ja té nova *missió*.

Anita

Tota la colleta resaven perquè els vingués *la tia Maria* abans de les vacances. Per poder anar tranquil·les a la *platxa*, com les escarnien a Cubelles. L'Anita, al revés. Tant de bo recargolar-se a sobre d'aquelles rajoles, tant de bo! Eren del color dels llaços que li plantificava de menuda sa mare. I molt més fredes que les del quarto de bany de Barcelona. S'hi passava hores, l'Anita, en aquell terra rosa, arronsada com un cuc. Li feia l'efecte que li adormia una mica el mal. I la que s'adormia era ella. Estabornida, mig a l'altre barri.

Aquest cop s'hi havia estat tres dies, rabiant per la regla. La mare li feia beure infusions de marialluïsa. Li portava ampolles d'aigua calenta. Li feia fregues a la ronyonada. No sabia on dar-la, pobra dona. Tot era en va. I de cal metge també n'havien sortit de buit. Això no és res, nena, va dir el de capçalera. Què es pensava, que la menstruació feia pessigolles?, es va fer el xistós el ginecòleg. I encara més. D'alcavot, va fer: Em vol creure? Casi's i tingui fills, com més d'hora millor: li passaran tots els mals.

L'Anita *ja* tenia vint anys i els pares nyic-nyic-nyic tot el dia. Quedar per vestir sants ni pensar-hi. Has de conèixer un bon noi i has de conèixer un bon noi. I avui hi havia festa particular a cals Batet. L'Anita encara sagnava a base de bé i no li havia marxat la rampa de les cames: cap ganes. Però les amigues la van venir a arrencar de casa. I no se'n va poder escapolir. Li van desfer la cua, li van enretirar el serrell amb un clip, li van posar ombres gris clar a les parpelles i la van fer canviar de brusa: aquesta!

I au, a bellugar la carcanada.

Però no es movia de vora el tocadiscos, ella. L'hauria desmuntat. No n'havia vist cap de portàtil i se'n delia. El seu el tenia més que potinejat, com totes les ràdios que li queien a les mans. Peça per peça. Algunes les havia sabut tornar a la vida, d'altres criaven malves. Però el pare ben cofoi. Deia *quina manetes estàs feta!* i n'hi comprava una altra.

—Que vigiles que no posin la Karina, Fórmula V i altres carrinclonades? Em dic Joan. I tu, guardiana dels Beatles?

L'Anita va girar el cap. Pelut de cabells igual que el John, el Paul, el George i el Ringo. Uns pantalons negres impecables i un polo del rosa de les seves rajoles. Només per això ja li va fer gràcia:

—Anita, molt de gust.

—Quan acabi *Get Back* podràs posar aquest, Anita? —va fer el xicot amb *Funky Street* d'Arthur Conley a la mà—. I demanar-te que la vinguis a ballar potser ja són massa peticions en un dia.

—No, vull dir, sí, vull dir, entesos —i tots dos van esclatar a riure.

L'Anita va treure el disc de la funda i el va posar al plat. Va pitjar l'start i va deixar que l'agulla el gratés. Un parell d'espetecs, i van començar les primeres notes d'aquell soul que revifava les estàtues.

El Joan va començar per donar peixet als del seu voltant. A fer veure que era un grup que ballava. Tretze segons. Els tretze segons que triga a sentir-se el picar de mans de la cançó. A partir d'aquí, ja no hi va haver grup que valgués, només solista. I quin un! Quina electricitat! Segur que només tenia dos peus? Quina remenamenta! L'Anita no era balladora, però ni que ho hagués sigut: no se'l podia atrapar, el Joan. Se'l mirava tothom meravellat. I ara tothom ja li feia rotllana.

L'Anita va anar reculant, reculant, i el va acabar d'admirar de la taula de les begudes estant. Les fiblades de la regla li tornaven i va haver de seure. Però guaitar-lo les hi esmorteïa. I ben enriolada, ara que tothom felicitava el Joan igual que si fos el mateix artista d'Atlanta.

—Una coca-cola? —va venir a destorbar-la una veu.

Potser li havien pintat massa els ulls, va pensar, tants borinots...

—Gràcies.

Li va servir la beguda, va fer córrer una cadira i se li va escarxofar al davant. Eclipsi total. L'Anita volia tenir localitzat el Joan i no veia ni papa. I aquest no li va demanar ni el nom. Ni el protocol·lari *estudies o treballes*. Va posar la directa i l'eclipsi també va ser auditiu. Sonava *Sugar, sugar* i a l'Anita amb prou feines li arribava l'*oh, honey, honey,* amb aquella matraca sense aturador. Resumint molt: es deia August Gomis, treballava a la Catalana però no venia *seguros*, no era cap mindundi, el *papà* hi tenia un càrrec i ell també hi faria carrera. S'havia informat de les estiuejantes que estaven per merèixer i li havien fet molt bon cartell d'ella, per això ni li calia saber el nom ni què feia, perquè ja ho sabia. Tenia trenta-un anys acabats de fer.

Ah, i un fillet de cinc anys, també tenia.

L'August era vidu de no feia gaire i *necessitava* tornar-se a casar.

Desesperadament.

L'endemà li va fer portar un buquet de flors a casa. L'altre ja s'hi va plantar en persona. Va presentar credencials als pares amb un assortit de bombons i una capsa de puros i tot van ser festes. I ja no hi va haver més funky: l'August era l'únic de la festa particular que anava enclenxinat i duia corbata. Poca boîte, ell. Poca electricitat i només dos peus, dels que toquen ben a terra. Però l'August Gomis també tenia planta, làbia i una seguretat que no s'esllavissava. I feia córrer un cotxàs. I va ser amb això que la va tenir al sac.

L'Anita cremava benzina des dels onze anys. Perquè des

que tenia ús de raó que n'havia fet el seu joc, dels cotxes. Corria a apuntar-se tot model que desfilés per la seva vista: *Un 4L! Un 124! Un Simca 1000! Una furgoneta DKW!* Llibretes i llibretes plenes. I pots pensar, quan son pare va tenir el doscavalls. Li va haver d'ensenyar a conduir per no sentir-la. Del primer dia que hi va pujar que no va parar. Durés el que durés el trajecte, anessin allà on anessin. A l'Anita tant li feia cap paisatge, la cara sempre enganxada a l'espatlla del pare. Els ulls a l'aguait de tots els seus moviments. Quan tornaven cap a casa, els hi repassava: *el peu al pedal, la clau al contacte, i la primera, cap a l'esquerra i avall, a la palanca de marxes!* I ja podia arrencar, ella. Feia una mímica tan precisa i unes ganyotes tan convençudes que no la podies passar per alt. I el pare se la va haver d'endur els diumenges a fer pràctiques per Cubelles. Per entremig dels camps, pels volts del càmping, al final de la carretera... S'emportaven dos coixins de casa perquè hi arribés i au, pare, digueu-me on voleu que us porti, li deia l'Anita amb la roda de volant entre les mans. *Quina múrria estàs feta!* Però el pare només li deixava posar fins a segona, que el cotxe fes quatre pufpufpufs i ja en tenia prou per fer-se passar la il·lusió. Va durar poc. L'Anita cada diumenge pidolava més estona i més marxes. I el pare es va empescar de marcar el camí amb dues pedres i fer-la aparcar, per tenir-la entretinguda. I amb allò sí que la feia suar. Però tan aviat com ho va tenir dominat, va voler que vingués la mare, que la veiés com feia la merdera. I que la retratés.

Es va traspaperar fa molts anys, aquella foto: una Anita de vora catorze anys i un somriure triomfal traient el colze per la mitja finestreta del seient de conductora.

Quan en va fer divuit no podia anar més envalentonada, l'Anita: la teòrica se la trauria xiulant, i la pràctica, la pràctica amb una mà lligada a l'esquena! Després de cobrir l'expedient del *deber nacional*, esclar. Sense acreditar el Servicio Social Femenino ja es podia pintar el carnet de conduir a l'oli. I l'Anita va haver de passar aquella *mili* que la podridura franquista s'havia inventat per adoctrinar, controlar i humiliar les dones al seu pas a la vida adulta. Va mirar opcions... Doncs fer l'aixovar per una criatureta que tingui la dissort d'anar a parar a la Casa de la Misericòrdia, ves. Una canastreta de vímet amb un jersei i uns peücs de fil perlé i una flassada de cotó. L'Anita no sabia de cosir ni ganes. Va triar aquest correctiu perquè sa tia era una artista cosidora de peces que li va tenir enllestida en dues setmanes la feina de sis mesos. I ja tenia el carnet de conduir a la butxaca.

Però de la dèria pels cotxes i de la traça per desmuntar i muntar ràdios què en podia fer, l'Anita? Que una filla tingués aficions *de xicotot* encara feia mitja gràcia. Dedicar-s'hi, de cap manera.

—Bruta de mans tot el dia? En coneixes cap, de noia que faci de mecànic?

—Doncs estudiar per ingenier —va provar l'Anita, son germà gran bé que ho era.

—Sola en una classe de només galiassos? En coneixes cap, de noia ingenier?

Ja tenia els *sís* per les primeres preguntes, ja, l'Anita. Però per les segones només hi havia *nos* i el pare la va apuntar a fer secretariat. *Que això sí que fa per una noia*. A canvi li va prometre un sis-cents. Descapotable.

Ja no va caldre. El 1500 color crema nou de trinca de l'August la va fer caure de quatre potes. No n'havia conduït mai cap i quan el va tenir agafat pel ganyot... allò sí que era anar al galop! Quina finor!..., quina melodia!..., comparat amb el doscavalls de son pare. L'Anita va fer la pujada de l'Arrabassada com si li hagués de puntuar pel campionat d'Europa. I l'August no era babau. Va ser clissar-li la cara a dins del 1500 i fer-li una promesa: *Quan serem casats, el conduiràs sempre tu*. I va quedar bé amb la vianda al plat, l'August. Perquè ara poc que l'hauria de menester, el 1500. La Catalana traslladava les oficines centrals a Sant Cugat. Cada matí s'enclenxinaria, es faria el nus de la corbata, agafaria els ferrocarrils, s'asseuria a l'entapissat de vellut verd de segona classe, per descomptat, i baixaria a Sant Joan. Com el senyor que era.

L'August l'hi posava tot en safata. Les presses i la bona cartera en saben molt, de servir solucions. I si l'Anita tenia el cuquet d'ennegrir-se les mans, a casa en tindria un tou, d'aparells per remenar: *No ens caldrà avisar el tècnic de la rentadora!* I si tenia el neguit de faltar a la feina dos o tres dies al mes pel mal de regla, a casa es podria recargolar tant com volgués. Amb això no gosava fer-hi broma, l'August, però també ho trobava ben pla. Que plegués de l'oficina demà mateix, que no hi pensés més a fer de secretària, que també tindràs el nen i... els que ens vinguin, de feina no te'n faltarà! Per això no s'havia d'amoïnar, li assegurava.

Per res.

L'Anita va somiar amb tot de sants despullats que l'empaitaven perquè els vestís. Es va despertar de cop i entresuada, i li va venir la imatge de l'August. La seva planta, la seva làbia, la seva seguretat que no s'esllavissava...

I per res més que per ser la dona de l'August Gomis, l'Anita s'hi va casar.

I que no era prou?

El nen, un tros de pa, de seguida es van avenir. De seguida li va demanar: Que te'n puc dir? Al cel hi tinc la mama Elvira, aquí et tinc a tu. I *mama Anita* va quedar.

Les carreteres dels caps de setmana i els estius a Cubelles li omplien els pulmons, a l'Anita. Ara, el que s'allargassava entremig... El que anava de dilluns a divendres i de setembre a juliol era un ofec. L'August a la Catalana, el nen a estudi i la mama Anita a dins d'aquelles quatre parets. Tancada. Cada dia del món. Sense més al·licients que les tardes que berenava amb les amigues del secretariat. Sense més compromisos que els vespres que tenien a sopar els *jefes* de la Catalana. Sense més reconeixements que l'*aplauso per la cuinera* que l'August dedicava als seus plats.

L'Anita s'anava pansint sense saber-ho. O potser sabent-ho massa i tot. Perquè amb això s'hi encantava sempre. Quan anava a portar el nen a natació. Quan tornava del mercat. Quan el recollia de l'acadèmia d'anglès. Se'n trobaven cada dos cantons, de paradetes de degustació de productes afaitapagesos, en aquella època. Tastets amb enquesta de consum obligada, esclar. Curiositat per l'últim crit en margarines, foie-gras, postres làctics i altres llepolies? Doncs primer ompli aquest qüestionari, senyora, que l'embafarem de propaganda així que tinguem les seves dades. I sí que li agradava escriure-hi una cosa, l'Anita, en aquelles caselles. Estampar-hi un *títol*. Què hi has posat?, li preguntava el nen. No res, va, som-hi, li feia una pinçadeta al nas i el tibava de la mà.

Però el nen ja ho havia vist.

Ja havia llegit aquell substantiu amb el seu complement nominal que donava resposta a *professió*.

L'Anita s'inventava una identitat per cada enquesta: Carme Garcia, Natàlia Pastor, Maria Ferrer, el primer nom que li passés pel cap. De *professió* sempre hi posava la mateixa. Si secretària no perquè ja no ho era, *sus labores* ni morta, que ja prou que l'havia de rosegar al DNI. Voleu escarni? Doncs dues tasses. I de professió deixava apuntada *paràsit de la societat*.

I anar veient com passaven els anys, l'Anita.

Tancada a la gàbia.

Parasitant.

Parasitant i sense que li hagués vingut cap fill.

Parasitant i sense que li hagués marxat el maleït dolor.

Va voltar la seca, la meca i les valls d'Andorra, al darrere d'un metge que hi sabés posar remei. Ferro fred, cada consulta de Ganduxer en amunt que picava. Estava convençuda que temps a venir se sabria que allò seu tenia un nom, que no era *només mal de regla*. Que temps a venir es veuria un escàndol aquella indiferència. Aquell maltracte. I l'Anita se les apuntava com feia amb els cotxes. I ja en tenia tota una col·lecció, de contestes poca-solta:

—*El període fa mal, senyora, què vol que li digui?*

—*Si totes les dones menstruen, deu ser que vostè és fluixa.*

—*S'escolta massa, això no és res!*

—*No hi doni més voltes, deuen ser nervis.*

El penúltim doctor va tenir la barra de sentenciar-la: Si no servia per tenir fills, hauria de servir per aguantar el mal. I l'últim de tota la rècula la va arribar a felicitar: Pot donar gràcies de ser a l'any 1979, que una centúria enrere haurien provat de curar-la amb sangoneres, camises de força i mutilacions genitals. I pitjor encara: l'haurien tractada d'histèrica i tancada a Sant Boi per boja.

Sort en va tenir de la farmacèutica del barri, la Flora. Un dia li va preguntar: T'infles de saldeva i et fa el mateix efecte que si t'atipessis de confits, oi que sí? I li va treure un tub d'optalidón a sobre del taulell: Té, dos al dia, i ja m'ho sabràs dir.

Oli en un llum, Flora!, li va entrar a la farmàcia a picar l'ullet una setmana més tard. I això que la fera la tenia tancada a dins del ventre igual, l'Anita. Però ja no clavava les mateixes queixalades cada mes. I és que havien d'estar fetes d'una cosa molt bona, aquelles pastilletes roses. D'una cosa boníssima, que li poguessin amansir la fera i revifar l'empenta.

Amb l'optalidón li va gosar dir el que *ella* necessitava.

I *desesperadament*, també.

—No, Anita, que a la Catalana es pensarien que em gasto la mesada al casino. En coneixes cap de dona de *jefe* que hagi de treballar? —Ja hi tornàvem a ser, la mateixa punyetera pregunta de son pare.

—Tant se me'n donen les altres, August, t'estic parlant de mi.

—De la senyora Gomis, Anita. I si et deixés treballar em posaries en un compromís.

I li va haver de dir que no a la Lali, l'amiga del secretariat que va saber d'una feina a Ràdio Barcelona. La plaça era de telefonista. Però només de pensar que podria treure el cap en un estudi ja li venia salivera. Doncs l'hauria d'escopir. O empassar-se-la amb dos optalidons. I això va fer.

*

Era pels volts de la Puríssima. L'Anita havia agafat afició a comprar el marisc a l'avançada. I a congelar-lo, per més que cantessin les cunyades bocafines. Haver de parar sempre la mà no pot ser, li havia insistit la Lali, has d'esmolar el sentit de les finances i procurar-te un raconet com faig jo, pel que pugui ser. I ja ho crec. L'Anita s'anava cobrant el *no treballaràs* de l'August. Estalviava tant com podia sense que li desmereixés res. Un art. Perquè les cunyades bocafines no acabaven llepant el plat per vergonya. Cada any passaven l'examen: *Boníssima, et queda la sarsuela, Anita! Com es coneix que el peix és fresc! Oi tant!* I per raó del rap, del lluç, dels calamars i de la closca que necessitaria pel dinar de Cap d'Any que sabia perfectament que hi tenia cinc mil pessetes, al bitlleter. Ai, mare... L'Anita vinga butxaquejar. No, tu... les cinc mil peles no sortien per enlloc. Perquè...? I si...? No, no podia pas ser, els devia haver llençat ella a les escombraries sense voler.

No... el nen, no.

El nen tenia disset anys i encara li deia mama Anita. Com li havia volat la joventut, a còpia d'empentar la d'ell. Si feia quatre dies que li anava a buscar el panet al forn perquè el berenar li fes de crec-crec. Si en feia tres que muntaven junts el puzle gros les tardes de pluja. Si en feia dos que l'havia dut a Perpinyà a enfitar-se dels llibres i dels discos que aquí la censura aturava a la frontera.

El nen tenia disset anys i encara deixava que li pincés el nas. Encara li feia un petó quan entrava i sortia de casa.

Sempre.

Sense haver-l'hi de pidolar.

I l'any que ve si déu vol, l'any que ve entraria a estudiar Filosofia a la universitat, explicava tota cofada l'Anita. L'August hi va arrufar el nas de bon començament. De hippiosos, d'anarquistes i de radicals, deia que era carrera. Però el cop d'estat havia fet falluta. I feia un any que s'havia pogut tornar a votar president de la Generalitat. La democràcia floria per totes bandes, imparable. Temps desagraïts per fer de tirà. I no li va tocar més remei que pair-ho: el nen seria la primera generació de Gomis que no s'interessés per la Catalana. De treballar-hi ja en parlaríem, pensava secretament l'August. Covava l'esperança de poder-lo captar un dia o altre. Quan la filosofia no li pogués pagar els capritxets. Ja cauria, ja. Quan volgués tornar a viure amb l'esquena dreta.

De Cap d'Any a Dijous Gras ja havia trobat a faltar deu mil cuques més, l'Anita. I no feia catúfols, no: aquest cop les hi havia deixades exprés. I havia picat com el ratolí per un bocí de formatge. I ja podia dir el pecador. Per desgràcia el pecat també.

No és que fes mala cara. Ni tuf de cap mena quan li se li va acostar pel petó. L'Anita l'havia esperat fent ganxet al menjador. Va ser per la manera que va caure fos al sofà. Sense mirar-se-la. Per la manera que va tornar en si i va dir *me'n vaig al quarto*. Sense entendre's. L'Anita li va anar al darrere i ni se'n va adonar. Es va deixar anar al llit bo i vestit, i va quedar com un soc. *I amb la caçadora rai, però amb les vambes...* I a poc a poquet l'Anita li va treure la del peu esquerre. I l'hi va deixar arrambada a sota el llit. A poc a poquet li va treure la del peu dret. I li va saltar una cosa. *Què coi...?* Una xeringa. Una xeringa havia sortit volant i havia anat a parar entre la pila de discos de The Doors, Janis Joplin i Jimi Hendrix, i la pila de llibres de William Burroughs, Allen Ginsberg i Jack Kerouac. L'Anita es va haver de calmar un moment. Rumiar que en algun lloc devia tenir un mocador. *Sí, a la butxaca del batí, sí.* Va embolicar la xeringa i va córrer a amagar-la a la galeria. *On? On?* Va arreplegar el cubell de fregar i l'hi va deixar caure.

—Ja ha arribat el nen? —va fer mig adormit l'August.

—Sí, dorm, dorm... —i es va girar per tancar el llum de la tauleta: *Dorm tu que pots.*

L'endemà era diumenge i l'August no perdonava l'ensaïmada amb nata. Va sentir el clec de la porta de la cuina estant i se'n va anar d'una revolada cap al quarto del nen. Amb la galleda.

—Busques això? —el nen estava regirant-ho tot de daltbaix.

—Mama Anita... —li va fer deixar el cubell a terra i li va agafar totes dues mans.

La volia convèncer. De com l'havien ajudat a pensar diferent els discos, els llibres i les drogues. Sí, les drogues sobretot. Un pensar més obert, més panoràmic, més lúcid. I de com l'havien fet comprometre's a una vida *efervescent*, no anquilosada. La volia convèncer que ara era el moment de la seva generació, de capgirar el món com un mitjó, amb tanta fam de llibertat com tenien i aquella pseudodemocràcia que ja es veia que no. Que ni puto cas al jovent, que ni enderrocar la família patriarcal, ni obrir les presons, ni dissoldre els cossos policials ni posar fre a la maquinària capitalista que ho trinxaria tot. Res de res, aquella pseudodemocràcia.

—I entre la corbata i la xuta, trio la xuta. M'estimo més ser un paràsit de la societat que no pas contribuir a podrir-la com fa el pare.

L'Anita tenia les mans gelades i una veueta que li deia que sí, que els ideals són molt bonics, però que no, que mala peça al teler.

Es van desenganxar de l'abraçada quan es va sentir la porta.

—El pare! —va fer el nen—. Ni una paraula, sisplau.

L'Anita es va posar el dit índex als llavis i se li va dirigir amb el possessiu que no havia gosat mai dir.

—Però no te'n facis esclau, fill meu.

I va semblar que la cosa no s'embalava. El nen parava poc per casa però ben engrescat amb la universitat. I ja feia tercer. Un pelet més prim, potser, el repassava l'Anita. Serà de tant amunt i avall, on vas a parar tantes classes. I assemblees, i jornades, i col·lectius, i moviments i més vocabulari d'aquell que el nen sempre tenia a la boca per disgust de son pare.

Avui havia avisat que no l'esperessin, que es tancarien a estudiar al pis d'un company. Millor que millor, va pensar l'Anita. L'August no estaria en guàrdia per si en deia alguna. I ella no hauria d'estar en guàrdia per la que diria l'August de la que havia dit el nen. Els venia un *jefe* de la Catalana i la seva dona a sopar: tindrien l'àpat tranquil.

Amb el còctel de gambes els va caure la bava. Van repetir de filet a la mantega de fines herbes tots dos. I l'Anita ja sortia de la cuina amb una safata de la fruita més cara del mercat. Havia copiat una recepta que la servia talladeta a rodanxes i amb confitura de gerds. Perquè també era la fruita més lletja, i bé que l'havia de fer lluir, a més de vint duros la peça com anava. Peluda per fora i verda per dintre, amb més vitamina C que la taronja, i venia de l'altre cap del món, li havia fet l'article la fruitera: se'n diu *kivi*.

—Encara no n'havíem tastat, oi que no, Josep Ramon?

—Doncs ja en pots comprar demà mateix, Nené!

L'August més tibat que un rave. Un petit trumfo però gustosíssim, l'exòtic *kivi*. I es va mirar l'Anita tot satisfet. Un ring, ring, ring, li va interrompre paladejar més el moment. L'Anita es va aixecar per respondre des del supletori del seu quarto.

—Perdoneu, ara torno —va dir als convidats.

Ring, ring, ring. Calla!, va adonar-se l'Anita a mig passadís, si al quarto no trobaria el supletori, si havia hagut d'avisar la Telefónica perquè fregia! Ring, ring, ring, si ella l'havia desmuntat però no se n'havia sortit! I va haver de girar cua. I despenjar el telèfon del menjador. Davant dels convidats.

—Sí, es nuestro hijo —va confirmar l'Anita amb una veu que li pesava cent rocs—. Via Laietana, entendido —i es va quedar amb l'auricular a la mà. Sense moure una fibra del cos. D'esquena, clavada.

—Anita, què passa, l'han atracat, ha tingut un accident? Digues, parla! —li va ordenar l'August passant per alt les visites.

L'Anita es va girar i blanca com la paret va haver d'anunciar:

—Diuen que l'han... que l'han detingut —i ara sí que l'August s'hauria volgut fondre.

—Truca al Ramoneda, Gomis —va córrer a donar un cop de mà el Josep Ramon—. Se sap totes les lleis i totes les trampes, i té coneguts a la policia.

—Segur que l'han pres per un altre. Voldreu cafè? —va voler salvar les aparences l'August.

—Segur que l'han pres per un altre però tu truca al Ramoneda —va insistir fort i ferm el Josep Ramon.

—I de cafè no en prendrem, no patiu per nosaltres, marxem ara mateix perquè pugueu fer tranquils —i la Nené va posar punt final al sopar.

Resulta que havien posat en pràctica la teoria, els estudiants de filosofia. Buidant un estanc. Dos feien la feina i el nen vigilava la porta. Es va salvar de la presó perquè per tres mesos i mig no arribava a la majoria d'edat penal. I perquè el Ramoneda entrava a comissaria com si fos a cal sogre. Però aquesta gentussa no m'acceptarà els calés la pròxima vegada, la va avisar fluixet però sense estar-se per brocs: Asseguri's que no es torna a fotre en cap més merder.

Asseguri's, en imperatiu singular.

L'August no hi havia volgut anar. El Ramoneda els va dir que al cap d'un parell d'hores estaria tot arreglat, que el podrien passar a buscar. L'August li va donar les gràcies com si parlés del veí i va penjar. I passar la vergonya de treure un lladregot que porta el cognom Gomis? L'Anita no va perdre temps amb cap contesta. Va agafar les claus amb una sarpada i que maleïssin junts, ell i orgull!

I volava, amb el seu Opel Kadett, volava més que mai.

Ni el color dels semàfors no veia.

A l'altra banda de la comissaria va entrellucar un paio amb un tabardo fosc que pipava un cigarret amb ànsia. Havia de ser ell. Doncs ja li he dit tot el que li havia de dir, senyora Gomis, no compto que la facin esperar gaire. El Ramoneda va guillar i l'Anita va haver de tirar canguelo coll avall. I travessar la Via Laietana.

Sígame, li va dir un guripa després de comprovar el nom del nen a la llista. Va agafar la llibreta i la parsimònia, i la va fer pujar escales amunt. Al primer replà li va obrir la porta d'una saleta: Espérese aquí, señora. Què van haver vist, les tres dones que ja hi eren! El van començar a metrallar.

—¡Manuel Pérez Sancho!

—¡David Pino Ruiz!

—¡Fabián Santafé Expósito!

—Cuando se sepa algo, ya se las avisará —va fer amb les mans amunt i avall com si fos un domador. I encara les va esverar més.

—¡Soy su madre!

—¡Y llevamos aquí toda la noche!

—¡Y tenemos nuestros derechos!

—Señoras, que se lo he repetido cien veces, ¡joder!

—Queremos saber cómo están nuestros hijos, ¡lo queremos saber!

—¡Basta ya! Si me dan más pol saco las encierro a ustedes también.

—¡Nos da lo mismo!

—¡Hemos venido a por nuestros hijos!

—Qué pesadilla de mujeres... ¡qué pesadilla! —i els hi va tancar la porta als morros.

L'Anita no havia vist mai una cosa igual.

Un valor com el de tres mares encarant-se al guàrdia fetes una fúria, sense por de vent ni foc ni aigua? Un valor com aquell? Enlloc. En sa vida.

Una era de Sant Joan Despí i les altres dues de Cornellà. Al bloc d'elles no hi havia família que no tingués un nano entrampat amb l'heroïna. I comptades amb els dits d'una mà, les que no en tinguessin cap de tancat a la Model. *Mucho paro y mucha droga, lo peor que puede juntarse, chica.* El fill de la de Sant Joan Despí havia buidat una farmàcia, i els dos de Cornellà un supermercat. I esclar que se'n donaven vergonya, tu diràs. Però deixar-los a l'estacada? Desentendre-se'n? D'un fill? Una va explicar d'una veïna que s'havia posat a vendre droga ella. Fins que no l'enxampessin, uns anys que el seu nano no hauria d'atracar per punxar-se, uns anys que seria fora de la presó, que la primera vegada que el van tancar a la Model va sortir més enganxat que quan hi havia entrat. I de gràcia gens, però tampoc no li feien fàstics, a la idea de ser elles les que els donessin els diners pel cavall, un cop ja havien començat. Què més haurien volgut que se'n sortissin, però sols no podien, i no havent-hi ajuda de cap ambulatori ni de cap ajuntament, quan els veien amb el mono haurien deixat plomat el mateix rei, per no tenir-los patint d'aquella manera que no era humana. I que la vida s'havia de prendre així com t'arribava, també li explicaven a l'Anita, que elles de solucions miraculoses no en tenien, però que girar-se de cul com feien els seus marits, mai. Girar-se de cul i que desaparegués el problema sol, oi?

—Porque nunca un padre, chica, ni aquí ni en la Modelo.

—Jamás he visto yo un hombre patalear por su hijo.

—A ti tampoco te lo tiene que contar nadie, si estás aquí es porque eres madre.

I amb el silenci que es va fer van poder distingir unes peuades. Havia passat més d'una hora, ben bona. Ara sí que els hi dirien el què dels seus fills, ara sí. El guripa va obrir la porta i se la va mirar. *Només* a ella. I l'Anita va sentir a la boca de l'estómac el que ara mateix els passaria per dintre a les tres mares que havia conegut.

Tres mares amb els principis més ben posats que els governs de mig món.

Però tres mares sense un Ramoneda per trucar.

Ni la cartera d'un August Gomis per untar la policia.

*

Feia setmanes de la nit a la Via Laietana i l'Anita encara hi pensava. Com devien estar aquelles mares, què hauria passat als seus fills, si se'n sortirien... I també pensava que ella no sabria ni per on començar, si hagués d'anar a buscar droga. Però ja no en feia prou, per més que s'haguessin acabat els kiwis, que de peix només comprés sardina, que hagués canviat soles i tapetes per allargar les sabates i s'hagués deixat el cabell estirat de natural per no haver-se de fer la permanent a ca la pentinadora. Ja no en feia prou per engreixar el raconet tan de pressa com el nen se l'hi menjava.

Ella no tenia aquell valor, no.

Però tenia aquell llamp de cotxe...

I moltes conegudes...

Una miqueta de poder potser sí...

Alguna cosa faria.

—No li diguis feina, si tanta angúnia et fa.

—Anita, no comencem...

—Aquest cop no t'ho estic demanant, August, t'ho estic *anunciant*.

—Però quina necessitat tens de... —tot d'una l'August va lligar caps—. És pel nen, oi? M'estàs anunciant que et posaràs a vendre fiambreres per pagar-li el vici?

—Si tu li passes un tant cada mes jo no em moc de casa.

—Ni un duro per droga, ja ho saps.

—I que el pròxim cop atraqui una farmàcia? O un banc? I que es podreixi a la presó? O que la policia el cusi a trets?

I l'August va haver de treure el cap de sota l'ala.

—Quants te'n fan posar per començar?

I va afluixar les sis mil pessetes que valia el primer lot de Tupperware.

Tòtila de no haver fet el cop de cap abans, ben tòtila. L'aire que li hauria donat de dilluns a divendres i de setembre a juliol. I no eren ràdios ni cotxes, però a vendre carmanyoles va resultar que també hi tenia la mà trencada, l'Anita. Una digna deixebla de la directora comercial que va canviar la història de la Tupperware Plastics Company fent retirar tots els productes de les botigues per vendre'ls exclusivament en reunions d'amigues. Més viva que una centella, la Brownie Wise. L'Earl Tupper hauria fet badalls sense ella. Perquè ell ja podia haver trobat el plàstic més incorruptible, que ella havia endevinat la tecla exacta perquè els hi prenguessin de les mans: tardes de cafè, pastes i gresca, i un feix d'independència econòmica de molt bon agafar.

L'Anita ho va veure amb els seus ulls. Cada setmana n'havia de camelar una per ser l'amfitriona de la pròxima reunió. D'entrada: Jo? No ho sé pas... Vols dir? I va arribar un punt que ho volien ser totes. Totes les amigues del secretariat s'hi van apuntar després de la Lali. Totes les *dones de* després de la Nené. Una darrere l'altra, com fitxes de dòmino, clac-clac-clac-clac. I quin escampall de tuppers i tupperets de tot l'arc de Sant Martí! Aviat no quedaria nevera ni rebost per acolorir en tota la dreta de l'Eixample.

Obrint i tancant portaviandes, fent-los fer el rotet que assegurés l'hermetisme i presentant-ne totes les altres gràcies, l'Anita en treia molt més que la picossada que també s'estava procurant. L'estoneta que durava la reunió podia fer conya, dir bestieses, esbravar-se, deixar-se anar...

Havia trobat el seu *clan de la cicatriu*, l'Anita. Aquella escletxa de l'espai-temps que les dones esberlen amb les seves mans i convoquen quan estan juntes. Aquella escletxa de l'espai-temps on s'entra amb el cor obert i la potència es multiplica. Aquella escletxa de l'espai-temps on emergeix la marea que inunda els deltes. Aquella escletxa de l'espai-temps on se surt amb les ferides netes i sobrefilades. Aquella escletxa de l'espai-temps on una pot sentir-se algú sent una mateixa.

Allà, ella podia ser ella: ni la senyora Gomis ni la mama Anita. No amagava xeringues ni sentia telèfons que no havien sonat, l'estoneta que durava la reunió. I això sí que valia el seu pes en or. Ja prou que quan agafava l'Opel Kadett cap a casa rumiava quant li durarien al nen tots aquells bitllets.

Els que li deixava cargoladets a dins del tupperware taronja.

El que *tan cruixents* conservava les galetes.

I hi havia tanta bona fe com ignorància, al pot de les maries. Què sabia l'Anita què portaven, les paperines que el nen es comprava. Què sabia l'Anita quin mal podia fer, el polsim tan blanc i fi que s'injectava.

Que matava encara no ho sabia ningú.

Feia un parell de dies que no el veia, que se li esmunyia. I allò ja no era estar un pelet més prim. El nen havia arribat i de pet al seu quarto, sense cap hola, sense cap petó. Però l'Anita havia tingut temps de calar-li el cos xuclat. La cara només ulls.

Va entrar sense trucar i se'l va trobar fet un cataplasma. La ragera de nas que no s'estroncava. La tremolor com si s'espolsés de sobre totes les formigues de la terra. Dolia a l'ànima, veure'l ben igual com havien explicat les mares de la comissaria de la Via Laietana. No era humana, no, aquella manera de patir. No el podia pas deixar així.

—Què faig? Què et puc donar, fill?

—L'últim, et prometo que serà l'últim, sisplau... —li va suplicar petant de dents.

—On vaig? Per qui pregunto?

Estava tan a les últimes que només li va saber desxifrar *pensió* i *carrer Escudellers*.

No saps on et fiques..., va desar les claus de l'Opel Kadett al calaix i se'n va anar a esperar l'autobús. Lent com una tartana, però es va haver d'agafar amb totes dues mans. L'Anita tremolava més que el nen. Li feia l'efecte que tothom la mirava. Que tothom endevinava què hi anava a fer, al barri xino. Per més inri, l'autobús anava tirant Pau Claris avall. I Via Laietana avall. Dues parades abans de la seva, la Jefatura Superior de Policía se li va amorrar al vidre. Amenaçant. Va haver de girar la cara. I ja hi era. Es va cenyir el cinturó de l'abric, i au.

Quan va ser a Escudellers li va començar a rodar el cap. En cent metres encara no: Pensión Ribera, Pensión Collado, Pensión Escudellers, Pensión Ulises... *Quina, quina?!* Si s'ho rumiava massa faria mal d'ulls, una senyora com ella allà. Ara pla que se l'havia de fer venir, el poder. Tot el que pogués. Doncs cap a la primera pensió.

—Aquí no hay putas, señora. Si busca a su marido, es la pensión de al lado —li va esclafar per déu-vos-guard la portera.

—Vull comprar... —i va mirar enrere un moment—. Vull comprar una *paperina* —aquesta paraula al límit de l'audible.

—Cuarto piso —no li calia més volum, a la portera. A grapats, en buscaven com ella. I alguns també trobaven a faltar l'ascensor—. A pata, señora, aquí no hay lujos.

Feia una catipén de pixum i d'escombraries que tombava. I se sentia una udoladissa. De dona. Cabronàs!, cridava plorant, desgraciat! L'Anita havia de pensar en el nen per no girar cua. En la ragera, en la tremolor, en el petar de dents.

La porta del quart pis era mig oberta. Va treure forces de flaquesa i s'hi va esquitllar. A mà esquerra, un nano de l'edat del seu roncava ajaçat a terra amb l'agulla penjant del braç. A mà dreta, la noia que cridava ja només plorava. S'apujava les mitges i fugia de l'habitació amb la cara només ulls i la paperina que li acabava de donar el paio que es cordava la bragueta. Que ara es mirava l'Anita. Que ara se li acostava. Esdentegat, granellut. Una esgarrifança la va travessar tota.

—Ningú diria que vostè també es xuta jaco, senyora.

—És pel meu fill. Me'n pot vendre, sisplau?

—És merda de la bona.

—Quant?

—Vint-i-cinc mil nyapos la papela.

L'Anita va treure el bitlleter. Va començar a comptar. El cor li anava a cent per hora. El cap també. Va fer una llambregada aviam si la porta encara era oberta. I abans que ell li pogués arrencar dels dits la morterada, ella li va prendre la bosseta de la mà. Llavors sí que va deixar anar les vint-i-cinc mil pessetes. Les va deixar anar i va córrer esperitada escales avall.

Joder amb la *mamà*!, reia el paio, encantat de fer business amb vostè, senyora, torni quan vulgui!

Darrere la porta, la calma del nen va ser la seva. La de l'August també. L'Anita l'havia avisat per telèfon: ja tinc *la metzina del nen.* I l'August no va anar a l'estació a esperar cap tren: va venir de la Catalana amb un taxi a tota marxa.

Darrere la porta, igual que si s'haguessin punxat la dosi ells. I van rebentar. Era el primer cop que l'August i l'Anita ploraven el nen junts: el primer cop que l'August el plorava. Ni acompanyat ni sol, mai, hauria jurat l'Anita. El primer cop que se li esllavissava aquella seva seguretat. Perquè el corrent que ara el sacsejava de dalt a baix era d'haver-hi tingut una bona armadura. I molt lentament, i agafats, se'n van anar cap al seu quarto. I molt lentament, i agafats encara, es van estirar. I es van estar abraçats plorant qui sap l'estona. Fins a escurar les últimes llàgrimes. Em sap greu que no hàgim pogut tenir fills, Anita, va deixar anar de cop l'August. I aquesta sí que li va venir de nou, a l'Anita, aquesta no l'havia pogut plorar ni ella. I li va contestar acabant d'enfonsar el cap al seu pit: En tenim un, August, i no el podem perdre.

L'endemà l'Anita es presenta a la farmàcia que ni han acabat d'apujar la persiana.

—Què dius de bo?

—No gran cosa, Flora.

—Què necessites?

—El de sempre i consell.

—Passa a la rebotiga, que jo també en tinc per tu.

La farmacèutica li treu una carretada d'optalidons i els hi camufla dins d'una capsa industrial de benes.

De massa cosa bona estaven fets.

—Ens els fan retirar de la circulació, Anita, ja no en podrem vendre més. Abans no te'ls acabis, demana hora al metge, que et doni algun calmant per esmorteir l'efecte de deixar-los, que et podries trobar ben malament.

—Vols dir que són droga, Flora?

—Dona, droga ho és una mica tot, i l'optalidón porta una barreja d'amfetamina i de barbitúric que ara estan veient que... *enganxa*, com passa amb aquest jovent que es punxa i no ho pot deixar.

L'Anita va quedar blava. Verda. De tots colors.

—Doncs ara sí que n'hi ha per llogar-hi cadires...

—Per què ho dius?

—Per quant en tinc, d'optalidón? —i es mira la capsa.

—Mig any ben bé.

—Doncs el meu metge que s'esperi, perquè de fet, te'n venia a demanar un pel nen —la porta de la rebotiga estava ajustada i l'Anita l'acaba de tancar.

—Ell també es...? —la farmacèutica fa el gest de la xeringa. L'Anita un sí amb el cap—. Quin greu, Anita!

—Haig de trobar algú que hi entengui, que l'hi pugui fer deixar.

—La veritat és que els metges no rasquen bola, l'altre dia al col·legi de farmacèutics ens van fer una xerrada. Si no és que en tens per treure'l de Barcelona, aquí, res.

—On sigui, Flora, ni que m'hagi d'empenyorar.

—Doncs ara hi truco, perquè van parlar d'un psiquiatre jove que després de voltar món ha obert una mena de clínica en una masia del Maresme, una clínica per... drogadictes —i al moment d'haver-ho dit—: Ai, perdona, Anita...

Era una paraula que no només feia vergonya. *Drogoaddicte*. També enrampava. Perquè despertava un eixam de zombis. Zum-zum-zum. Zombis que feien tentines pel carrer. Zum-zum-zum. Zombis que rabiaven de fred per les cantonades. Zum-zum-zum. Zombis que es clavaven el verí a la llum del dia. I tothom en fugia, dels zombis. Tothom deia que eren a casa dels altres, els zombis. Que ells cap, de zombi. Però com el nen, ple. De Nou Barris a Sants i de Sant Gervasi a Ciutat Vella passant pel Guinardó. Del Pallars al Montsià i del Segrià al Baix Empordà passant pel Berguedà. N'hi havia ple.

I no tots eren un Gomis. Ni tots tenien una mama Anita. Per no tenir, la majoria ni una farmàcia amiga. Sense una creu verda clement, adeu vàliums i perduretes, l'únic que podia fer passar el mono quan no hi havia xuta. I sense xuta ni medicaments, només quedava encomanar-se al Sant Cristo de les Farmàcies de Pepe Sales.

Perdona'm Senyor
patíem dolor
i ens vau dir que no
receptes, Senyor
Vostè no m'ha vist
tu i jo som el Crist
no vull més passió
Soc jo, Senyor
Sant Cristo de les Farmàcies
digueu-li al botiguer
que em dongui la metzina
o tregui la creu del carrer

El nen va tornar del Maresme com un pom de flors. L'Anita havia de fermar curt les ganes. I mira que se'n moria. De petonejar-li aquelles galtones que s'havien tornat a omplir. De pinçar-li aquell nassarró que ja no moquejava. D'abraçar-li aquell cos tebi i llustrós que ara sí que era el del seu nen. Tornava a tenir il·lusió per acabar la carrera. I deia que a l'estiu se n'aniria amb les amistats que havia fet a la masia per acabar de refermar la *nova vida*. Fins i tot podia discutir de política amb son pare sense engegar-se a la merda. Tot un miracle, el que havia fet aquell psiquiatre jove al Maresme.

*

Els anys 90 havien arribat i omplert de microones les cuines. I l'Anita ja les tenia al maleter de l'Opel Kadett a punt, les gammes de Tupperware especialment dissenyades pels nous forns. La *UltraPro*, que t'hi coïa la teca crua amb total garantia. La *MicroUrban*, que te la feia al vapor i dos plats alhora, si volies. I la *MicroFlash*, que t'hi escalfava tot el menjar que ja tinguessis fet. Ja podien passar anys, ja: la modernor, per elles, sempre havia de ser un coi d'invent domèstic.

L'Anita se n'estava fent uns farts, de vendre aquells nous portaviandes per microones. I va ser idea de la Lali, instaurar un cop al mes un *sopar sense Tupperware*. Que també et convé, una nit de no pencar, Anita! I aquell dia tocava. I ja s'havien ajudat a esporgar les penes, les havien remullat amb cava i s'estaven pixant de riure quan va sonar el telèfon. Anita, corre! Per la cara que li va fer la Lali ho va saber. Malaguanyat miracle.

Va saber que s'havien trobat el nen lligat a l'última xeringa.

Ni el cel volia passar el tràngol. Feia un dia de tardor emprenyat: ni descarregava ni deixava de descarregar. Veure enterrar un cadell de vint-i-cinc anys no és plat de grat. Couen, les esglésies i els cementiris a vessar de joventut a la flor de la vida. Fan memòria de la que se li ha pansit al que hi ha dins la caixa.

L'Anita i l'August semblaven de vidre: s'aguantaven per la quietud. El capellà els va anar a preguntar si trobaven que ja es podia començar. Si què? Ni el van sentir. Els ho dic per si volen que ens esperem que acabi d'arribar *tothom*. Van fer una llambregada: pràcticament buit. La família i la plana major de la Catalana, sí. Però, i el jovent? On era el jovent?

Hi faltaven els que s'hi havien quedat feia tres anys. Els que s'hi havien quedat feia tres setmanes. Els que s'hi havien quedat feia tres dies. Els que s'hi quedarien demà. Els que s'hi quedarien d'aquí tres mesos. Els que s'hi quedarien d'aquí tres anys i els que més endavant també moririen de sobredosi, d'hepatitis o de sida.

També faltaven els que s'esperaven al llindar de la portalada per por que els fessin fora a empentes. Els que encara vivien tenien un enterro cada mes. I ja sabien com les gastaven, pares i germans de casa bona. L'Anita els va anar a buscar i els va acompanyar a seure: *ell estaria content que hi fóssiu*. Un dels amics, un de Berga que havia vist un parell de cops per casa, es va acostar al primer banc.

—Li he escrit quatre ratlles. Si els sembla bé...

L'Anita va anar tard a dir que sí.

—Més val que no, aquí hi ha gent important —va desairar-lo l'August.

—Pel nen ells ho eren més. I tant, noi.

L'August no va tenir esma de contradir-la. Després del *consoleu-vos, doncs, els uns als altres amb aquests ensenyaments*, el capellà va fer senyal al xicot de Berga. El paper li tremolava com una fulla.

L'eternitat és tot el que ens queda per compartir, estimat, l'eternitat d'un silenci teixit d'ecos de vida inorgànica, que malgrat la mutació constant i la desaparició progressiva dels miratges de la memòria, particular i col·lectiva, murmurant «Fins ara, Mirall», t'honora i t'acompanya cap al país dels cavalls salvatges.

Van sortir del cementiri i van anar a cap a casa. I ja eren

dos zombis més. L'August es va tancar a la closca i l'Anita va fer veure que no s'hi tancava. Reunions de Tupperware fins que no va quedar cap casa a Barcelona per assortir, sopars amb les amigues cada mes, vacances a Cubelles i caps de setmana igual. Tothom sabia que si volien l'Anita *de sempre*, no li havien de treure mai el nen. Ni la pastilleta per dormir. Això tampoc se li podia treure, a l'Anita.

*

I els anys que van anar fent la viu-viu així, tots dos. La gent se'n feia creus de com havien aguantat el cop. Però un dia va començar la neteja. L'Anita es va llevar de bon matí i es va arremangar. Fora de si. Els primers d'anar a la bassa van ser els tupperwares. Barrabum! Barrabum! Barrabum! Empipada com una mona, els llançava de dalt de l'escala estant. Després els hi va tocar el rebre als llibres. Després als discos. Més endavant a la roba.

Els llibres, els discos i la roba del nen.

Els llibres, els discos i la roba que no havia gosat tocar.

Mai.

I cada any que queia era pitjor que l'anterior. I ja n'anaven molts, des que l'Anita va començar la *neteja*. I un matí l'August es va voler treure la gota de cafè que li havia regalimat amb l'últim glop. Va obrir el calaix dels tovallons i no n'hi va trobar cap. Ni per mostra. Cap tovalló, cap eixugamà, cap estovalla, cap davantal...

—Medicació? —va repetir la neuròloga a l'August. L'Anita no contestava, es va encantar amb l'altaveu bluetooth que imitava una ràdio antiga.

—Ni colesterol, ni pressió alta, ni sucre, no té res.

—No pren cap medicació de cap classe?

—No sé si compta la de dormir... —va fer l'Anita aterrant a la consulta.

—Què pren, senyora Gomis?

—La pastilleta que em va donar el metge de capçalera, que en fa d'anys.

—Quants anys? —l'Anita ja tornava a quedar en blanc.

—Més de trenta, Anita? —i ja no hi tornava a ser.

—Em penso que des que van retirar els optalidons.

—En prenia, la seva dona, d'optalidón?

—Sí, pel mal de regla.

—Mal de regla més enllà de la menopausa, ho sap?

—Mal de regla tota la vida, doctora, des del dia que la vaig conèixer.

—Doncs també l'hi mirarem, perquè pot ser que hagi patit d'endometriosi sense cap diagnòstic ni tractament.

—Però això d'ara sí que és preocupant —va dir l'August per si la neuròloga no se n'havia adonat.

—La qualitat de vida que li puguem proporcionar a tots nivells és important, senyor Gomis. Cada cop més estudis relacionen la *pastilleta per dormir*, els psicofàrmacs que li han estat receptant durant dècades, amb les demències senils precoces. Li farem més proves, però ha d'estar preparat.

I a les vellors, l'August va haver d'aguantar el xàfec. I fer el que no comptava que hagués de fer. Mai. Ni per home, ni encara menys per Gomis. El que des que es va casar tenia coll avall que entomaria l'Anita, onze anys més jove com li era. Però s'havia girat la truita. I per primer cop li tocava a ell estar-se a casa i estar per tot: portar-li el compte de les medecines, de les visites a la neuròloga, ajudar-la a vestir cada matí, fer-li fer exercicis de memòria, péixer-li el menjar, acompanyar-la a fer el voltet cada tarda, demanar a la pentinadora que vingués a casa a fer-li el cap i les ungles, buscar una callista que li fes els peus... I també li va tocar a ell, demanar-li a la Lali que li trobés una cuidadora quan ja se'n va veure un bull. Que per més Gomis que fos, l'August tenia el sucre i el colesterol alts com la terregada. I aquella esquena seva tan altiva també se li vinclava, també. L'August ja havia fet els vuitanta i fins aquí havia arribat, encara que li reqüés. Que li va recar. Haver-se de ficar una dona a casa, ell... I una dona *de fora...* Però l'Anita i la Gabriela havien congeniat des del primer dia. Què ho feia, no ho sabia, l'August. Però que estaven de gust juntes se'ls hi veia d'una hora lluny. La Gabriela no es va mirar mai l'Anita com una estranya. Ni l'Anita es va mirar mai la Gabriela com una forastera. I es deixava domar els rampells, es deixava amanyagar: es deixava fer per ella. I als primers temps i d'aquella manera, però tot rutllava, amb la Gabriela a casa. Però és que ara... Ara l'Alzheimer de l'Anita ja no era de tan bon portar. Ara no passaven ni cinc minuts des que l'August posava un peu al carrer i amb prou feines havia agafat l'antic compàs, que ja patia per si la Gabriela el telefonava. Patia pel balcó, pel gas, pels ganivets que li havien d'amagar a l'Anita. Qualsevol dia pot fer un disbarat, es mortificava, i no hi serem a temps.

—Com va, noia?

—Pues ya que lo pregunta, hoy muy fatigada —l'August va fer cara d'interrogant—. La señora Anita se emperró con que quería un tarro y tuve que buscar por toda la casa. Al final lo encontré en el fondo del armario más alto de la cocina, ¿verdad, mi reina? —li diu a la senyora Anita sense que ella li torni contesta.

—Un pot? Quin?

—Mire... —va respondre assenyalant el sofà.

I va ser veure l'Anita amb el tupperware taronja *del nen* a la falda, i posar-se a plorar com una criatura. La Gabriela es va alarmar de trobar-lo tan estovat.

—Señor August, ¿se encuentra usted bien?

—Perdona, noia, és que aquest pot de galetes té història —i es va mocar—. Aquest pot de galetes també anirà a la residència. Sap greu dir-t'ho de cop, però ho he rumiat molt i és la solució.

I ara era la Gabriela a la que se li negaven els ulls.

—¿Cuándo? ¿Cuándo se van a llevar a la señora Anita?

—Ens hi tanquem tots dos, Gabriela. Hi ha un jardí molt maco, és aquí mateix i tindrem... Tindrà, tindrà infermeres dia i nit, perquè jo ja l'he acabada tota, la corda. La meva neboda gran estrena un Tesla i dissabte ens portarà a fer un volt a Sitges. Així és que diumenge, després que l'Anita hagi provat com s'hi va amb cotxe elèctric. Diumenge, després que l'Anita hagi dit el què dels motors que s'han enginyat ara. Diumenge hi entrarem. Diumenge.

Dolors

La Margarida, la Montse, la Conxita, la Balbina... Totes ben encaterinades del Joan Manuel Serrat. Però a la Dolors no li costava gens seguir la veta. Si te'ls miraves bé, haurien pogut passar per germans. I aquesta era la sort: la Dolors podia dir *quina preciositat de cara, quina mirada i quins cabells tan negres* sense falsejar-se. I dir *quines cançons*, esclar, *quines cançons d'ara i en català!* Amb els discos a les mans, les floretes al Serrat les tirava a la Maria del Mar Bonet, la Dolors.

Llàstima que al cine només fessin pel·lícula d'ell. I amb un títol... *La larga agonía de los peces fuera del agua*. La Dolors s'ho va haver de llegir dos cops per entendre-ho ben bé. I ben bé ben bé no ho va entendre. Tant se val, avui és diumenge i els pares li han dit que sí, d'anar a la sessió matinal que fan al Delicias.

I tant se val que sigui per veure el Serrat.

Perquè també la veurà a ella.

Ha trobat una Maria més del seu abast, la Dolors: la Maria Teresa. I aquest també és una mica el mal, avui. La Maria Teresa sempre se li asseu al costat, quan van a berenar. I sempre l'espera, quan pugen cap a Horta. Ara, tenir-la tant a tocar i a les fosques com la tindrà avui... Mai! I d'aquí que hagi tret l'esmorzar. Encabat mateix d'haver-se'l empassat. Si no et trobes bé, més val que et quedis a casa, li ha dit sa mare. Ni que hi hagués d'anar arrossegant, ha pensat la Dolors. M'ho he menjat massa de pressa, no pateixis, ja m'està passant. *Però ai, tenir-la tant a tocar i a les fosques...*

Tenir-la tant a tocar i a les fosques i no gosar moure una pestanya.

Tenir-la tant a tocar i a les fosques, gosar moure'n dues, i que tot se'n vagi en orris?

Creure les veus de dintre o creure les veus de fora. Aquest era el remolí de dubtes que li havia entravessat la llet amb galetes. Perquè la Dolors ja havia endevinat que no els esperava res de bo, a les dones que es *descarrilaven*. Va sentir com ho xerraven unes clientes a la parada de la seva tieta.

—Casada i amb fills i tot, mare meva, més val que la tractin, que això ha de ser una malaltia.

—Vici, és, i s'ho hauria d'haver rumiat dos cops abans de deixar-s'hi caure.

—L'han haguda d'ingressar i fer-li allò de...

—Amb tot l'apreci, senyores, deixem-ho aquí, que tothom té prou feina a casa seva.

La tieta de la Dolors havia interromput el tractament massa tard: a ella ja li havia fet efecte. I des que els ulls li van començar a resseguir el cos blanc i fi com el d'una mare de déu de la Maria Teresa, que la Dolors es va haver de fer dues: una Dolors que li respirava amb el nas, i una altra Dolors que li tapava la boca amb les mans. Aliada per viure, contrincant per sobreviure. I cada vespre queia rendida, al seu llitet de tres pams.

Carregueu-la vosaltres, una persona doble.

Cada punyetero dia des que surt el sol.

I fins que es pon.

Perquè de nits la Dolors podia tenir les forces totes juntes. De nits no hi havia claror delatora que s'hi pogués escolar, podia ser ella. Podia ser una. I amb aquella seva inventiva se'ls sabia fer venir del seu gust, els somnis. Els xiuxiuejava l'hora, el lloc i les protagonistes. Els marcava fil per randa l'argument. I ja es podia tapar fins dalt.

No l'havia somiada poques vegades, l'escena dins d'un cine. La Dolors se sabia l'olor exacta que feien els cabells de la Maria Teresa. El palp concret de la seva mà. Fins el gust precís de la seva boca, se sabia la Dolors. I se n'omplia, a l'última fila d'aquella sala en sessió de tarda de només quatre vells roncant la becaina.

Avui eren dos quarts d'onze del matí i el Delicias estava ple com un ou. El dia sempre ha de fer la guitza, rondinava sense veu la Dolors quan els tallaven l'entrada. No podrem estar juntes de rengle, va detectar la Margarida amb només una llambregada. Allà!, quatre al davant i dues al darrere, correm!, va resoldre-ho la Conxita. I no va caldre cap sorteig: la Maria Teresa va alentir el pas tant com la Dolors. Van deixar passar la Montse i la Balbina, i es van asseure a l'altra fila.

Patapam!, el primer que ensenya la pel·lícula és un Serrat pescador sense camisa. Quins cops de colze, quines rialletes, quines girades de cap, les quatre amigues. I quin senyor sifó que els dedica un paio que es veu que ha vingut a seguir el guió. Com si no es veiés a venir que posaran el Serrat en el compromís de triar rossa o morena. De triar estrangera lliure o bona toia de poble. Però oli en un llum, aquest toc d'atenció. Perquè ni quan se'l senti cantar no es mouran, les quatre amigues. I de la seva por de no fer escàndol, la Dolors i la Maria Teresa en faran una llotja.

A una banda les escorta un matrimoni gran que ben bé que s'hi trobessin ells, en l'atzucac d'agafar un camí o un altre. Una cara de tres déus, tots dos. No estan d'humor ni per xafardejar els veïns. A l'altra, una noia una mica més gran que elles que només té ulls pel noi del Poble-sec. Han estat de sort, també amb la companyia. Vols dir, no acabar-la d'aprofitar?, es tempta la Dolors.

Caixa o faixa.

O ara o mai.

I després de la cabussada que fan el Serrat i l'estrangera lliure en aquella cala eivissenca, s'hi tira. Se li acosta a l'orella: Has vist que ella porta un braçalet d'or al volt de la cintura? La Maria Teresa, res. De marbre. Mira fixo la pantalla i a la Dolors se li està a punt de parar el cor. *Massa directe, ho ha entès, i no és com jo, m'he confós, i la perdré, i ho dirà a les altres, i m'arraconaran, i em voldré morir, i només hauré viscut setze anys i...* Ho he vist, Dolors, i he pensat que a tu et quedaria preciós. I el *preciós* no el diu, la Maria Teresa. L'hi estampa. Entre el tou de l'orella i on comença la barra. L'hi deixa allà, calent, humit. Bategant. Torna a mirar fixo la pantalla, i desenganxant el braç mil·límetre a mil·límetre, fa lliscar una mà. Fins que troba la cuixa de la Dolors. Que en un vist i no vist es treu la rebeca i la fa aterrar a sobre de la falda. I la mà de la Maria Teresa ja pot treballar a cobert.

Però no s'hi entreté gaire. No cal. Només fer-li pessigolles amb un dit per sobre de les calcetes. I enretirar-lo. Ben a poc a poquet. I tornar la mà allà on era.

No cal res més, per avui. Que la mel se la senti encara més dolça.

—¿No te ha gustao?

—No!

—¿Ni una miaja?

—Eh? ¿El qué, papa?

—¿Pues qué va a ser, muchacha? ¡La película del Serrat!

—AAAHHH! Sí, sí, mucho, ¡mucho!

—Pues menos mal, que si no, no sé con qué cara hubieras llegao. Ay, mi nenica, que se nos hace mayor y ya debe tener pretendientes en la cabeza...

—Va, pare i filla, que el dinar és a taula, feu el favor que fred no val res.

No pots abaixar la guàrdia... I va posar una Dolors a fer el paper. Amanint la conversa d'*esclars*, *puesesos*, *oitants* i *hayquevers*, ni que fos. Mentrestant, l'altra Dolors engolia. I engolia. Sense poder endevinar si allò que havia estat cuinant sa mare tot el matí era bacallà amb samfaina. O macarrons. O serradures. O blens de llum. Sense poder contestar si s'estimava més poma al forn o flam. *Flom?* Ai, filla, has tornat del cine ben turura, potser és el mal de ventre d'aquest dematí, que encara et ronda... Santa paraula. La Dolors s'hi va agafar: *Sí, ara em torna a venir, mama*. I se'n va anar de pet al seu quarto.

A *dormir* una estoneta.

I d'horitzontal ja s'hi va posar, ja. Però no havia estat mai tan desvetllada. Tan viva. Primer va abaixar la persiana. Va posar una cadira darrere la porta. Es va treure les sabates. I bo i vestida, es va amagar amb la flassada. I va allargar la millor escena de la pel·lícula. Va fer que la seva mà fos la de la Maria Teresa. Que el seu dit tornés a passejar pel cotó. Que jugués amb el llacet que portava cosit. Que voregés la goma que li marcava la carn. I que l'alcés com Dalí va fer amb el mar.

Després d'ofegar el gemec, no podia parar d'admirar-se. I només li sortia *Mare Santa!*, *Reina Santíssima!*, *Mare de Déu Senyor!*, *Verge Santa del Remei!* Tants anys a les monges, què vols. Ves que elles no... Li va venir al cap l'hermana Asunción i ecs!, amb aquelles cames plenes de bonys. Però l'hermana Creu... L'hermana Creu amb aquella boqueta de pinyó ja era una altra cosa. Centra't, Dolors, centra't. Centra't en la Maria Teresa. Perquè la troballa d'avui no se la podia quedar pas per ella sola. La troballa d'avui s'havia de compartir. *Com a bons germans*, no deien sempre les monges a classe?

I dilluns mateix va posar fil a l'agulla. Li va deixar una nota a sota l'estoig. Per tornar cap a casa soles, sense encantar-se pel camí amb la colla. L'excusa van ser les matemàtiques. Totes sabien que a la Dolors no li entraven. I que la Maria Teresa en sabia un niu. I s'acostava l'examen. Rodó. Feu feu! I que no us surti massa fum del cap! Fins demà!

La meva mare sempre té emproves al migdia..., va suggerir la Maria Teresa. Les clientes esgarrapaven temps de dinar per escapar-s'hi a prendre mides, a triar botons, a retocar els acabats. I el cosidor era al capdavall de l'eixida. I son pare no tornava del taller fins al vespre. La casa seria per elles, ja tenien cau! Però tota precaució era poca. I es van tancar a l'únic lloc on poder passar el baldó. Uf, ja està, no ens ha vist ningú, tanca el llum,

Dolors, va fer la Maria Teresa tota atribolada. N'hi havia prou i de sobres, amb el sol que esmorteïa el vidre fumat del finestró.

La Maria Teresa va espraiar el quarto de bany amb la seva colònia. Es va treure la samarreta. Es va descordar els sostens. Va agafar la cara de la Dolors amb les dues mans. Li va enretirar el cabell, i li va començar el primer petó de la seva vida.

Sense voler-lo acabar, la Dolors la va començar a acariciar. Amb la panxeta dels dits, primer. Fins a amanyagar-li tota la pell nua a mans plenes. I encara arrapada als seus llavis, li va estirar una mà i se la va ficar a dins. De dret al nucli. Res de dreceres, aquest cop. I els esperava tant, els seus dits, se li emmotllaven tan bé, els feia entrar més i més endins a cada sacseig, que la Maria Teresa va tenir por que li caigués rodona. Amb la mà que li quedava lliure va estirar l'estora de la banyera per fer-li tebi el terra. I la va anar guiant fins a tenir-la estirada. Li va desfalcar la mà. No, sisplau!, va suplicar-li la Dolors. Xsss, espera't. La Maria Teresa li va fer un petó a un genoll. Després a l'altre. Li va obrir dolçament les cames, i s'hi va abocar.

La Dolors havia estat amb els ulls tancats tota l'estona. De veure-ho no ho va veure. Però hauria jurat que la Maria Teresa li havia entrat a dintre. Que s'hi havia esquitllat tota ella. Sencera. Que li havia nedat riu amunt. Que li havia trobat la muntanya màgica. I que li havia desclòs el saltant d'aigua més ric de la terra.

He dinat a ca la Maria Teresa, no pateixis, mama, em tanco al quarto, que vaig molt fluixa d'àlgebra! Va acompanyar la porta, i hi va enganxar l'esquena. I va anar baixant, baixant, baixant... Fins a tocar de cul a terra. Es va despenjar la cartera, i va deixar anar el sospir que havia custodiat tot el camí.

No sabia com s'ho faria l'endemà. Tenia una Dolors molt domada, però l'altra... L'altra ja no en feia prou amb els somnis. L'altra també se'n volia atipar, de la mel de mil flors de la Maria Teresa. Destapar el pot i fer com ella, riu amunt. Fins a fer-la sobreeixir. I fondre-s'hi. I ser dolçor.

Va passar les hores de classe amb el cap a la lluna de València. Només volia que sonés el timbre i fúmer el camp d'allà, tants ulls. Tant xivarri, tanta lletjor. La meva mare avui ajuda la tieta a la parada, i el meu pare ja tornarà a ser a dalt del taxi... vens? Esclar! Van dir a les amigues que encara no se'n sortia amb els números, i hi van fer cap.

La Dolors va abaixar la persiana, va posar una cadira darrere la porta, i va fer amagar la Maria Teresa amb la flassada.

I ja van estar llestes. Perquè d'aquella sessió matinal al Delicias ja feia un any: un any d'estimar-se sota la pròpia vigilància. I carregar una persona doble cada punyetero dia fins que es pon el sol, rai. El que cada cop els feia més mal era trencar cadascuna cap a casa seva com si no es coneguessin les pigues. El trist *fins demà, Maria Teresa.* El trist *fins demà, Dolors.* I au.

Tant de bo, les mans enllaçades pel carrer de la Montse i el Manel. Tant de bo, la rebuda esvalotada de les amigues quan la Margarida arribava amb el sis-cents del Ribé. Tant de bo, el *festegem!* que un bon dia els anuncien la Conxita i el Jesús. Tant de bo, els petons a plena llum del dia de la Balbina i el Toni.

Tant de bo, l'orgull de passejar el teu amor a la faç del món.

Tant de bo.

Però per dues perilloses delinqüents en potència no podia ser. La policia i les lleis bé que havien fet apallissar, torturar i podrir a la Model el germà d'una de sisè. La Dolors i tot Horta ho sabia, que l'havien agafat *por maricón*. Elles *només* eren dones, no tenien aquella categoria. El feixisme ja els hi havia arrencat el dret a la sexualitat, al desig i al plaer de bon començament. Ara digues tu atorgar-se'ls elles mateixes i, per més inri, per gaudir-ne amb una altra dona? Va, home, va! On s'és vist?

Enlloc.

Simplement inimaginable.

Inimaginablement factible.

Però factiblement castigable.

Perquè també n'hi hauria, per elles, també. Seria un altre tipus de presó. I la de la pròpia ignorància només era la primera. Per les malcreientes que a estudi i a missa no haguessin après prou bé la doctrina de *dios, patria y hogar*, per les que volguessin esquivar el *sumisa*, *esposa y madre*, per aquestes hi hauria el xarop de ciència que no van acabar d'explicar les clientes de la seva tieta. A punta pala, els psiquiatres *afectos* que corregien *desviadas* i *pecadoras* a ritme d'electroxocs. Zap-zap-zap-zap. I a punta pala, les famílies bencreientes que les feien tancar. Que les desheretaven, que els hi robaven els fills. Que les repudiaven. Tornar de Sant Boi feta un vegetal o procurar no entrar-hi i viure vegetant igual. Només podien fugir del foc per caure a les brases, les dones que estimaven les dones.

I sempre amb l'ai al cor.

Sempre sospitoses.

I ves a saber de què. Perquè la clandestinitat que *protegia* la Dolors i la Maria Teresa també les esborrava. Els hi negava totes les altres dolors i mariatereses i els hi prenia els miralls on s'haguessin pogut mirar. Els exemples que haguessin pogut seguir. La companyonia que haguessin pogut trobar. La identitat. El seu seient a taula. I si no eren enlloc i no eren res: qui eren, elles?

—Ni més bones ni més dolentes que tota la colla, Dolors. Som com som i no fem cap mal.

—Segur?

—Tu sents que en fem algun, estimant-nos?

—No...

—Doncs ja està, nosaltres com fins ara i avall.

Però a la Dolors son pare li venia tot sovint amb l'enderga de cuándo nos presentas a un muchacho. I quan la veia sortir i entrar amb la Maria Teresa remugava una queixa que la feia regirar: *demasiadas mujeres*. I ella va contraatacar amb un nom: *Sebastià*. El Sebastià això, el Sebastià allò. El Sebastià aquí, el Sebastià allà. Aviam si son pare quedava tranquil.

Va ser pitjor el remei que la malaltia. La Dolors feina tenia per desdoblar-se, pots comptar per cuidar-se d'un tercer. I un dia el Sebastià anava per advocat, a l'altre treballava a la fàbrica. Un dia era de les Corts, a l'altre de la Barceloneta. Un dia tenia els cabells arrissats, a l'altre estirats. Ves qui s'ho empassava... O Sebastià hay más de uno, o no hay ninguno, ¡como si tu padre fuera tonto de capirote! I va engegar el taxi ben empipat.

Un bon dia es va revestir de valor. I va anar a veure la seva tieta *per no sé què d'un treball*. Remena tant com vulguis, reina, tots aquests llibres un dia o altre seran per tu. Avui només n'havia de menester un, la Dolors. I prou que sabia on era. El tenia ullat de sempre, al capdamunt de l'estanteria del rebedor. S'hi va enfilar. I va anar obrint volum per volum *La Gran Enciclopedia de la Sexualidad*. Fins que va trobar el que buscava.

Travessava la plaça Eivissa repetint-s'ho com una lletania. *Trastorno, conducta desviada, invertidos, prácticas sexuales aberrantes...* Va fer els tres trucs de timbre igual que sempre. La va esperar al portal més neguitosa que mai.

—No puc més —va arribar a dir sense plorar—. Vull ser... —I aquí ja es va ensorrar—. Vull ser normal, Maria Teresa.

I no ho era. No ho era perquè no ho és, de normal, haver-se de desfer de l'abraçada més fonda. Dels ulls més nobles. De les mans més suaus. Haver de desfer-se de l'amor a contracor sí que s'hauria de tenir per aberrant, es dolia la Dolors després de plorar-la quatre nits i quatre dies sencers. Però en la lluita entre Dolors estava guanyant la *contrincant*. La que representava que la faria sobreviure.

Al que feia cinc va sentir la porta. Que sa mare obria, que enraonava amb algú i que se'n tornava cap dins.

—No sé què us passa amb la Maria Teresa, però per un coi de disco no es poden perdre les bones amistats, filla.

I li va allargar una caràtula.

La Maria del Mar Bonet no hi feia una cara gaire més alegre que la seva. Però imponent com sempre, la paia. El va girar. I va veure que una fletxa de llapis la guiava cap a una cançó: la u de la cara A. Es va calçar, se'n va anar corrents cap al mercat, i sense esperar que sa tia acabés de despatxar, va interrompre amb la mímica d'obrir un pany. Pel treball? La Dolors encara esbufegava, només va fer que sí amb el cap. Estudia, reina, estudia, té! I li va llançar un joc de claus del taulell estant.

Va anar de pet al quarto de la música. De pet al tocadiscos. I va fer que l'agulla gratés el primer títol de la primera cara:

Em dius que el nostre amor
va ser com un infant
que dones el teu cor
als dies que vindran
perdut i sense nord
mirall de coses belles
em dius que el nostre amor
s'acaba a les estrelles
Em dius que el nostre amor
només era el primer
que un altre braç més fort
t'abraçarà més bé
A punt de ser record
claror de flor collida
em dius que el nostre amor
no sap trobar la vida...

Doncs la van anar a buscar al Laberint que acabava d'estrenar el barri. La mà de tardes que van empaitar la vida entre xiprers, la Dolors i la Maria Teresa. La mà de tardes, que aquella flonjor les va escudar. I com se'n van embriagar, del seu perfum fresc i resinós...

Se'n van embriagar tant que van perdre nas pel perill.

Es van deixar de mirar si son pare ja havia aparcat el taxi.

I no: encara havia d'arribar. Les va enxampar darrere de la porteria xuclant-se amb desfici el *finsdemà*. ¡Pa tu casa, Maria Teresa! Ni una paraula més, no va dir. La Dolors es va arrecerar al quarto i va sentir com pare i mare agafaven el portant. *No aniran pas a denunciar-me a la policia...* Li rodava el cap, li queien les llàgrimes, no podia respirar. Però encara li quedava una guspira de senderi per veure que aquell avantatge s'havia d'aprofitar. Va arreplegar quatre coses d'una revolada i se'n va anar cap a ca la tieta que les cames li tocaven el cul.

—Els teus pares són persones raonables, reina. I amb discreció per evitar xafarderies, però s'ha de poder respectar, que dues noies s'estimin.

—Tu ets diferent d'ells, tieta, tu llegeixes, t'agrada la música, vas de viatge...

—Va, tingues confiança, i menja't això, que has entrat groga com un mort vivent.

La Dolors no va tenir temps de fer dues cullerades a la sopa de farigola que mec!, mec!

—Son ells, m'amago al vàter, tieta! —i va tornar a sortir esperitada.

Ya está, va sentir que sentenciava son pare. La frase que anava abans se l'havia perdut. La que va venir després la va pescar ben clara: Muerto el perro, se acabó la rabia. *Muerto el perro se acabó la rabia*, va repetir fluixet per acabar-s'ho de creure. *El meu pare ha mort la Maria Teresa! L'ha morta! Doncs que em mati a mi també!* I ja sortia del vàter per entregar-se.

—I la Dolors, què? —la va frenar sa tia amb la pregunta.

—La Dolors què? La Dolors res. Se l'haurà de treure del cap i tal dia farà un any.

—Mi nenica no tiene ese defecto, la machorra era la otra, y como no va a estar, pues aquí no ha pasao ná.

—Digue-li que pot tornar a casa quan vulgui —va fer sa mare en direcció a l'amagatall de la Dolors—. Per part meva i del pare, oblidat!

Ni els exàmens finals, li van deixar passar a Barcelona. Els pares de la Maria Teresa havien quedat de pasta de moniato. Quina vergonya... I van entaforar-la dins d'un tren vulgues no vulgues. L'endemà mateix. Ni un minut, van perdre: desterrada a viure amb l'àvia de Madrid.

Ben igual que l'hi haguessin fet pujar a ella, en aquell talgo. Expatriada de la Maria Teresa, la Dolors ara sí que entenia el títol. Ara sí que sabia què era una llarga agonia fora de l'aigua: li havia nedat dins.

Fora d'ella només era un peix amb els ulls entelats.

La boca oberta.

La lluïssor morta.

I va ser per culpa d'aquesta mala ganya, que li van imposar un canvi d'aires a ella també. Tot el dia ficada a casa. Que ni li parlessin de sortir amb la colla. El quarto per trinxera i a dins del llit feta una garba. Si bellugava un múscul era per fer créixer aquell feix de cartes que sense carrer ni número eren paper mullat. Ni fent que sa tia li anés a pidolar l'adreça, havia baixat del burro la mare de la Maria Teresa. No i no. Estava tot perdut. Estava perduda.

I la van haver d'agafar els seus pares per banda:

—Això no pot ser, filla, ets a la flor de la vida!

—De Santomera vas a volver nueva, ya lo verás, nenica.

No se'n parli més: se n'aniria a passar l'estiu al poble dels avis murcians.

—I què se m'hi ha perdut, a mi, allà?

—Va, que no marxes fins demà i l'autobús triga les seves horetes, ja te n'aniràs fent a la idea.

I la van deixar que és queixés sola. És ben bé que no ho

poden entendre i que no saben on dar-la, els pares, botzinava la Dolors mentre rumiava què carai s'havia d'endur. Quina mania amb fer-nos tornar enrere... Es va mirar els vinils: Bah!, jo haig d'anar a ca la tieta a escoltar-los, però al poble no sabran ni què és un tocadiscos. No en va agafar cap. Es va mirar el bikini que tenia per estrenar: Bah!, si les deuen fer banyar cordades fins dalt... També el va deixar al calaix. I amb dues samarretes, uns pantalons curts i unes espardenyes va tenir enllestida la maleta de tot un mes.

No es deuen haver entès amb l'hora, va suposar la Dolors. Ja en feia més de mitja que s'esperava i ni rastre de parentela. Es va aixecar del banc de l'estació d'autobusos i va sortir a treure el cap. Una família carregada de fardells, una família carregada de canalla i tres motoristes. Res, se'm deuen haver descuidat, sí que comencem bé... I quan se'n tornava a seure per donar-los una mica més de marge, els motoristes van començar a fer espetecs. Van fer girar les dues Minicross i la Vespino cap on era la Dolors, i es van treure les ulleres de sol.

—¿Do... lors?—va preguntar el més jovenet.

—Si es la prima de Barcelona, ¡pijo! —es va atrevir l'altre.

—¿Y vosotros mis...? —va fer la Dolors tota incrèdula.

—¡Muchacha! Si tampoco te conocíamos, ¡móntate conmigo, prima!

Va seguir l'ordre de sa cosina gran, la Nati. I darrere seu van fer rugir les motos el Juan Antonio i el Jose. Tots tres cosins germans seus. Els preferits. De petitons no es desenganxaven mai. Els anys que no els veia i mi-te'ls, com donaven gas. *Atrapa'ls, els murcianos...*

Els avis contentíssims, de tenir-la allà. Ara, només li veien el pèl quan les verdures de l'horta queien de madures. Quan no havien de menester mans, busca-la, la Dolors. De ministra, l'agenda que cada dia li feien seguir els cosins. I tant frenesí una mica ensenyava el llautó. Delatava, que els havien avisat que venia per refer-se d'algun *desengany*.

Fos com fos, la Dolors no els va fer cap lleig a res. I es va enfilar amb la Nati, el Juan Antonio i el Jose per tots els camins que no sabia com sabien trobar entre camps i camps i camps i més camps de llimoners.

La van fer remullar a totes les séquies del Segura amb el bikini que li va haver de deixar sa cosina. Li van ensenyar a anar amb moto i a fer carreres. Li van fer comptar ocells a l'*embalse*. La van atipar de *cordiales* a la millor confiteria de Santomera. Li van fer de guies turístics per la ciutat de Múrcia. I també la van acompanyar a triar roba: la germana d'un amic feia la comunió i ves com s'hi havia de presentar, amb unes bermudes que ja havien confós el color.

Sort d'aquell vestit, perquè hauria fet el pepet: la festa va resultar festassa. Una casa que haurien pogut batejar ben bé *La Ponderosa*. De bonança, tanta com en volguessis, al damunt d'aquells taulons vestits amb estovalles: dolç, salat, calent, fred, per ficar-hi cullera, per clavar-hi forquilla, per pinçar amb els dits... I no tenien un tocadiscos de tants, aquella gent, no. Tenien un *mueble de la música* que la Dolors no havia vist en sa vida. I ben assortit igual que el moble bar que hi feia joc: no hi faltava cap licor.

—No me digas que de esos no hay en Barcelona, ¡pijo! —li van preguntar de la boca que badava.

—Si hay, yo no los he visto, la verdad.

—Nuestro padre, que es melómano.

I el xicot de seguida va veure que hauria d'especificar, amb l'esglai que la Dolors feia recompte de tots els licors que es deuria pimplar aquell pare: Cointreau, crema de banana, Vat 69, Marie Brizard, Martini, Calisay, Ron Negrita, Peppermint...

—Que le pirran los discos, vaya —i amb la definició de *melómano* la Dolors va baixar de la figuera.

—¡Los discos! Claro, claro... —i es va afanyar a passar una mà pel llom de l'*altre* moble.

—Soy Jero, el hermano de... —va assenyalar la nena immaculada des de la corona fins a les sabatetes.

—Dolors, la prima de... —i el va imitar. Va apuntar cap als seus cosins com si ell no els conegués del néixer. Com si no hagués corregut com la pólvora qui era ella, així que havien arribat—. La prima de Barcelona de los Antón.

—Dolors: ¿cómo es si quieres salir un rato en catalán?

—Si vols sortir una estona.

—Pues *si vols sortir una estona*. Que si quieres dar un paseíco, vaya.

I la Dolors va veure dues cares. La de la Maria del Mar Bonet que la vigilava des de la fortalesa sonora. I la de la seva cosina que li feia ves ves amb el cap.

—Venga, Dolors, un paseíco corto. ¿Hasta el belvedere?

Des que havia fet cas de la Nati que ja no eren més tres motos, entre camps i camps i camps i més camps de llimoners. N'eren quatre i hi havia hagut canvi de passatgera: ara era el Jero qui portava sempre copilot.

Faltaven cinc dies per tornar-se'n cap a Barcelona i els tres cosins van fer per deixar-los sols a la barraca de l'horta dels avis.

Era el primer amic que feia, el Jero. I li feia gràcia que fos tan estrambòtic. Que portés la creu de Caravaca de la comunió sempre per fora, que estigués tan convençut de fer la volta al món i que gastés més vocabulari com *melómano* i *belvedere*. El Jero era de dir *me ha entrado un cuerpo extraño en el ojo*, quan una brossa li feia la guitza després de baixar de la moto. O *qué astro del celuloide protagonizó...*, quan jugaven a les pel·lícules. D'aquí que no li estranyés que l'hi demanés com l'hi va demanar, en comptes de les barroeries que es gastaven.

—Dolors: ¿cómo es si quieres hacer el amor en catalán? —i el dir no li va estranyar. Va ser el fer, que la va garratibar—. Si quieres, solo si quieres, muchacha, no te asustes, por favor —i el Jero va fer ulls de tendresa i mans d'escorcoll.

La Dolors també tenia unes paraules molt seves. Li van gratar la calç de la paret de la barraca i li van aparèixer allà penjades, entre la falç i l'aixada. I les va llegir: *demasiadas mujeres* i *vull ser normal*. I va voler sortir de dubtes.

Va voler saber si una mateixa es podia segar a una mateixa.

Si una mateixa es podia cavar un forat i enterrar-s'hi.

I d'entrada li va semblar que no n'hi havia per tant, de trair-se. El Jero no li havia sortit llop amb pell de be. S'havia mogut al dictat de com parlava: cerimoniós, educat, polit. S'havia preocupat de si estava bé, de si li venia de gust que seguís, de si li agradava. I tot rutllava fins que li va preguntar si era el primer cop. Amb aquesta sí que no hi comptava, la Dolors. I es va tornar a encarcarar. *Tranquila, muchacha...* I el Jero va haver de tornar a especificar: Para mí también eres la primera chica, no te dé vergüenza. I la Dolors es va poder estalviar tota la veritat sense dir cap mentida: Pues tú también eres mi primer chico. I va ser amb la franquesa que necessitava, que el Jero va poder tirar milles.

El mal que deien les amigues que sempre feia als començaments no el va notar, la Dolors. Però cap bé tampoc. I ja tornava a tenir una bifurcació davant dels nassos: o repetir per aprendre'n, o fer-se càrrec que les postres sense gana no tenen gust de res.

Doncs quatre racions més, ella, com una mula. Quatre racions més i res. Només farts de plorar d'amagat els records més preciosos amb la Maria Teresa.

Encara bo que ja era hora de marxar. I la pena de deixar els cosins li pesava. Tots tres tan mudats, a primera hora del matí. Tots tres tan solemnes, acompanyant-la fins a peu d'autobús. Tots tres tan atents, ajudant-la amb les maletes que s'enduia de més. Tots tres amb ulleres de sol per no posar-li més llenya i llàgrimes al comiat.

Però cada pam de carretera guanyat era un pes que deixava anar, la Dolors. I quin descans... Al capdavall, a la Nati, al

Juan Antonio i al Jose sempre els podria tornar a veure. Sempre serien seus. El Jero ni de broma, pobre Jero, lluny, ben lluny...

I la Dolors es concentrava en el clatell del conductor. *Accelera, fum-li gas!*, li manava de pensament. Que passés de llarg totes les parades, *va!*, que estabornís el comptaquilòmetres, *per favor!*, que cremés les quatre rodes, *sisplau!*, que volés fins a casa, *per l'amor de déu!*

S'havia segat però no s'havia pogut enterrar.

Lluny, ben lluny, despullar-se i ser una altra davant d'un altre.

I ja no ho provaria mai més. Mai més de la vida.

La Dolors va arribar de Santomera nova. I ben bé: sa mare no se sabia avenir de tanta raresa. Tant aviat es posa a plorar com a riure, i tant aviat s'acaba el tall sense mastegar com li venen basques: qui l'entengui, que la compri!, es queixava amb sa germana. Que va fer com aquell qui res. Però va dir-li que l'hi enviés a casa al vespre, que tenia tota una estesa de llibres i discos per treure la pols *i una de sola no atrapa mai la feina*.

—Demà al matí amb el primer pipí: estàs al cas, reina? —i li va atansar una bosseta de la farmàcia.

—Potser és una altra cosa, tieta.

—No dius que no es va posar res?

—Quan el vaig avisar que tenia la regla em va dir que llavors no calia, que amb la regla no t'hi pots quedar.

—I tu te'l vas creure?

—Sí...

—Santa innocència, reina, què sabran, els homes! No fos cas que tinguessin una petita incomoditat, ells. I la incomoditat grossa, tota per nosaltres, no et fot! Té sort de viure a Santomera, perquè li fotria un bon gec d'hòsties!

La Dolors no li havia vist perdre els estreps d'aquella manera. Mai. Doncs quan l'endemà hi va tornar i li va treure el predictor de dintre el tupperware on el duia amagat ja va ser massa. Va arrencar el plor, i no hi havia qui l'hi estronqués.

—Perdona, reina, només et falto jo... És que em sap un greu horrorós, que tu també t'hi trobis.

—Tieta? No ho sabia... —la Dolors se li va enganxar amb un braç per banda i va començar a somicar.

—No ho va saber ningú, reina —sa tia li anava passant la mà pels cabells.

—Ni la mama?

—Ni la mama —i de mica en mica tieta i neboda es van anar separant—. El ginecòleg que vaig anar a veure em va fúmer fora a coces i em va tractar de bagassa i de criminal. Vaig tenir por que m'agafessin a mi i a qui m'ajudés, i m'ho vaig fer tota sola amb una agulla de fer mitja.

La Dolors es va haver d'agafar a la taula del menjador.

—Em fa molta por, però jo no vull un fill d'aquell nano, tieta. I no vull que els pares en sàpiguen res, sisplau.

—Tu no hi hauràs de passar, per aquella salvatjada, reina, et portaré on sigui que hi hagi un metge amb consciència i que t'ho facin amb condicions. I ja ens empescarem alguna mentida piadosa... Com em dic Carmina que t'hi portaré!

A Londres, i demà mateix, si pot ser. La gerent de l'agència de viatges l'hi va conèixer a l'acte, que aquest cop no li planificaria un viatge de plaer. La va fer passar al seu despatx: Tanca la porta, sisplau, Carmina. La va fer asseure. Va apagar la cigarreta al cendrer. Va arrencar un full del seu bloc, i li va començar a cantar les instruccions: Diràs que vas a París, que igual que jo t'he entès, Londres ho entén tothom. Marxaràs dijous i tornaràs diumenge, amb un vol xàrter, t'apunto els horaris. Et vindrà a recollir una persona a Heathrow, s'identificarà amb alguna acreditació que digui *Avenue Clinic*, també t'ho deixo escrit... Hi vaig per acompanyar la meva neboda, la va haver de tallar amb un fil de veu. La gerent de l'agència de viatges va aixecar el cap del paper i va començar a fer càlculs amb les ninetes: Doncs se t'enfilarà cap a les setanta, setanta-cinc mil pessetes... Però fas molt ben fet, perquè no t'hi vulguis trobar, en un mal pas com aquest i sola.

*

Amb els cabells llargs, amb els cabells curts, menudes, cepades, discretes, a l'últim crit, amb anell de casada, sense, amb maleta de pell, amb macuto de roba, joves, granadetes... De tota mena, va veure que era ple l'avió. La Dolors agafava el primer, potser no en podia fer cabal. Però un passatge com aquell... La seva tieta tenia més hores de vol i cap dubte: cara de cera, boca tancada, ulls esporuguits i mans rajant de suor? Per por de volar? Una broma, aquesta por.

La Dolors l'estava respirant amb totes elles, la por-por.

—Tieta, t'hi has fixat, que pocs homes? Oi que sembla que la majoria...? —li va dir fluixet a l'orella.

Sí, eren dins d'un xàrter d'avortaments.

—Tu i totes us en sortireu, d'aquesta, creu-me —sa tia li va pinçar la barbeta—. I sense homes, oi tant, no ens calen per res. Prou que ja ens fan la vida impossible sense que els ho haguem de demanar, els homes.

De moment, la Dolors se'n va sortir del primer vol: ja eren a terra anglesa. I què podia dir la Dolors? *Xiloviuyé* gràcies als Beatles i para de comptar. I ara no era pas el millor moment per cantar-ho als quatre vents, que diguéssim. Gràcies a les pel·lícules podia dir els autobusos dobles, les cabines vermelles, els senyors amb barret de bolet, la reina i la pluja. Doncs aquell dia de tardor feia un sol que espetegava, tant com s'havia embolicat. Si no es treia la capelina a prova de diluvi universal, cauria llarga com era. Fora, va, dona-me-la i seu a sobre la maleta, reina. Sa tia la va començar a ventar. Et trobes bé?, li van demanar les noies que s'esperaven allà arran. Mig avió ja havien anat marxant al darrere d'altres contrasenyes.

La Dolors ja tornava a tenir una mica de color. I ja s'havia d'espavilar del tot: *To the Avenue Clinic?*, va preguntar una conductora des d'una furgoneta. S'hi van entaforar les que havien viatjat amb elles des de Barcelona i les que havien acabat d'aterrar de l'avió de Madrid.

Només es podien descomptar la Dolors, la senyora de Getafe i la noieta de Vitòria. Set de deu, les passatgeres d'aquell minibús que havien vingut a Londres sense ningú. Set de deu, les que haurien d'avortar soles.

El trajecte es va anar fent en silenci. Una bona estona. Fins que el va fer miques una amb la trola que s'havia hagut d'inventar perquè a la feina li donessin festa. Era la més arriada, futura advocada, de Balaguer. I era la que parlava anglès. Diu la conductora que ja estem a punt d'arribar a la clínica, que ya estamos llegando, chicas. I abans que les descarreguessin, ja hi havia simfonia: va començar a somicar una i s'hi van anar enganxant totes. La tieta de la Dolors, la germana de la de Getafe i l'amiga de la de Vitòria es van buscar entre els seients. I sense dir res, es van designar caps de família. Van repartir mocadors, van eixugar ulls, van tustar esquenes i van tibar mans per ajudar-les a baixar.

De conte de fades, els va semblar el palauet de l'Avenue Clinic. Les portes, les finestres, la galeria en punt rodó, les columnes a l'entrada: tot d'un blanc de nata. A dins no les va rebre cap majordom però deunidó, del bon tracte. Les van anar cridant una per una i els hi van fer omplir uns papers. En un castellà una mica macarrònic els preguntaven:

Profesión: d'estudiant a advocada passant per dependenta i mestressa de casa.

Edad: de disset a quaranta-dos anys.

Fecha de último periodo: feia un mes, dos a tot estirar.

¿Ha estado otro tiempo embarazada? Només dues van contestar que sí.

¿Padece alergia u enfermedad importante? Totes van córrer a contestar NO, sense vacil·lar. Més sanes que un gra d'all, elles. Tant sacrifici per ser allà, aviam si ara vindrà d'un xarampió.

¿Cuál método anticonceptive usará desde ahora en adelante? I amb aquesta van quedar veient visions. I s'ho van començar a dir: ¿Método anticonceptive? Com si en tinguéssim per triar i remenar... A ver si lo pondrán de guasa... Si som aquí és perquè ni ens volen posar el DIU, els ginecòlegs!

Usaremos la píldora cuando en España se despenalice su prescripción, venta y publicidad, va proposar per resposta unànime la de Balaguer.

I ja tenen aquí el doctor que els farà el reconeixement. Jove, amable, d'origen indi. I aixafa una mica de castellà, de tant sentir-lo cada cap de setmana: *Inspecsión ginecológica y muestras de sangre para checkear que todo bien, no daño, don't worry.* I fa que el segueixin pel passadís.

Les caps de família els guarden jaquetes i bosses. I maten l'estona buscant l'hotel al mapa. Assenyalen alguns punts turístics per si n'hi ha ganes, *que una cosa distrae la otra*, fa la tieta de la Dolors ben macarrònicament també.

No passen dues hores que ja han enllestit. Abans de marxar, *very important*: ell i el seu equip les esperen demà al matí a les vuit en punt, dejunes i sense haver fumat.

I surten a buscar el metro amb l'eco de la por rebotant de banda a banda del cap.

L'hotel és tronat com una mala cosa. Però al rovell de Covent Garden, no es pot tenir tot. La recepcionista les cala d'una hora lluny. Es mira la paperassa de la reserva i els hi ofereix un canvi: *rooms* de tres i de quatre llits per comptes d'individuals i dobles, *OK*? Cap no haurà de dormir sola. I ella s'evitarà les corredisses d'habitació en habitació tan emprenyadores per la resta de clients. Cada cap de setmana és la mateixa cançó, amb les *Spanish girls* que venen a avortar.

Accepten els tractes i feina tenen a passar elles i equipatge, per una escala tan estreta. Quan arriben al tercer pis, l'esforç ha pagat la pena: totes quatre cambres comuniquen. Deixen les portes d'entremig obertes i comencen a desempaquetar.

Treuen fruita seca, pernil, formatge, fuet, xoriço, llaunes de tonyina, pa... Tomàquets de sucar i una ampolleta d'oli i tot, les catalanes.

I sopen tan de gust, xerren tan de gust i riuen tan de gust...

Que qualsevol diria que.

Desparen les taules que han improvisat, fan endreça de paquets i paquetets i queden foses! Han de dir que no a les caps de família: s'estimen més una dutxa ben calentona i mirar de descansar, que no pas sortir a treure el nas per la ciutat.

I serà gràcies a aquell baf que els ha amorosit les articulacions i la pell. Serà gràcies a aquell baf que els ha estovat el pas, que podran convocar el seu *clan de la cicatriu*. Com sempre, enfila la de Balaguer.

—Si mai més podré tenir fills, si me'n penediré... esclar que ho penso, però ara és ara i ara no em penso esguerrar la vida. Tinc vint-i-tres anys, visc a Barcelona amb dues companyes, treballo de passant, estic a punt d'acabar la carrera i una criatura m'és inassumible.

—Qué gusto, que ahora tengáis las cosas tan claras. Yo me casé muy jovencita, tengo cinco chicos y no puedo con mi alma. Se lo planteé a mi marido y esta vez me apoyó.

—El meu m'hi ha posat pegues, però al final ha dit que sí. M'estan a punt de fer directora de departament i ara que la gran ja en té catorze i la petita deu, ara no em podia permetre un tercer fill. Les empreses no estan per contemplacions... Qui és la guapa que anul·la una reunió o que marxa més d'hora perquè a la criatura li ha agafat una febrada, eh? En posen un altre al teu lloc i adeu-siau.

—A mi me dejó mi novio en cuanto se lo fui a contar: te las apañas tú sola, que en mi casa me cuelgan, me dijo el muy desgraciao. ¡Pues me las he apañao, mis amigas han hecho colecta y aquí estoy! Qué se creía, ¿que me iba a quedar embobá?

—Jo de moment només petits papers al teatre de la parròquia, però m'estic preparant per ser actriu i ni parlar-ne, de procrear. Ni ara... ni segurament mai.

—Doncs jo... Jo és per culpa d'un tiet meu, que soc aquí. Em va violar l'endemà de fer els disset.

Les tres que quedaven no es podien aguantar les llàgrimes. I després de les abraçades a la mossa de disset anys, va tancar ronda la Dolors. Com va poder: A mi em passa que... que a mi m'a... La Dolors es va mirar sa tia però ni amb l'empenta dels seus ulls en va ser capaç. Que a mi, res, que jo igual que vosaltres, que no estic preparada.

Les caps de família no les van haver de desenganxar dels llençols, l'endemà: abans de les sis ja se les van trobar en dansa. No falla: aquella nit d'obrir el cor els va multiplicar la potència. I ara se'l sentien bategar revestit d'una fibra diferent. Espessa, nerviüda, íntegra. La que sempre fa el cor més fort.

Es van anar reclutant per les habitacions, van trobar-se a la més gran i van fer rotllana. I tampoc van fer gruar les caps de família per marxar, no: aquell silenci concèntric ordenava *som-hi.*

Van pujar al metro i a l'instant es van apinyar com un estol d'orenetes. Ales plegades i caparrons aclofats a l'espatlla de la del costat. Van travessar un parc de gespa més ben esquilada que la d'un camp de futbol sense dir ni piu. I es van trobar l'Avenue Clinic igual que la casa encantada al final d'un bosc. Es van passar l'admiració i la temença de mà en mà, i ben arrapades les unes a les altres van entrar.

Tot a punt, ho tenia l'equip mèdic de l'Avenue Clinic. Polsereta de plàstic amb el nom, camisola de paper precintada, anestèsia, mans enguantades... i ja havia arribat l'hora de la veritat.

A la sala de reanimació ja es van poder tornar a veure. Perquè el primer que van fer totes deu va ser buscar-se. I sí, hi eren totes deu. Totes deu se n'havien sortit. Les tenien ajagudes de rengle en un llamp de quarto que feia olor de desinfectant. La Dolors va demanar una palangana. La de Balaguer tot just mirava on trobar-n'hi una que de seguida va venir una infermera amb tot l'arsenal. *The vomiting is due to the anesthesia, no preocupa, tranquila.* Li va aguantar el front, l'hi va refrescar amb una tovallola, i li va deixar un got d'aigua perquè a miquetes se l'anés bevent.

Estaven de molt poques faltes, tot havia anat bé i ja podien instal·lar-les a les habitacions. Les caps de família, vinga anar d'una llitera a l'altra per assegurar-se que totes deu es refeien com tocava. I que la mossa de disset anys no quedés sola. Que no li faltessin mai unes mans per acotxar-la.

Tot havia anat bé però sagnarien, les va venir a avisar el doctor. De dues a quatre setmanes o gens, depenent de cada cos. *Y todo is normal, but*, va fer una pausa tot seriós, *si sangrado fuerte no para por dos horas: directas a emergensias, right?*

Només ens faltaria això, van pensar sense dir-s'ho les caps de família. Directes a l'aeroport, se n'anaven elles en una estona. Un cop a bord, ves a quines emergències celestials podrien encomanar-se.

I abans no es perdessin per vols i destinacions: les abraçades.

Es van tornar a fer orenetes. I es van tornar a apinyar contra un racó de paret de l'aeroport de Heathrow. La Dolors, la Tina, la Belén, l'Edurne, la Mercè, la Pepi, la Cinta, la Xisca, l'Ana María i la Rocío no en feien prou amb un parell d'ales. Amb un caparró per aclofar a l'espatlla de la del costat, només. Se n'haurien volgut fer sortir el doble, d'ales i de caps. El doble, i el triple, i més! Com podrien abastar tant sentiment, sinó estrenyent-se totes amb totes i alhora?

Qui sap quant de temps durarien les promeses fetes a dins d'aquella rotllana. Qui sap quantes postals. Quantes telefonades. Quantes visites. Qui sap si algun dia es tornarien a veure, qui sap. Si s'oblidarien del caliu que s'havien procurat les unes a les altres sí que ho sabien, que no. Que mai. Sabien que aquells tres dies d'octubre els deixarien gravada més d'una ensenyança. I sabien que la de *la unió fa la força* era, de llarg, la més vital.

*

Un autobús doble, d'esquitllada, sí. I alguna cabina vermella, també. Senyors amb barret de bolet, un parell. I la reina, com la pluja: mestressa d'aparèixer i d'esfumar-se en un tres i no res. El que la Dolors no va arribar a veure a Londres era el que més frisava per trobar: dues noies que s'agafessin pel carrer sense por de res.

Tampoc ho havia vist allà i ho aniria a buscar a les aigües més turqueses.

La Dolors havia après l'ofici d'estar darrere un taulell al mercat d'Horta, amb la tieta. I ara ja feia anys que s'havien traspassat l'Herboristeria Carmina. Amb l'herència de sa tia va poder obrir una botigueta a la plaça Revolució. I fer foc nou. I li anava bé. A Gràcia tenien molta més sortida, les llets de mongeta, les sèmoles de verdures i les farines sense refinar. I es guanyava més bon marge, que de les quatre herbes de sempre. I com més anava, més n'hi demanaven, de mandangues *naturals*. Havia ampliat negoci amb el local del costat i ara aquell aparador sí que feia goig. Però a ella encara li feia més goig abaixar la persiana i agafar els trepants: esperava els estius amb candeletes. I no per descansar com tothom. Per descansar de tothom.

Ho va saber gràcies a un anunci. Els repartia una estudiant: *És d'una associació del barri, puc?* I una platja amb tot de símbols de Venus prenent el sol va quedar penjada al suro de la botiga. Li va fer peça. I el va córrer a llegir.

S'hi va presentar tal dia a tal hora. Es va quedar dreta al darrere. Es va escoltar la xerrada informativa immòbil. I per marxar es va haver de pessigar.

*

Els hippies que encara hi tenien cau eren de practicar el viu i deixa viure. Els homes que estimaven els homes es quedaven a Eivissa. I els italians encara trigarien a agafar el ferri i fer-se-la seva. Als 80, la Formentera de cales infinites era tota per elles!

Era la primera vegada que la Dolors nedava al mar nua. La primera vegada que veia banyar-s'hi nues les persones. Que veia noies carregar altres noies a pes de braços. Que les veia entrar a l'aigua encaramel·lades. I petar-se de riure. I fer-se pessigolles. I carícies. I petons. I tornar a la sorra gronxant el llaç de les seves mans... Com aquell qui res.

Vet aquí l'orgull de passejar el teu amor a la faç del món.

Era la primera vegada que els ulls li acreditaven les dolors i les mariatereses que haurien pogut ser, de cap manera podia aclucar-los. Es va llevar sense fer soroll i se'n va anar a la terrassa. A punt de fer el ple, la lluna es volia fer un bany, ella també. *Bona capbussada tingui, senyora.* I es va ajupir a xafardejar el cove que les organitzadores havien deixat per remenar a plaer. I els va anar traient un a un.

Te deix, amor, la mar com a penyora, de Carme Riera. *El mismo mar de todos los veranos*, d'Esther Tusquets. *The Price of Salt*, de Claire Morgan. *Julia*, d'Ana María Moix. *El bosc de la nit*, de Djuna Barnes. *L'hora violeta*, de Montserrat Roig. *Oranges Are Not the Only Fruit*, de Jeanette Winterson. *Crónica del desamor*, de Rosa Montero. L'obra completa de Safo, *Between Ourselves*, d'Audre Lorde, i *Bruixa de dol*, de Maria Mercè Marçal, amb aquesta divisa ja només al primer poema:

Emmarco amb quatre fustes
un pany de cel i el penjo a la paret.

Jo tinc un nom
i amb guix l'escric a sota.

No se'ls podria acabar pas, tants prodigis. Que tot li parlés a ella, que tot la celebrés, que de tot en pogués fer aliment. Per estómacs desnerits com el seu era una feinada, pair tant poder. La Dolors no obria boca, només escoltava, quan l'arrossegaven a sopar amb tot el grup. I de dia es nodria de tots aquells llibres. Un darrere l'altre. Més i més paraules que la convencessin que sí. Que la vida era per respirar-la amb el cap ben alt i sense haver-se de tapar la boca.

—Hola, m'he fixat que no has dut pícnic i jo he comprat flaó per tota la platja: en vols?

La Dolors també s'hi havia fixat. Era de les poques que no es treien mai el banyador. I també estava sola.

—Moltes gràcies, però potser més tard et vindrà de gust.

—Doncs millor que no en tingui, perquè no em convé gens —i es va fer dos copets a la panxa amb la mà plana—. Em dic Lourdes —se la va eixugar amb la tovallola que duia enrotllada a la cintura i l'hi va allargar—. Molt de gust.

La Dolors li va respondre amb dos petons i la va convidar a seure. Una igual de seguida es reconeix. I saltava a la vista que se sentia desplaçada.

—Quina meravella, eh —es va atrevir la Dolors.

—Doncs em fa l'efecte que jo no l'he encertada. M'he separat i no volia quedar-me a casa aprenent-me de memòria les parets, però no és el meu ambient.

La Dolors es va posar vermella com un pebrot.

—Quina meravella d'aigua i de paisatge, volia dir.

I la Lourdes va entendre que no s'havia explicat bé.

—No, si tot el grupet sou molt maques, soc jo que... Que ja he perdut el tren.

Tres anys de festeig i catorze de matrimoni, la Lourdes. Amb un home. El mateix. I disset anys d'amansiment diari fan el seu fet, oi tant. La Lourdes ho va saber de ben joveneta, que l'escala fosca del seu desig no tenia barana. No es va veure amb cor de pujar a les palpentes i es va casar amb el primer que li va bufar l'orella. Com moltes. Com tantes. I va poder passar per la mar de *normal*, després de la pedregada d'arròs a les escales de l'església. De la daga per tallar la *tarta al whisky*. Del primer vals per obrir el ball. Normal i eficientíssima, després de batejar el nano a l'any just. I tu diràs, amb tants brindis, tantes felicitacions i tants copets a l'esquena. Ben poques ganes de canviar-ho per amenaces, insults i hòsties com pans, la veritat. I la Lourdes no va sortir del carril. La Lourdes sempre en línia recta: el marit, el nano i la feina d'infermera a l'Hospital de Sant Pau. I anul·lada tota visió perifèrica. I s'ho havia acabat empassant, que anava malfixada. Que tot allò de delir-se per les noies ben igual que les noies es delien pels nois, res, ella. Però qui en té l'arrel... I tant bon punt el seu home li va venir amb la confessió universal d'*he conegut algú*, catacrac: un esqueix va esberlar la mordassa. I li va començar a brotar. I a cada batec li creixia un pam més, l'esqueix. I se li anava enroscant per totes les venes. I li anava fent branques, i fulles... I li corria per la sang a la velocitat de totes les primaveres suspeses. I ja li tenia el cos en flor.

—Però mira'm ara... Després de tenir el nano ja no em vaig treure els quilos de l'embaràs mai més de sobre. I com que els neguits sempre me'ls he hagut de passar rosegant alguna cosa, doncs ja em diràs a qui pot encaterinar, una novata i amb aquest *tipet*.

I va ser de tant recalcar-ho, que la Dolors hi va començar a clavar els ulls. Amb gens d'esforç, val a dir. Alta, grossa, ben feta: la Lourdes era una figura d'antigues civilitzacions. De les dignes de dir-se'n, esclar. De les que sabien que la bellesa sempre neix del ventre, dels pits i dels malucs més plens.

La Dolors no va trigar a voler-hi clavar les dents, també.

Ja havien acabat de sopar. La Lourdes sempre retirava d'hora, no es quedava mai a fer tertúlia. Toc-toc, que dorms? Va treure el cap per la porta i va veure que la Dolors li ensenyava dues copes. Demà en faig trenta-cinc i he fet una llista de les coses que no em perdré a partir d'ara: vens?

I renoi aquell vi blanc, com les estava fent enriolar. La Dolors se sentia el cap esponjat i vinga dir bestieses. La Lourdes estava agafant més coloret que ni tot el bronzo del sol. I només hi havia els grills, que les custodiaven. I el vent, que les perfumava de pinassa i salabror. I la lluna, que semblava que els havia estat guardant tot l'argent per elles.

A la Lourdes li queia un tirant del vestit i la Dolors el va voler acabar d'acompanyar fins baix.

—No... —la Lourdes es va posar la mà al pit i la va frenar—. Vaig tenir un càncer i m'hi va quedar una cremallera molt lletja.

—Pels trenta-cinc no volia només engatar-me a l'aire lliure, Lourdes —la Dolors es va descordar la faldilla, la brusa, els sostens...—. Volia un bany de lluna —i li va fer un petó a l'espatlla—. Un bany de llunya amb tu: amb tot.

La Lourdes es va quedar amb la mà enganxada al pit. I es mirava la Dolors com anava entrant un peu. L'altre. Com dibuixava caminets amb les mans. Com se les espolsava. Se la va mirar fins que l'aigua la va engolir tota. *Aquest tren sí que no el perdré.* Es va treure el vestit d'una revolada i se n'hi va anar corrents.

Van tornar a la sorra com si haguessin deixat la pell de mitja vida entre les onades.

I d'aquell bany de lluna en va sortir la seva consigna: *coca d'albercoc.* Saladeta, dolça, vellutada, molsuda i suculenta igual, es van trobar la carn l'una a l'altra. No es van deixar ni una engruna i al contrari. Es van quedar amb gust de poc.

Després de *la seva* Formentera, encara la trobarien més insípida, la Barcelona de sempre. Encara més hostil, la Barcelona que les forçava a caminar sense ni tocar-se. Manera: es van fer *sòcies*. Primer sòcies de vacances, només. Més endavant sòcies d'hipoteca. I ara que ja feia mitja vida que vivien dins de la seva pell, que anaven a tot arreu juntes, que coneixien família i amistats, que a la Barcelona del 2020 es podien *fins i tot* casar: ara ja podien anar sense embuts i deixar de dir-se *la meva sòcia*? La meva coca d'albercoc potser no, però *la meva parella*? Ara ja podien?

De poder, poder, sí. De fer-ho...

—Que té més de quaranta anys, el *nano*, què es pensa, que ens fem un petó de bona nit al front i que marxem a dormir cada una al seu llit? Au, va!

—Jo no li haig de donar explicacions de què faig o de què deixo de fer.

—Jo no els en vaig donar pas, als meus cosins de Santomera, però bé que els vaig dir que eres la meva dona. Que es casarà amb un altre xicot, Lourdes, que el teu fill és com nosaltres! Esclar que et comprendrà!

—Ells... ells és diferent. Nosaltres encara fem mal a la vista.

—Justa la fusta! Si se'ns veiés més, no passaria. Va, coqueta d'albercoc... —la Dolors li va fer un petó als llavis—. Digue-li que per tu és important, seure amb *la teva parella* el dia que ell es casa, segur que se'n fa el càrrec, va...

—Tu guaaanyes... M'acompanyaràs a parlar-ho amb la consogra? Va, i ara en marxa, que tu ja has d'anar cap a la botiga.

Caram, ni que l'estiguessin esperant. Només de girar el cartellet a *obert*, totes les clientes de cop: una parella amb una criatura al cotxet, una senyora tota enjoiada, i la Mireia.

—La meva mare, Dolors, que s'ha aficionat a les galetes de fajol amb garrofa i diu que a la Sagrera no en troba de tan bones —fa de bona parroquiana la Mireia.

—La teva mare té raó i avui te'n posaré mig quilo —i la Dolors les comença a pinçar una per una—. Que no se me n'escantoni cap!

—Perdoneu, porten sucre, aquestes galetes que dieu? —pregunta la mare.

—No, però pel gustet de la garrofa ho sembla, i per això les venc tant —els hi posa en safata la Dolors.

—Perfecte, doncs nosaltres també en voldrem, que aquesta petarrufa se les menja de quatre en quatre, les galetes, eh que sí, Afra? —fa l'altra mare mirant-se la nena al cotxet.

—Afra? Quin nom, oi? —sembla que retregui la senyora tota enjoiada.

—És la mare de déu de Sant Gregori, al costat de Girona —li contesta una mare.

—Ben diferent de vosaltres, tan pèl-roja, oi? —i ara no li estan bé els cabells.

La parella fan una rialleta de cortesia i comencen a repassar la llista de coses que tenen per comprar, no es quedaran pas a aguantar-li la llauna la tarda sencera. I sembla que la senyora tota enjoiada també se'n va per les seves.

—Encara n'hi ha, de sabó de la roba? —pregunta l'una a l'altra.

—Sí, però de plats només en queda un cul, n'hem d'agafar, carinyo.

Doncs no. La senyora tota enjoiada troba que encara no ha acabat l'interrogatori. I troba que per la tercera pregunta potser haurà de menester un còmplice. I busca la cara de la Mireia.

—I sense pare... Quines coses que haurem de veure, oi?

La parella queda clavada. La Mireia, i tant que li torna les confiances.

—Elles dues són pare, mare i esperit sant: diria que hi falta algú més?

La senyora tota enjoiada botzina quin mal caràcter!, gira cua i es perd entre les estanteries de la fruita seca i les infusions laxants.

—Ja ho recalques bé a l'institut, això, Mireia? —li pregunta la Dolors prou alt com perquè ho senti tothom—. Que sempre hi ha impertinents no, que això ja se sap. El que ajuda més quan ets joveneta és saber que sí que es pot fer família amb qui es vulgui, i tant com sí! Noies: aquestes galetes són regal de la casa —i la Dolors brinda a la parella el mig quilo que ja tenia pesat i embolicat.

Van fer córrer més ampolles que raonaments, entre la Dolors, la Lourdes i la consogra. La Lali també era de vi blanc. I d'agafar el toro per les banyes:

—Ben clar que els hi vaig cantar, a tots dos: Aquí no hi ha cap dilema, les mares que us hem parit, a la taula presidencial i amb la nostra parella, si no, ja ho veurem per l'Instagram, tu! I si el teu ex no hi estigués conforme, Lourdes, també tinc solució: una tauleta a part, de pares, ell i el Quico, que el tindrà entretingut tot l'àpat. Què, què me'n dieu?

Doncs que aquell dia no es va poder aclarir qui es casava. Si la parella de nois que ja havien tombat la quarantena. O la parella de noies que rondaven la setantena. Els uns ja es van ben aposentar a les trones entapissades del Saló de Cent de cara a l'alcaldessa, ja. Que les altres... Les altres van passejar el seu amor a la faç de cada foto. De cada conversa. De cada copa enlaire. De cada ball. I aquell orgull feia molt de temps que s'esperava per estarrufar-se. Massa. Tant, que no hi podia fer més: empetitia automàticament tota alegria que li gosés fer ombra.

Gabriela

Un tall del passeig de Sant Joan de Barcelona. Dos quarts de sis d'una tarda qualsevol.

Senyor gran que fa el voltet, noranta pocs. Gorra, anorac ultralleuger i un caminador. El senderi i la llengua sí que li gamben de pressa. Perquè xerra que xerraràs. Noi que el cuida, a punt dels trenta, arrels a Hondures. Va fent que sí amb el cap i riu. Però també està a l'aguait que no se li encallin ni peus ni rodetes.

Nen que berena, quatre anys. Caparrut que no vol el pernil dolç del panet, que només el formatge. Noia que el cuida, vint-i-tants, arrels a les Filipines. Li va triant els trossets de pernil. Tan petitons que els hi havia tallat, com li diu sa mare que li faci. *It tastes really good, honey!* El nen li diu que se'ls mengi ella. I li sap greu llençar-los. I se'ls empassa.

Senyora gran, uns setanta anys. No perd passada dels artefactes amb rodes que han d'esquivar els passejants. Cap de perruqueria, mocador de seda al coll, manicura perlada. S'empipa perquè no li surt la paraula per *allò* que ara baixa fletxat. Senyora que la cuida, cinquanta pocs, arrels al Perú: *patinete eléctrico, ¿verdad? Hace poco que nos conocemos pero ya la comprendí*. L'ajuda a aixecar i li dona el braç. *Hora de regresar a casa, señora Anita*, diu la Gabriela.

*

En van dir *Martes Negro.* I no és que els diaris carreguessin les tintes, no. Pocs colors li haurien escaigut més, a aquell 22 de novembre del 1988.

Els limenys es van llevar a les fosques. Sendero Luminoso havia estimbat trenta-dues torres d'alta tensió. I no era Lima sola. De Chiclayo a Arequipa, totes les ciutats: una apagada de la fi del món. I per això no podien veure quina aigua tan tèrbola tindrien per rentar-se aquell matí, els limenys. Ni amb quina aigua tan llefiscosa haurien de cuinar la mica que els quedava. Però de nas en tenien, i pudia tant, que només podia ser contaminada amb residus fecals. Per més que la companyia d'aigües ho negués a cara de ferro. La prova: al palau del govern només en corria de ben clara i neta. D'importació.

I si la cosa poc podia empitjorar, va empitjorar molt: els forns abaixaven la persiana, les botigues només despatxaven per la finestra i ja no quedava pollastre. La por de saquejos s'escampava com una taca d'oli. I el cop de gràcia: l'anunci ministerial d'un nou *paquetazo*. El galó de benzina es tornava trenta cops més car i el menjar s'enfilava fins a la indecència. Ara un quilo d'arròs, una llauna de llet i un sac de sucre eren pitjor que fruita prohibida. Els mercats es van col·lapsar. Cues, empentes, crits. Por, impotència, ràbia. Sensació d'estar deixats de la mà de déu. D'anar a la deriva.

I ben bé: aquella *política de ajuste* no va anar ni amb rodes. Els sous van caure en picat, l'atur va pujar, la inflació es va desbocar, i el dèficit comercial i l'aïllament internacional ho van acabar de rematar. Solució pels que sempre són l'ase dels cops? Més vella que l'anar a peu: èxode. Centenars i centenars de milers de peruans van haver de tocar el dos de casa si volien omplir el ventre dels que s'hi quedaven.

El Walter en va ser un. I va guillar cap a Califòrnia. Va dir que s'hi encaminaria primer ell. *Que prepararia el terreny.* Que trobaria un lloc ben bonic per tots quatre, *¡te lo prometo, Gabi, mi amor!* I que ja faria mans i mànigues per fer-los venir. Desaparegut del mapa, el Walter. Mai cap gir postal. Cap telegrama. Cap telefonada. I mort no ho estava. Perquè s'hauria sabut. I la mare del Walter no portava pas dol. Ni havia fet dir cap missa en memòria seva. La mare del Walter el que feia era trencar de carrer quan es topava amb la Gabriela pel districte. Que la seva jove no veiés com havia d'abaixar el front.

Ara era el cap de família, la Gabriela. El cap i els peus. Sa mare i les dues criatures només li podien fer piu-piu a ella quan tornava de pencar. Però de la botiga de roba en treia una misèria: la meitat de sou que cinc anys enrere. El que es feia un bon jornal era son pare amb la furgoneta i ell sí que era mort. Els dies de més revolta se li havia encastat un altre repartidor que fugia del pillatge a tota castanya. No quedava més remei que agafar el farcellet, ella també. Igual que havien fet tots els seus germans. Perquè sa mare ja no sabia amb què més disfressar un plat d'arròs tan blanc.

A la Gabriela no li feia cap gràcia seguir el rastre d'un marit barrut. I va dir que Califòrnia no, que se la confités el Walter, Califòrnia. I va preguntar a les conegudes. *Hay tantos ancianos acá que siempre se necesita de alguien que los cuide*. Els hi va fer cas i va triar la ville de Barcelona.

Ara, que tant se valia, la destinació que triés. Cap no li estalviaria el que comporta migrar: amputacions. Marxant ella, ja hi hauria una mare més a qui arrencarien els fills. I uns fills més a qui arrencarien la mare. Sempre és igual. Sempre és la mateixa barbàrie.

Sa mare l'hi va posar pla. Li va dir *cuídate mucho por favor* i li va fer una abraçada de les que fonen tots els ossos. De les que no se'n vol marxar mai més.

Amb la canalla ja seria més costerut. I va començar per guanyar-se'ls amb un gelat. El que cada tarda li pidolaven. El que cada tarda els hi havia de negar. Avui no: *Uno de maracuyá para mi Marta y otro de chicha morada para mi Edgar.*

Van llepar de gust. Els va deixar empaitar-se sense pressa pel *parque central*. I la Gabriela els va anar marcant el passeig per tot Barranco en direcció al *malecón*.

Els va preguntar si els agradaria anar a fer volar estels

¿Cómo tú de chiquita?, va preguntar la gran. *Sí, mi amor, con la cometa que me regaló mi abuelo*. Van fer uns ulls com plats. De debò? Si sa mare tenia devoció per l'avi i per aquell tros de roba! Si ho sabien de sempre que ai d'ells que l'hi fessin malbé!

La Gabriela els hi va treure de la bossa. Més delicat que vidre. Els nanos ni parlaven per por de ferir-lo amb el seu baf. Va comprovar que els anys no haguessin foradat la vela ni esquerdat les varetes, i va dir a la Marta, *la manita*. I li va ensenyar com s'havia d'enredar la corda i la brida perquè empentessin aquell ocell de roba. Com se'ls havia de comandar perquè el fessin ballar. Fins que va volar.

Zam-zam, zam-zam, zam-zam, vinga giragonses pel cel. L'Edgar no sabia com s'ho havia de fer per xisclar i riure a l'hora. *¡Cometa, cometa, cometa!* Es delia perquè sa germana li passés el ceptre.

Quan se'n van haver fet un tip, es van asseure tots tres de cares a l'oceà Pacífic. La Gabriela se n'havia de sadollar, d'aquell blau immens. Perquè aviat se li enxiquiria en un bassalet mediterrani. Va respirar ben fondo i... *Marta, Edgar, mis amores, mami les tiene que decir algo*. Ara només ho havia de pronunciar. Va! Va! Va!

La boca no l'hi deixava dir.

A punt d'arribar al seu carrer, *el puente de los suspiros*. La nena sempre volia provar la juguesca. I el travessava corrents. Sense respirar. Fins que podia. *¡Lo logré, mami, ya puedo pedir mi deseo!* Sa mare no li contestava. *Bueno, me he parado antes, pediré medio. Muy bien, mi amor*, va reaccionar la Gabriela. Va deixar el petitó a terra amb sa germana, *estén al caso*. Va agafar una glopada d'aire i va sortir com una fletxa. I fins a l'altra banda. Sense parar. I segurament sense respirar, també. Va tornar a l'altre cap on eren els seus fills esbufegant. I ara sí, cap a casa. *¡Mami lo logró, mami lo logró!*, anaven proclamant pel carrer.

Quan els va tenir ben acotxats, el que no perdonaven mai després del conte: ¡Los catorce incas, mami! *Manco Cápac, Sinchi Roca, Lloque Yupanqui, Mayta Cápac, Cápac Yupanqui, Inca Roca, Yahuar Huaca, Inca Wiracocha, Inca Pachacútec, Amaru Inca Yupanqui, Túpac Inca Yupanqui, Huayna Cápac, Huáscar y ¡Atahualpa!* Sense els fills del sol no hi havia manera que s'adormissin. De remenuts que els hi havia acostumat, la Gabriela. I cada nit els recitava la llista d'emperadors que se sabia de memòria des del temps d'escola.

El ritual aviat canviaria.

Des del llindar de la porta. Des de l'angle en què la foscor li negava la cara, la Gabriela va preguntar:

—¿Quieren saber qué deseo pedí?

—Sí, mami, ¡sí! —van fer tots dos alhora.

—Pedí que se me porten buenísimo con la abuela y... —i ja se li tornava a quedar encallat.— Y que... Y que... Y que se reciten los catorce incas cada noche igual que si mami estuviera con ustedes.

Tres dies més tard, la Gabriela aterrava a l'Aeroport del Prat.

No pares, no pienses, no extrañes.

S'ho repetiria i s'ho repetiria cada cop que flaquegés.

Ja feia un mes dels Jocs Olímpics i Barcelona encara no volia apagar la flama. Costa baixar de l'escenari després que t'hagin mirat tants ulls. Que t'hagin aplaudit tantes mans. Que t'hagin posat tantes medalles. Però tot embafa. I ja arribaria el dia que tanta complaença s'aniria escrostonant, ja. I no pas llunyà, el dia. Tan aviat com van començar a caure senceres les rajoles dels pisos de la Vila Olímpica. Pataplaf! Formigó caducat, què vols. No n'hi havia prou per tapar tots els esvorancs de la Barcelona en obres i els constructors penques van tirar milles. I com aquelles rajoles, una mica tot, es veuria més endavant. Perquè resultaria que ni eren tantes les meravelles ni tan pocs els estralls, d'aquells gloriosos Jocs del 92.

Però la Gabriela no ho pot saber, tot això. Perquè ella s'endurà la impressió que els gossos es lliguen amb llonganisses d'or, a Barcelona. El sacrifici no serà en va, pensa. I que potser s'estima més provar amb canalla abans que gent gran. I el primer anunci la porta a trucar al timbre d'una finca de la Bonanova.

Sembla Miraflores, troba la Gabriela. Semblen els rics que hi corren, que tots s'assemblen. Mitja hora de conversa i demà mateix ja pot començar, si li està bé. De vuit del matí a vuit del vespre. De dilluns a divendres. Noranta mil pessetes al mes per cuidar el seu fill de quatre anys: *Pablito, sal un momento, por favor.* Noranta mil pessetes..., sospesa la Gabriela. I fa el canvi de cap. I li sembla que li ha de sobrar un zero, al que li ha dit aquesta mestressa tan desmenjada. I no en sobra cap, no. I calculant calculant ni se n'adona que el té allà palplantat: *¿Cómo te llamas?*

Blanc com un glop de llet, ulls verdíssims, piguetes repartides per tot el nas que ni pintades. Com si hagués sortit d'un conte europeu dels que els hi llegia als seus fills.

—Me llamo Gabriela.

—¿Juegas conmigo, Gabriela?

I va començar el joc.

La Gabriela era la primera persona que veien aquells ullassos. Arribava a les vuit en punt i ja sabia com el trobaria. Tapat fins dalt, quietó, ben pla. Que semblés que no hi era. La gràcia era que el descobrís. Que el fes sortir del llit amb manyacs i pessigolles. Com reia, com esvalotava! Els pares ja havien marxat a treballar, no hi havia perill de cap *¡Pablito, sht!* La Gabriela el vestia, el feia esmorzar i li revisava la motxilla. Li agafava la maneta, i a saltirons cap al Liceu Francès.

Se'n tornava cap a casa, feia una mica d'endreça i enraigava dinar i sopar. Pel nen i per ella, només. Els pares menjaven fora o s'ho feien dur de la botiga de delicatessen. I per la feina grossa no s'havia d'amoïnar, la Gabriela. Una empresa els enviava una persona diferent cada setmana a fer dissabte. I ja eren quarts d'una: ¡Gabiii!, cridava així que li detectava el somriure entre les *nounou* que s'aplegaven a les portes del Liceu Francès. I se li tirava a sobre amb una abraçada.

A la tarda l'anava a buscar i se l'enduia a berenar als jardins que hi havia a tocar. Que respirés una mica de verd. I cap a casa. S'estiraven per terra tots dos i escampaven els jocs. Quan era l'hora l'asseia a la cuina i li explicava com preparava aquell peixet al forn. A la banyera el feia pixar de riure amb la barba i el bigoti d'escuma. Triaven un conte, i ja havien fet el dia. Perquè la Gabriela també era l'última persona que els ullassos del Pablito veien abans d'aclucar-se. Els pares arribaven just per fer-li unes quantes festes. Deu minuts. De seguida *Gabriela, Gabriela, acuesta al niño*.

I ja podien sopar tranquils.

A l'altra ala de la casa, doctora i doctor difuminaven la jornada. Ell triava l'òpera de Wagner de la col·lecció. Amb només dos dits deixava reposar el CD al plat de l'equip d'alta fidelitat. Pitjava el play, la batuta s'alçava i blop!, ella destapava l'ampolla d'albariño que havia triat al celler. Feien un tàndem perfecte. Un cirurgià, l'altra anestesista. Del Vall d'Hebron tots dos. I uns fanàtics de la medicina. De l'aproximació al pacient en equip, de la recerca, de les tècniques menys invasives, de la cirurgia robòtica que vindria... No acabaven mai la conversa. Que era no acabar mai la feina. I entre planificacions perioperatòries, reanimacions, reparacions valvulars i aortes ascendents van anar passant les estacions. I ara el Pablito ja es volia fer dir Pablo. Ja era un homenet. Ja havia bufat les onze espelmes, ell.

Les hi havia clavat una per una la Gabriela.

Al seu pastís de nata preferidíssim que li havia anat a buscar la Gabriela.

Com havia passat amb cada cosa des que va arribar.

El dia que va aprendre a nedar, la Gabriela. La denteta a

sota el coixí, la Gabriela. El *livret scolaire* de cada trimestre, la Gabriela. La disfressa de Tintín, la Gabriela. La *crucecita* i el petó a la panxa perquè li passés el mal, la Gabriela. La pancarta pel dia de la Terra, la Gabriela. La rebuda de les colònies, la Gabriela. La pinta pels polls, la Gabriela. Els llibres de la Bruixa Avorrida, la Gabriela. I la rosa de Sant Jordi.

Aquella flor també. Aquella flor també era per la Gabriela. Cada mes d'abril.

Un dia la va trobar estripada en mil miques i ho va saber: s'acabava el joc.

Perquè al Pablito només li faltava cridar-la amb aquell altre *nom*. I a la Gabriela ja se li havia escapat el primer inca: *Manco Cápac...* S'havia aturat a temps. El Pablito volia saber què era el que l'havia glaçat. La Gabriela es mocava i deia, *nada, mi amor, nada*. Però el nano s'anava atemorint de veure-la d'una manera tan nova per ell. *Trasbalsada*. I s'ho va haver d'inventar: significa *hasta mañana* en quechua. Ella se'n va poder anar i el Pablito ja no hi va pensar més.

D'un temps ençà arribava el divendres i el Pablito es tornava un animaló acorralat. *¡Llévame a tu casa, Gabi! ¡Yo me voy contigo!* Amb uns crits. *¡Por favor! ¡Por favor! ¡Quiero ir con ellaaa!* La Gabriela se l'arrencava de les cames com podia i tancava la porta. Amb un greu. I no s'havia tret del cap la seva veueta ni s'havia pogut deixar caure al llit del pis que compartia que ring! Sa mare, o son pare. Que si demà tenia plans, que si se'l volia endur al cine o al Tibidabo, que li pagarien de banda, que per això no patís. I no hi havia dissabte que no el passessin junts, ella i el Pablito. Ella no tenia ningú i ell... Ell tampoc.

Fins aquella rosa de paper maixé.

—No, Pablito, esta flor es para tu mamá, dásela a ella, por favor.

El nen no movia un pèl. El braç apuntant cap a la Gabriela sense cap ombra de dubte. La mare no sabia quina cara fer.

Seriota, esblanqueïda. I ho va acabar entomant amb esportivitat.

—No pasa nada, Gabriela, si Pablito te la ha hecho para ti, acéptala —fins i tot va somriure un pelet.

La Gabriela es va posar més vermella que la rosa i va parar la mà.

—Muchas gracias, te ha quedado muy bonita.

Tràngol passat, uf. Però a l'hora de marxar no trobava la rosa. Per enlloc. I mentre la buscava va sentir uns plors. I va parar l'orella. Només ho havia fet veure. S'havien tancat tots dos a la cuina i ella sanglotava: *Se nos ha ido de las manos...* La Gabriela va mirar a la paperera del bany gros i allà era la flor, esmicolada. *Se nos ha ido de las manos...*

I potser a mi també, es va dir. Perquè els catorze inques eren sagrats. I havia estat a punt. Dels seus fills i de ningú més, eren. Però a la seva canalla cada cop li feia més mandra el telèfon. *Ciao, mami. Un beso, mami.* I la Gabriela es quedava amb les ganes de sentir com els hi creixia la veu, ni que fos. I havia de ser sa mare la que la posés al dia. *Los chicos están bien, no sufras, Gabi.* Prou que l'hi deia. I l'hi tornava a dir. Però la Gabriela ja no tenia més creuetes per marcar-se a la panxa. Sempre aquell buit, sempre aquella cremor. Aquell mal. Al moment de trucar al Perú. Després de penjar. Quan el Pablito feia això. Quan el Pablito feia allò...

D'edat estava entremig de la seva Marta i del seu Edgar, amb tot l'hi podia comparar. Amb tot podia veure què s'estava perdent dels seus.

I era tot.

No li va venir de nou que la fessin fora. Una hora o altra havia de passar. Se't treuen de sobre tan de pressa com t'havien necessitat, la gent així. El que sí que no s'esperava era aquell desconsol.

En vuit anys, ni un dia. *No pares, no pienses, no extrañes.* Mai malalta, la Gabriela. De cap malaltia que la gent accepti, s'entén. Perquè de quedar-se al locutori enrampada al fil del telèfon més de mitja hora s'hi havia quedat. I de parar-se-li el cor al mig del carrer amb aquella veueta que havia cridat *Mami!* se li havia parat. I de despertar-se a les quatre de la matinada suplicant els seus dos noms s'hi havia despertat. I desfet davant d'un aparador de joguines. I de sabates de canalla. I d'una gelateria. Mals d'aquesta mena els que vulgueu, la Gabriela. Però au, tornem-hi que no estat res, cap a treballar: cap a cuidar el Pablito.

Aquest cop era diferent. Aquest cop ja feia tres dies que no s'havia vist amb forces de llevar-se. L'obligaven a beure miques de caldo. Uns glopets i ja es cansava. No enraonava. I la febre no li baixava amb res: les companyes de pis van haver de fer venir la metgessa. Un virus intestinal, va dir. Un virus que s'ha enganxat a un bon disgust, va rectificar després d'examinar l'habitació d'aquella mare que havia de viure amb uns fills retratats a quinze hores d'avió. Aquell era el bon diagnòstic.

*

Van quedar que *desapareixeria* pel pont del Primer de Maig. Van quedar ells. La Gabriela només escoltava. Que s'endurien el Pablito a esquiar als Alps suïssos. Que això el distrauria. I quan tornés i no la trobés? Això no s'ho va poder aguantar, la Gabriela. Ja se n'empescarien alguna, van dir els doctors sense precisar. Ah!, i que li pagarien el curs sencer, vacances d'estiu i tot, que per això no patís.

Però el Pablito ja no es mamava el dit. No havia de ser tan fàcil aixecar-li la camisa. I no ho va ser. Els pares es van ficar de peus a la galleda tot solets.

—Despídete de Gabriela, Pablito.

El Pablito veia el Club Súper 3 i va girar el cap:

—¿Qué quieres que te traigamos de Suiza, Gabi?

—Pues una cajita de bombones, mi amor.

El Pablito li va aixecar el polze i va continuar mirant la tele. Sa mare li va repetir.

—Venga, despídete de Gabriela, Pablito.

—Adiós, Gabi —i li va llançar un petó del sofà estant com feia sempre: fent petar els llavis i amb totes dues mans—. ¡Muà!

—¿No le das un besito *de verdad*? —Aquella remarca... La pregunta sencera feia mala espina. I va posar en guàrdia el nen. I va fer negar els ulls de la Gabriela. Que ja girava cua perquè no la veiés quan el Pablito se'n va voler assegurar.

—¡Gabi! ¿Vas a estar cuando volvamos, verdad?

La Gabriela es va tapar la boca i va abaixar el cap. I ja no hi va haver paraules al món per convence'l.

Per cada *¡que sí!* que feien son pare i sa mare, més gros el seu el no. I més gros. I més alt. I més virulent. Fins que es va fer un gegant enfollit: NOOO! NOOO! NOOO! Un gegant cos a cos amb sons pares. Sort que van ser a temps d'empènyer la Gabriela fora de casa abans no se li arrapés. Amb son fill no en van tenir tanta. No gens.

Del carrer estant se sentia el daltabaix. Les coces, les súpliques.

Els udols.

La Gabriela va aguantar el xàfec arrupida al portal. Clavant-se cada xiscle. Empassant-se cada plor. Fins que l'esgotament va tombar el Pablito. Fins que no el va sentir més. Però a ella el graó de marbre travertí se li havia fet tou. I no podia desenganxar-se'n. Va, Gabriela, un peu. Va, Gabriela, l'altre. Amb prou feines si podia caminar. Una mà plana al pit, l'altra a la façana. Del *seu* edifici i de tots els edificis fins a l'estació dels ferrocarrils. De tots. De tots va tastar-ne l'arrebossat. I quan la façana s'amagava rere una fortalesa enjardinada, la Gabriela s'aguantava amb les branques d'aquells arbustos tan ben retallats. O s'arrepenjava contra el tronc dels arbres. Dues senyores van fer el gest de socórrer-la. Només el gest. Un senyor que passejava el seu bobtail se'n va apartar esglaiat. Avança, Gabriela, avança, fuig d'aquí! Un bloc més, Gabriela, un bloc més!

La Gabriela va tenir el temps just d'arribar a casa i caure aplomada a sobre el llit. I és que no havia arrossegat el pes d'un dol sol, no. El dol pel Pablito li estava fent purgar el dol pels seus fills: ara sí. El dol que li havia fet niu en un racó de budell des de feia vuit anys. El dol que li retreia que no se'l pogués mirar a la cara. El dol que li pagava el *no pares, no pienses, no extrañes* recargolant-se-li al moment de trucar al Perú, després de penjar, quan el Pablito feia això, quan el Pablito feia allò...

Amb el tractament de la doctora es va mig refer. I el dia que es va llevar i es va veure valenta, se'n va anar a l'agència de viatges.

Tres dies més tard, la Gabriela aterrava a l'Aeroport Internacional Jorge Chávez.

No va voler que l'anessin a esperar. Sa mare s'estalviava uns dinerons i la Gabriela guanyava una estona. Per acostumar la vista. Als volums, als carrers, als sons de Lima. A les figures, als arbres, al blau immens de l'oceà Pacífic. I per acostumar la vista a una Gabriela que ja no era la de quan va marxar. Clac!, va tancar el mirallet de mà. I va agafar tot l'aire que cap en un cos humà.

Ni va haver de trucar. Només de posar un peu al carrer, es va obrir la porta de casa. Sa mare la va arreplegar amb un braç i mal i tot, li feia. *Estás en los huesos, Gabi, mi amor*, li va dir després de palpar-la sencera, de resseguir-li la cara, de petonejar-li les mans, de clavar-li el nas entre els cabells. I va córrer a cridar els nens: *¡Marta! ¡Edgar!* Va tancar i la va ajudar a entrar les maletes. *¡Marta! ¡Edgar! ¡Llegó mami!* La Gabriela s'anava encongint. *¡Marta! ¡Edgar!¡Salgan, por favor!* I no gosava dir res. *Están en la edad tonta, no sufras.* Però no hi havia manera que sortissin. I l'àvia se'n va haver d'anar a treure'ls del cau.

Al casament de la filla del president de la república no haurien trobat una canalla tan elegant. La mare de la Gabriela estava ben cofada. Però a la desfilada militar de les *Fiestas Patrias* tampoc no haurien trobat uns soldats tan encarcarats. La Gabriela, a punt de caure rodona. On eren els seus *amores*, déu meu, on eren?! A les fotos que li enviava sa mare reien, feien el burro, tenien color a la cara... Respiraven.

Ara no parpellejaven.

Ni se li acostaven.

La Gabriela els hi hauria demanat de genolls, les coces, les súpliques i els udols del Pablito. Qualsevol cosa menys la gelor d'uns fills, qualsevol! I hauria volgut sacsejar-los, i xisclar, i plorar. Però sa mare se la mirava amb uns ullets... I la Marta i l'Edgar se li haurien espantat més encara. Es va cosir l'esquinçada com va poder i sense que la veu li acabés de sortir del coll va dir: *Les traje regalos de Barcelona...*

I a poc a poc es van anar afluixant. I revenint. I la canalla ja començava a fer de canalla i no donava l'abast de tant estripar paper i obrir capses. De tant *¿A ver qué te ha traído a ti? ¿Y a ti?* I sa mare va conèixer que ja era moment de deixar-los tots tres sols. I se'n va anar cap a la cuina, que s'havia d'omplir el forat de tanta enyorança. Que *barriga llena, corazón contento*.

Dels fogons estant va sentir que començaven les preguntes. *Gracias a Dios*, es va senyar. *¿Qué cuentos lee Pablito?¿Barcelona también tiene malecón? ¿Cómo es tu casa de allá?* Després van ser les rialles, que s'atrevien a escapar-se. I més endavant les mans, que també s'atrevien a tocar-la. Primer la roba. D'esquitllada la cabellera. Una micona la cara. Els petons encara no gosaven.

Després d'una bona estona, l'àvia va sortir amb plats i platets del que més li agradava a la Gabriela: *tamales, causa limeña, papas rellenas, tequeños, ceviche...*

I vistos en un tràveling de pel·lícula hauria semblat que sí.

Que eren una família normal. Que es posaven al corrent. Que sopaven. Que allà no havia passat res.

Però i tant que havia passat.

—¿Y para cuando te regresas?

—Marta, ahora no es el momento —es va afanyar l'àvia.

—En diez días, mi amor.

—Pues ya no la quiero ver más —ni la va mirar. Es va aixecar d'una revolada i cap al seu quarto amb un senyor cop de porta.

—No te enojes, Gabi, ya le vino el periodo, se la ve una nena pero ya es peleona como una mujer.

I va ser sal a la ferida, ella que la volia conformar. Perquè la Gabriela va sumar un dia més a la vida de la seva filla. Un dia important més sense ser-hi.

La Marta era del morro fort i tot era no. *¿Te vienes al parque? ¿Al cine? ¿A tomar un helado?* No, no i no.

Un dia que tornaven regalimant chicha morada per tot arreu, l'Edgar es va parar al mig del carrer:

—Mami, no me riñas, pero una vez me escondí a la salida de la escuela, Marta me chapó, me llevó a casa tirándome de la manga y estuvo sin hablarme cuatro días ¡cuatro! —va recalcar amb la mà—. La abuela dijo que era por tanto susto y por tanto amor. Pues contigo es lo mismo, y mañana ya va el cuarto, mami —i aquella picada d'ullet li va sargir del tot l'esquinçada.

L'endemà li va preguntar a sa filla si venia amb ells dos a buscar llibres a la biblioteca: *sí*. I aquells dies que quedaven, déu meu. Aquells dies amb els seus *amores* sí que van ser mel i mantega: els petons començaven des que els anava a llevar de bon matí i s'allargaven més enllà d'haver repassat els catorze inques.

Bo i adormits eren més seus que mai.

Bo i adormits la Gabriela se n'embriagava.

Acostava l'orella al seu alè. Sense cap pressa. Els olorava la pell tan tendreta del coll. Una bona estona. I els marcava de petons de cotó fluix tot el cos. Del cap als peus. Dels peus al cap. Unes quantes passades. Més. I de gust que s'hi hauria estat tota la nit, la Gabriela. Però amb la cara tota molla i salada els hauria destorbat el son. I se n'havia d'anar a dormir.

Quines nits tan dolces. Llàstima que de seguida s'escolen. I el dia que feia deu queia avui. I es van llevar tots girats. Els nanos es van barallar perquè una deia que li feien falta els retoladors de l'altre. I elles dues se les van tenir perquè la Gabriela ja no podia encabir més paquets de menjar a la maleta. Van tornar d'escola sense dir ni piu. Van dinar sense gana. Van fer un volt sense rumb. I van tornar una hora abans de l'hora a casa.

Eren tots quatre asseguts al volt de la taula. Pansits. Muts. Els ulls perduts entre les mil flors de l'hule. Qui s'havia de revestir de valor sinó l'àvia: *Pues ya nos tendremos que ir preparando...* I va desfer l'encanteri. Tots quatre van començar a somicar. Alhora. Cadascú a la seva cadira. Cadascú amb el seu sentiment. La Gabriela es va alçar d'un bot i va obrir els braços. I no va caldre cap ordre. Ni una. Cap *¡Marta! ¡Edgar!*. Perquè se li van enganxar un per banda. A l'instant. Sa mare també es va aixecar, els va agafar per darrere i van quedar fets una muntanyeta.

Una muntanyeta que bategava amb el mateix cor.

Que plorava amb els mateixos ulls.

Que era carn de la mateixa carn i que escalfava més que les entranyes de la terra.

La Gabriela es va estar desvetllada les quinze hores que va durar el vol. No hi ha res que pugui apagar una escalfor com aquella. I cremava, com cremava! Perquè veia que un món així no és món. No ho és, un que no et deixa ser mare més que d'aquesta manera. Un que t'aparta dels teus fills i et fa ser-ho dels d'una altra dona. Un món que perquè unes esbotzin el sostre de vidre n'hi ha d'haver moltes més que recullin la trencadissa.

I que una vida així no és vida també ho veia, la Gabriela. Però si havia de fer la viu-viu, més valia amb l'infern a dintre. Molt més. Perquè la gelor ja sabia quin gust tenia. I la gelor sí que mata.

La Gabriela aterrava per segon cop a Barcelona sense cor d'abocar-se amb cap altre Pablito. Del *no pares, no pienses, no extrañes* només es quedaria amb la primera ordre. No pararia. Fregar terres, culs d'avis, el que fos, tret de canalla. I ja pensaria la manera de portar els seus a Barcelona i no trobar-los a faltar mai més.

I ni fet expressament. L'endemà d'haver-ne marxat ella, el Walter es va presentar a Lima. Més mansoi que un xai. Semblava un representant. Vambes, texans, dessuadores, samarretes, gorres de beisbol... Com si la bossa no tingués cul. També hauria passat per un caçatalents dels Golden State Warriors, amb el logo estampat a tot arreu. Tant és, cap de tots tres s'hi va poder fixar. L'àvia, la Marta i l'Edgar no podien apartar la vista de la cara del Walter: no es creien que no fos seva l'al·lucinació.

El Walter volia que arribés la Gabriela i que arribés la Gabriela. Quan li van dir per tercera vegada que feia més d'una dècada que treballava a Barcelona va ser ell, el que va mudar de color. Va demanar si podia seure. Si li podien portar una mica d'aigua fresca, *por favor*. I no es va esperar més per buidar el pap. Va posar mans de pregària i va dir que la truquessin per telèfon, *por favor*. I amb tots quatre per testimonis, va començar la seva declaració.

Un grandísimo cobarde, *Gabi*, va començar per dir-li. No se'n sortia de complir la promesa i la bola de vergonya se li havia fet massa grossa. Però després d'anys d'ensumar tots els dissolvents, tots els àcids i tots els decolorants de la tintoreria d'uns compatriotes, ara era amo d'un negoci, ara podia donar la cara, ara sí que els podia venir amb la garantia d'un capital digne a San Francisco: ara sí que podia ser un pare de família.

La Gabriela només va dir una frase: *Pues madre no se puede dejar de ser nunca*. I li va penjar als morros.

Amb ella ja no hi era a temps, el Walter. Mal va quan el fil entre dos es trenca, no es pot pas engomar. Però amb els nanos... Passava l'estona i per força s'havia d'anar estovant, la Gabriela. Aplaudir-li la lògica, no, això mai. Però despatxar-lo per sempre? I que ara fos ella la que privés els seus fills d'un pare que havia ressuscitat? D'un pare, d'unes vacances a Califòrnia, de ves a saber què més de bo. I la veu la feia franca, el Walter, rumiava.

Va tornar a marcar el número de casa sa mare. I oi tant que hi era, encara, el Walter. Petrificat esperant aquell ring.

Entesos, claudicava. *Si ellos quieren conocer allá donde vives, tienen mi permiso*. Però per si de cas li va demanar còpia de tots els documents. Que no li calgués mai denunciar-lo. Que més valia que tractés els seus fills com reis, a San Francisco. Que si els passava res hauria de resar perquè fos la policia la que el trobés primer que ella.

I el Walter va tenir paraula, aquest cop. Un piset ben bonic i amb una habitació per cada un a l'est de la Badia, quatre establiments propis i totes les atencions pels seus fills. *Marta & Edgar Laundromat*, li havia posat de nom a la cadena. I els nanos van veure el món per un forat, a San Francisco. El sol daurat de Califòrnia els va ben enlluernar. I s'hi van voler quedar.

Tampoc seria la Gabriela la que els privés del seu american dream. Havia deixat de netejar oficines per cuidar gent gran, que es guanyava més. Però no, ella no tenia garantia d'un capital digne a Barcelona, encara. I per més que li pesés, per més que maleís tots els Walters del món, per més que li dolgués que sempre tinguessin més bona estrella que totes les Gabrieles del món, també els va haver de donar el seu permís.

*

La senyora Anita li desdenya les galetes. Això no val res!, diu assenyalant-les. La Gabriela no en fa cas, ja fa anys que la té per la mà. En treu una de l'envàs del súper i l'hi deixa al platet: *para sucar con la crema, mi reina*. La senyora Anita agafa la galeta, la parteix en dos, i quan la té estovadeta, se la menja ben de grat. Primer és que no, i tot en un plegat és que sí, es queixa el marit de la senyora Anita a la Gabriela. I li fa la cara de circumstàncies que fa sempre que ell es queixa de l'Alzheimer. L'altre dia massa espessa, i avui massa clara, ara va per ella. La próxima, a ver si me sale la crema al punto, señor August. Encara se sap eixugar amb el tovalló i la senyora Anita s'eixuga: Molt bona, maca! I torna a assenyalar aquell recipient que no és Tupperware ni s'hi assembla ni s'hi retira: Això no val res! El seu marit toca l'ase i s'aixeca de taula tot ofès. Com si el que no valgués res fos ell. La Gabriela tampoc no en fa cas, a ell també fa anys que el té per la mà. I ara ja ha d'anar a arreglar-li el llit a la senyora Anita.

Primer de tot se'n va a la cuina a escalfar un pot d'aigua calenta. I posa a punt la palangana i l'espongeta que fa sabonera. Treu de l'armari els travessers de cel·lulosa que li preserven els llençols, agafa una tovallola, els bolquers de nit, l'oli per amorosir-li allà on el bolquer de dia li hagi fet marca, les gotes pels ulls. Li deixa mig got d'aigua a la tauleta per si li ve set a la matinada, el pitjador arran de coixí per si vol obrir el llum... I ara que l'aigua ja és tebiona, i ja li ha tret la roba, la Gabriela ajuda la senyora Anita a estirar-se al llit, a poc a poc, *así, muy bien*. Li treu els bolquers de dia, la renta ben rentada amb l'espongeta, l'eixuga, li posa l'oli a la pell masegada, la camisa de dormir, els mitjons de cotó pel fregadís dels turmells, i les gotes als ulls. I ja la té neta i relaxada *para que pase una buena noche, mi reina.* Moltes gràcies, maca, li torna ella.

Li diu fins demà al senyor August, i anar repassant els cops que li ha preguntat avui si la seva dona havia fet cap *disbarat*, pessigolleig de mòbil a la butxaca.

—¿Marta?

—Mami, ¿dónde estás?

—Pues corriendo para tomar el metro y llegar a casa, mi amor.

—No te muevas, Edgar y yo te alcanzamos.

—¡¿Pero qué dicen?! ¿Marta? ¿Edgar? —tut-tut-tut-tut...

I només ha d'alçar el cap, la Gabriela.

Girar-lo un pèl cap a l'esquerra.

La Marta i l'Edgar no s'havien ajagut només a fer-ne bronzo, del sol daurat de Califòrnia. Havien ben suat totes les beques, tots els programes d'estudis i tots els ajuts de l'estat. I ara el nano de la Gabriela portava el negoci amb son pare. I la nana investigava el comportament d'un fàrmac antitumoral al departament de biofísica de la universitat de Berkeley. Però el sol daurat de Califòrnia no en té mai prou. *Dona'm-dona'm-dona'm...* I si no estàs pel que has d'estar se t'apaga. No els havia deixat venir-la a veure fins ara.

¿Pero...? La Gabriela havia perdut la parla. No es podia creure que els seus fills fossin aquí. A Barcelona! Amb ella! I reien plorant, ploraven rient, s'abraçaven, feien bots. *Mami, nos mira toda la calle*, va avisar la Marta. *¡Pues que gocen de nuestra alegría, mi amor!* Van agafar un taxi per no haver d'arrossegar el maletam pel metro i aviat van ser a la fonda.

*

Des que la Montserrat havia dit que prou hostes que tenia les habitacions de dalt la fonda mortes de riure. I de tant veure la Gabriela anar com el vint-i-nou per Barcelona, li va dir d'arreglar-les per ella. La teva amiga Lana treballa per una arquitecta que sempre tracta amb russos, oi? Doncs que ens la faci venir, que no seran unes obres d'upa com les d'ells, però li pagaré trinco-trinco. I alto, que et deixaré un lloguer fora preu de mercat, que no hi vull fer pas negoci, Gabriela. No havia volgut mai ni apis, ni inversors, ni especuladors, ni gentota d'aquesta mena, la mestressa de la fonda: lluny de la roba tots! Encara li fan explicar tot sovint com en va fúmer fora un que li va venir amb l'enderga de fer-hi un hotel. La Montserrat va sortir del taulell, el va agafar per la pitrera i el va alçar dos dits de terra: Tu diries que aquesta fonda no rutlla? Oi que no? No li van quedar ganes de tornar.

La Gabriela havia començat anant-hi només els dissabtes, a la fonda de la Montserrat. Al *curset de manies* per aviam si el senyor August li deixava de rondinar per la crema massa clara o massa espessa. Però de seguida va esgarrapar una estona cada dia per donar un cop de mà a la cuina, la Gabriela. S'ensumava que a la senyora Anita un dia o l'altre la tancarien en una residència. I la Dora, la cuinera titular de la fonda, deia que es volia jubilar: més valia que la trobessin a punt. Ja n'havia tingut més que prou de treballar ficada a les cases dels altres, la Gabriela. Ja n'havia tingut més que prou de donar-los tant poder. N'havia sortit sempre esgarrinxada. Perquè el Pablito encara el tenia gravat. I ja veuries el dia que hagués de dir adeu a la senyora Anita, *mi reina*, tant com havien congeniat... no hi podia pensar.

Un piset de dues habitacions, bany complet i menjador amb cuina. Li havia quedat la mar de bé, la reforma a la Bet. Senzill, pràctic, però tot nou. I net i polit. I a la Gabriela ja li feia el fet i de sobres, la seva part de fonda. I avui que hi tenia els convidats més preciosos, també.

*

Un darrere l'altre van passar per la dutxa, es van posar roba còmoda, es van allargassar al sofà i van preguntar-li amb quina aplicació demanava el menjar. Ianquis-ianquis, aquells fills seus... Però com si vinguessin d'Arbeca: la Gabriela no havia de moure un dit, per sopar de restaurant cada dia! Els va obrir la nevera i els va cantar la carta: fricandó, mandonguilles, bacallà, capipota... Els anava explicant què era i com estava fet. I ells gana que gana. Fins que en van tenir per cruspir-se un vedell i van voler que els en deixés tastar una mica de cada.

De tot se'n van llepar els dits i ara volien que els presentés les postres catalanes.

—¿Y qué fue de Pablito, mami? —com un llampec, la pregunta de la Marta. La Gabriela els hi estava fent caminets de mel i va colgar de cop tot el mató.

—¿Mami, estás bien? —va demanar l'Edgar.

—Me entristece pensar en esos años —va dir sense amagar-s'ho més—. Me entristece por el cariño que le tuve y más aún por el cariño que me perdí de ustedes.

Havia tret el llençol al fantasma, la Gabriela. Havia destapat aquell tercer *fill* que s'havia quedat amb les hores, els manyacs, les pessigolles i els petons dels seus dos de sang.

La Marta li va agafar una mà, l'Edgar l'altra.

—No se perdió, mami, lo que teníamos era ganas de más... Siempre entendimos que la buena ropa, la buena comida y los buenos colegios sólo podían ser por tu sacrificio. La abuela nos lo insistía cada día, cada día te dábamos las gracias antes de acostarnos.

—Después de recitar los catorce incas como nos pediste.

—¿Aún se acuerdan?

I van fer tots tres alhora: *Manco Cápac, Sinchi Roca, Lloque Yupanqui, Mayta Cápac, Cápac Yupanqui, Inca Roca, Yahuar Huaca, Inca Wiracocha, Inca Pachacútec, Amaru Inca Yupanqui, Túpac Inca Yupanqui, Huayna Cápac, Huáscar y ¡Atahualpa!*

I ja tornaven a riure plorant i a plorar rient. I de la mel i mató ja no n'acabava de quedar gota.

—A Pablito lo dibujábamos con cara de rana y orejas de asno, mami —va confessar l'Edgar. I ja que hi eren—: Ojalá se parta una pierna, suplicábamos, que se lo lleven al hospital por mucho tiempo y mami tenga que regresar.

I sa germana es va engrescar.

—¿Lo buscamos por el Facebook, mami?

I a la Gabriela ja no li va fer tanta gràcia, que per ells fos destapar una revenja. Perquè es veia a venir la descarrilada. La trompada.

—Es mayor como ustedes, tendrá su vida hecha, no sé yo...

—Se tendrá que acordar de ti —l'Edgar, com si hagués sentit ploure.

—Pablo qué más —va exigir la Marta.

Pendent avall, ves si se'ls podia frenar.

—Pablo Fisas Rodrigo —a la Gabriela li va fer l'efecte d'assenyalar el culpable en una roda de reconeixement.

La Montserrat li va dir que sí sense rumiar-s'ho, ja ens espavilarem. El senyor August li va fer gruar la setmana de festa més que si li demanés un ronyó. Però ja tenien a la mà les claus del cotxe de lloguer, un d'automàtic. I amb la Marta al volant i l'Edgar al navegador, la Gabriela va veure tot el que no havia vist d'un país que feia trenta anys que també era seu. Van rondar el Priorat, el Delta, el parc d'Aigüestortes, la Garrotxa... Els nanos tot ho trobaven a prop. Tot ho trobaven *awesome*, *historical.* I baratíssim.

Entaulats al barri vell de Girona, l'Edgar ja tornava a comparar. Una ampolla de vi aquí és una sola copa allà! Se'n feia creus. I la Gabriela deia que no badés tant la boca, que també havia de comparar els sous, que aquí no tothom es podia permetre un gran reserva. La Marta es va posar a remenar el mòbil.

—Nada, mami, le escribí que éramos tus hijos y que le enviabas un saludo, pero Pablito no aceptó mi amistad.

—Pues ya, no rebusquen más.

I quin descans, no haver-hi de tornar a pensar. Perquè cada vegada que sa filla obria l'iPhone ella tancava els ulls. Es temia el desaire. I tant se val qui el fes a qui, ella se'n doldria igual. Però la Gabriela no havia tingut mai temps per perdre. Ni amb el Facebook ni amb cap altre enganyabadocs. I no sabia que aquella sol·licitud encara podia tenir contesta.

La setmana d'esbarjo havia passat i ara no els veia fins al vespre. Els nanos feien la seva per Barcelona tot el dia, triaven restaurant i l'hi feien anar. Pel gust de dur la Gabriela on tampoc havia posat mai els peus. I per variar una mica dels plats de fonda, també. Per tastar una cuina catalana més *trendy*.

I enriolats amb aquelles gelatines, esferes, fumats i altres tintaines que la Montserrat els fotria per barret... *¡Aceptó, mami!* La Gabriela s'ho va haver de fer baixar amb dos gots d'aigua. Se li hauria entravessat, si no.

—¿Contestó? —va preguntar amb una veueta que volia passar per serena.

—¿Está en Barcelona? —l'Edgar ja s'imaginava un cara a cara, ves a saber.

—No, esperen... —la Marta tenia el front arrufat. I les ninetes no li podien córrer més de pressa.

No semblava un missatge curt.

I la Gabriela ja no podia més.

—No se acordará, tantos años atrás. Déjenlo, olvídense.

—Él no te olvidó, mami... —la Marta va aixecar la mirada. Una cara llarga que per força havia de sucumbir. I li va passar l'iPhone a sa mare.

Per una cama trencada no, però hi va haver hospital. Perquè el Pablito va deixar de menjar tan bon punt li van fer desaparèixer la Gabriela. I es va fer tan insostenible que el van haver d'ingressar. Un virus intestinal, un bacteri, un mal que encara ara no saben quin va ser, per més fàcil que fos endevinar que era el mateix mal que aquell últim dia va fer desplomar la Gabriela. I quan va sortir la va voler anar a buscar, oi tant. Va suplicar als pares que la truquessin, que el deixessin parlar-hi, ni que fos. Els va arribar a desesperar tant que li van prohibir dir el seu nom. No sabien com acabar amb la Gabriela i no hi van acabar pas. El Pablito es va fer Pablo i va fotre el camp de Barcelona. Estudiar a fora també voldria dir perdre de vista la infantesa, fer marxar els records. Però els de la Gabriela no marxaven. I se'ls va haver d'escamotejar. I molts anys es va sentir un traïdor, d'haver hagut de reprimir la tendresa i l'amor que sentia per ella. D'haver hagut de *superar* una de les relacions més profundes de la seva vida. I es va sentir culpable molts anys, també: d'haver d'aparentar una tendresa i un amor pels seus pares que no sentia. I que no sentiria mai.

El missatge acabava amb un agraïment pels anys que la Gabriela li va dedicar i una adreça. Per si ella, o tots dos germans, un dia el volien anar a veure. Era psicoanalista i vivia amb la seva parella a Lió.

L'Edgar es va afanyar a agafar el telèfon així que la Gabriela el va deixar a sobre de la taula.

Els van haver de repetir si volien cafès. *Cafès?* Mare i fills desconnectats del món de fora. *Coffee?* No, no, gracias, el cheque, por favor.

—También fuiste muy importante para él, mami —va trencar el gel la Marta—. ¿Contenta con lo que escribió?

Contenta no acabava de ser l'estat. Hi havia un batibull de Gabrielas: l'emocionada, l'orgullosa, la penedida, la trista i la que no volia ferir de cap manera els seus fills. I va sortir aquesta.

—Contenta que se vea una buena persona, de las otras hay de sobras.

—Le responderemos, ¿verdad? —L'Edgar també havia abaixat les armes.

—Pongan que gracias por la sinceridad y que le tengo buenísimo recuerdo. Y Marta, una selfie los tres, que vea qué guapos son mis amores.

El vespre de cop es va amansir. Feia un airet agradós i van voler pujar rambla amunt xano-xano. L'endemà se n'anaven i encara no l'havien passejat a entrada de fosc.

A casa van fer maletes, van posar a punt bitllets i passaports i van cridar sa mare al quarto.

—Mami, ¿nos podrás despertar a las cuatro y media, por favor?

La Gabriela els va ensenyar l'alarma que ja tenia posada al mòbil.

—¿Y cómo iban a irse sin despedir?

I potser ho va fer el verb. Tan odiós. *Despedir*. Que la Marta i l'Edgar van coordinar la mateixa pensada:

—Ya trabajaste suficiente, mami.

—Sí, mami, ¡vente! —l'Edgar va tustar el llit perquè s'hi assegués.

—¿Con ustedes?

—Pues claro, en el Perú ya no queda nadie.

—Y la abuela querría que estuviéramos juntos de nuevo.

Per primer cop en trenta anys hi tenia un *clan de la cicatriu*, a Barcelona, la Gabriela. Tenia la Lana, que ara aniria a viure amb ella, tenia la Montserrat, tenia la Dora, tenia l'alegria de tota la fonda. Desfer aquell abisme de mar i tornar a néixer en una altra Amèrica?

—Ustedes harán su vida, y trabajan muchas horas... Les vendría a estorbar.

Perquè el que ella hauria desfet era tot un altre abisme: la Gabriela hauria volgut menjar-se'ls. Tornar-los a tenir a dins. Tornar-los a fer créixer. Tornar-los a parir i tornar-los la infantesa.

I això no es podia.

—Denme un tiempito más para ahorrar, que allá está todo muy caro —i els va haver de dir un *no* disfressat de *sí*. Però també se'ls va mirar amb aquelles ganes d'empassar-se'ls. I la Marta li va cenyir els braços al coll, l'Edgar a la cintura.

—OK —va dir la gran—. Pero no esperamos un año para verte: este verano, ¡de vacaciones a California!

—Te regalan tus hijos el pasaje —va sentenciar el petit—. ¿Trato hecho, mami?

I això sí que no els ho podia negar, als seus *amores*.

Bet

Una cala de còdols. Un sol que tot just empeny la lluna. Una corredora que va venint. Esbufegant. De dins els auriculars, una balada de rhythm and blues. Uns versos: *Oh, she got both feet on the ground / And she's burning it down.*[1] Es treu les vambes i posa la música a l'altaveu a tot drap. *Oh, she got her head in the clouds / And she's not backing down.*[2] Les malles, la samarreta, tot fora. *This girl is on fire / This girl is on fire / She's walking on fire / This girl is on fire.*[3] I entra a l'aigua apamant-la amb els braços com si l'hi haguessin de prendre.

I voldria fer el mort. Però també voldria nedar. I capbussar-se. I fer la roda. I tota ella és un remolí de xip-xaps. Ara fa quatre braçades. Ara es tomba i es mira de fit a fit el sol encara endormiscat. Ara s'enfonsa, arriba a la roca i li passa la mà per l'esquena. I també en fa, de rodes: cinc. I surt del mar nova de trinca. Arreplega el mòbil, gira la càmera, pitja *vídeo* i arrenca amb tota l'ànima: *This girl is on fire / This girl is on fire / She's walking on fire / This girl is on fire...!*[4] D'acord, no canto com l'Alicia Keys, ja m'agradaria, era per dir que ja he pujat, que sopem sisplau i que... us enyoro.

I s'empassa la playlist sencera. La que es va fer per quan es tornessin a trobar. I ha cantat amb totes: Beyoncé, Rihanna,

1 Oh, ella toca de peus a terra / i li estan arribant les flames.

2 Oh, ella té el cap a les boires / i no s'acoquinarà.

3 Aquesta noia està pletòrica / Aquesta noia està pletòrica / Aquesta noia camina sobre brases / Aquesta noia està pletòrica.

4 Aquesta noia està pletòrica / Aquesta noia està pletòrica / Aquesta noia camina sobre brases / Aquesta noia està pletòrica.

Katy Perry, Sia, Lady Gaga... S'hi ha *esgargamellat*, amb totes les que s'amagaria de la pregunta *tu què escoltes a l'Spotify*. Ara, aquí, en aquesta cala, només hi és ella. La mala fama que té l'estar sola i no pot estar més bé, ara i aquí. Tant anar sempre com una baldufa, tant patir pel què diran. A cagar, la Lliga del Bon Tot! Llàstima que la pau no pogués durar sempre: ja són aquí els primers banyistes. I no uns de qualssevol, no. Aquests són dels que van amb roba i sense llibres i arriben a fer discrets els xiscles de les gavines. La Bet toca el dos.

S'ha encantat. El temps que feia que no remenava arracades, robes fines i talons. I s'ha encantat. Ara ja faria salat i la Bet travessa l'habitació palpant la sivella de l'altra sandàlia a peu coix. Bip-bip, el mòbil:

—Perdó-perdó-perdó, Giovanna, ara sortia. Que també venen? No fotis?! Doncs deixa'm un momentet per... per baixar aviam què trobo al celler, ciao, fins ara.

Quina puta merda!, i la Bet s'espolsa ben lluny la sandàlia a mig cordar. Es deixa caure a pes mort al llit i tanca els ulls. Es desinfla. Es torna a inflar. I es treu d'una estrebada el vestit. Adeu també a aquell recollit tan majestuós que li havia quedat. Va, les criolles tant se val, es queden. Busca un cotonet per apagar el vermell dels llavis, i cap a l'armari. Doncs samarreta i texans i avall. Però que tampoc sembli que ve de l'obra. De cua d'ull veu els pantalons blancs de pota ampla. Els que la mare es va deixar. Els que la Bet es va voler quedar.

*

Feia un cel clar i net. Hi hauria cap-roig per sopar. I bona mar. Demà sortirien a navegar. Era estiu i ja havien pujat a l'Empordà. Acabava de fer els catorze i res al món li importava més que les amigues i la granissada que li havia esclatat a la barbeta, a la Bet. I no ho va veure a venir. Cuca, pots seure un segon amb nosaltres? Jolín, ara?, la Cèlia... Sí, ara. Quan va sentir *passat vacances ens divorciarem*, ja era com si n'hagués fet vint-i-vuit. Totes les preguntes, els dubtes, les objeccions i els brams que aquella tarda es va callar, tot se li va anar embotint avall. I li pesava tant que ni pipes a la plaça amb les amigues, ni bicicleta, ni veure peixos amb son cosí, ni bivac: no es va poder moure del seu quarto en una setmana. Fins que sa mare li va fer lliscar per sota la porta les paraules que necessitava. I amb aquella carta la va entendre.

*

Estira els pantalons blancs de pota ampla, se'ls corda, i s'hi aplana la samarreta per dins. Pica de peus per fer caure la sorra de les xancles, i abans de sortir, mirall: un espantaocells, perfecte! I tanca el portal amb un cop sec.

—Bianco o rosso? —li demana la Giovanna després de l'abraçada.

—Com? —la Bet no sap d'on baixa.

—Nevera?—li dona una pista més la Giovanna.

—Què? —la Bet no se'n recorda del que ha dit per dissimular la mala lluna.

—Que no buidaves el celler del teu pare?

—Hòstia, el vi!

—Non preoccuparti, amore, hi ha ampolles de sobres, passa.

—Per què no veníeu a casa?

—Perquè surtis tu de casa? Va, vaig a buscar les safates.

—Espera, Giovanna, com és que... —i la Bet ja no vol fer més comèdia—. Era un sopar dels nostres, hòstia, sense tios!

—La Cèlia no ha aguantat la pressió, el seu marit li ha començat que si che bella notte, que si quant de temps sense veure'ns tots junts, i cagada pastoret, come si dice qui. Se m'han presentat tots dos i què volies que fes? He hagut de dir al Ricard que no marxés, a la Margot que fes venir el seu home i a tu... A tu t'he avisat.

*

La Bet aviat farà un any i dues setmanes que li va demanar al Hans *quants anys tinc*. Are you kidding me?, li va contestar mig enriolat. No. I va ensumar el perill: ai, les preguntetes de la Bet. Doncs en tens en tens... I anava comptant en danès. Per guanyar temps. Perquè se n'acabava d'adonar. L'endemà de la revetlla, fuck! Ja és 24 de juliol? Sí.

La Bet li havia deixat tot un mes de coll. Un mes amb tots els seus dies. Amb totes les seves hores. Set-centes vint, per ser exactes. Set-centes vint oportunitats per trobar a faltar alguna cosa. Perdudes totes. I haver pujat a tancar un licitació a Malmö no era excusa. Com si fos el primer cop que passava la nit de Sant Joan a fora per feina. La trucada hi era. Sempre. Igual que el regalet. No, no era una badada: era un certificat de defunció.

La mort havia començat amb una vida. Que, ves per on, no podia tenir més bona estrella. La Kris aterrava als braços d'una mare i d'un pare enamorats. Primer trumfo. Una mare i un pare joves, sans, rossos. Normativament guapos, que sempre ajuda. Una mare i un pare amb feina. Creativa, socialment respectada, remunerada. I una mare i un pare amb els ronyons congènitament ben coberts. Que encara ajuda més. Àtic a Barcelona i loft a Copenhaguen per viure. Masia a l'Empordà i caseta de fusta a l'illa de Bornholm per estiuejar, calculant només les propietats de la primera corona familiar. Es podia demanar res més?

Però passaven els dies. I per més sorts que comptés al seu voltant, la Bet s'anava enverinant. Perquè s'adonava que el que no havia passat mai d'enganxada de pis d'estudiants —retreure's que un desparés la taula sense passar el drap, que ningú mai s'acabés el paper de vàter i ningú mai el reposés, o que una es cruspís els cereals de l'altre amb traïdoria—, el que sempre havia estat un picar-se entre iguals i que la Bet i el Hans arreglaven amb una pluja de tovallons bruts, un clau memorable a sobre de la taula del menjador o un sopar al japonès de la cantonada, ara eren figues d'un altre paner.

Ara només era la guerra d'ella.

Què ha canviat-què ha canviat-què ha canviat, centrifugava la Bet al ritme frenètic de la tercera assecadora del dia. Doncs que el Hans s'havia retirat, ves. Tal qual. Ja no eren de la seva incumbència, les *minúcies* de casa. Ara la Bet hi era sempre, a casa, amb la nena i les minúcies, oi? Doncs pel Hans no calia donar-hi més voltes.

El Hans havia confós una baixa de maternitat amb un contracte de servei domèstic.

I resultava que no era l'únic, que ho havia *malentès*.

Amigues, cosines, companyes de l'estudi, mares de l'escola... per no dir les de fora de la bombolla daurada de la Bet. Les que tenien canalla hi vivien totes, dins del *malentès*. I ara que s'havia obert la veda, ara que els mitjans començaven a explicar —a qui s'ho volgués escoltar— què era i sobre qui requeia la *càrrega mental*, ara elles també començaven a diagnosticar-s'ho. I se'n dolien en els mateixos termes. Escenificaven les mateixes situacions, calcades. Es revelaven les mateixes batusses, retret per retret. I arribaven a la mateixa conclusió, idèntica:

Quan una criatura entra per la porta, la igualtat salta per la finestra.

Confiant-s'ho buidaven el pap. S'envalentonaven. Ja sabem què és tornar a casa pletòriques d'un sopar de noies: endorfines i dopamina ballant l'última enfilades als bafles de la pista. Fins que s'encenen els llums: també és eufòria esborradissa, la d'una nit al mes contra vint-i-nou. I per plantar-se cal allistar totes les forces en ferm. I costa, posar-se dret quan s'està fet farina. Ni tenint quartos. I totes mataven el dia tan rebentades, que sempre ho deixaven per l'endemà. I anar passant *demà, demà, demà, demà* és com s'empenyen els anys.

La Cèlia tenia un matrimoni argentí a jornada completa que li treia totes les castanyes del foc, des del tercer fill. El seu marit era de tapar boques amb bitllets. Logística resolta, havia sentenciat. *No es podia queixar*. I així és com feia de directiva de dues empreses: de la multinacional de productes químics i de la familiar de casa seva. Planificar, organitzar, prendre decisions... ben igual, fet i fet. Només que la segona la feia de franc, s'enduia disgustos per comptes d'incentius i no es contemplava la desconnexió. De cap mena. Mai.

La llista infinita també estava corcant l'esperit de la Margot, sempre tan bonafè. Doncs ja estava à bout de patience. Si el seu home, sempre a punt per obrir l'iMac i posar-se a treballar, li tornava a dir *per què no m'ho manaves*, si li tornava a dir... Doncs hi tornava. *Per què no m'ho manaves*, dret davant del rentaplats obert que suplicava *buida'm*. *Per què no m'ho manaves*, escarxofat a menys d'un metre del nano gran que es feia mal amb les divisions. *Per què no m'ho manaves*, amb l'últim tomàquet de sucar en una mà i la targeta de la cistellaecoacasa.cat a l'altra.

I la Giovanna tampoc se'n sortia. Sabeu què m'ha respost, el teu cosinet estimat? *Ei, si jo ja rento els plats!, i vaig al súper i recullo el Ricky... però la meva dona pretén que sigui jo el que tingui aquestes idees tan estúpides!* Sí, va trobar que la situació demanava fer venir a tomb l'últim acudit sobre el tema.

Potser és aquest primer any, es convencia la Bet plegant la robeta de la Kris. Potser quan jo treballi, la nena a la guarde... potser tot tornarà a ser com abans. I ens ho tornarem a repartir com abans, sí. I serem els d'abans.

Potser.

La Bet ja s'havia reincorporat al despatx, havia passat la guarderia i va arribar l'escola. I en aquell àtic tan blanc i lluminós no hi havia manera que fossin tres. Eren dues i un. Un que cada dia arribava més tard, que cada dia tenia més feina *de la seva*, que per la de casa no movia un dit si no rebia instruccions igual que un convidat, que per postres s'havia matriculat a un postgrau de sostenibilitat i que els caps de setmana, o bé estava cansat i remugava si era dia de festa infantil o de museu, o bé *necessitava* sortir a córrer.

Talment un que li hagués marxat del cap que havia tingut descendència. Talment un que s'hagués tornat cranc i pogués desfer-se d'una, dues, tres dècades a cada passa: un que al 2020 pretengués ser pare com van poder ser pare els homes de la generació del seu.

I el verí cada dia era més amargant. La Bet també era arquitecta, també es devia als terminis d'entrega, també era una flipada de la construcció verda, què més li hauria agradat que especialitzar-s'hi. I la Bet també corria, des de joveneta. I ara el màxim plaer que es podia permetre era tancar-se deu minuts al bany per tallar-se les ungles un cop a la setmana.

I aquell mal gust a la boca li pujava cada dia més cops. Amb els rampells d'ira contra sa filla. Amb el ressentiment mut contra ell. I arribava a ser amargantíssim, quan hi feia l'amor. Quan hi feia l'amor fent veure que era la d'abans. Perquè ja no l'era, la que s'havia cregut que ja no calia lluitar-ho: *Si ens havíeu educat per sortir al món en les mateixes de condicions!* Que no calia especificar-li: *Si ens havíeu assegurat que tots dos lleparíem al cinquanta per cent!* I que no calia organitzar-se: *Si ens havíeu repetit que ser dona ja no ens comportaria cap greuge!*

I adonar-se del malentès era pitjor que menjar fel.

No.

Ella no seria mare com van haver de ser mare les dones de la generació de la seva.

Sola? Prou que ja se n'hi trobava ara.

—Hans, tres preguntes.

—Mm-hmm...

—Please, Hans.

—OK. Tell me —i va tancar el portàtil.

—Quin número de peu fa la Kr...

—Bet, come on! —la va tallar.

—Quin número de peu, què hi ha a la seva motxilla del col·le i com es diu la seva pediatra.

Va fúmer cop de porta i no va tornar fins al cap d'una hora. Your favourite Priorat, i li va allargar una ampolla de Solpost, and... Kris? Kris? La nena va venir corrents i llavors va fer aparèixer l'embalum que s'amagava: Parmigiana, hop! Pepperoni, hop! And... Cheese! La que la Kris demanava sempre. Aquesta almenys se la sabia.

Bona teca, bon vi, espelmes repartides amb estratègia. Mòbils desconnectats, conversa. Rialles i tot. L'ambient no podia respirar més *hygge*. I aquelles tres siluetes tan modèliques, aquells cabells tan rossos, amb aquella llum d'or... ben bé un anunci. Llàstima de no haver-ho gravat. Ho haurien d'haver fet, sí. Perquè va ser un vespre que no va fer estiu: aviat va tornar l'home-cranc.

I d'acord que no tenien la categoria dels trenta ni dels quaranta, que *només* n'havia fet trenta-cinc. Però la Bet no es veia amb cor de comprovar què ve després que la teva parella es descuidi del dia que fas anys. Que se'n descuidi i que li rellisqui. Res de bo, quan ja has deixat de caminar costat per costat.

Encara no havia acabat d'explicar-se que el Hans va posar les mans enlaire: OK, OK, la setmana que ve tindràs els papers. Que ell era qui era, que tenia la feina que tenia, i que no s'havia casat per arribar a casa i passar exàmens, *so sorry, Bet*. I res més. Ni el gest de fer veure que es podia intentar. Com li va doldre. I dit i fet: una proposta de conveni de divorci que parlava amb llengua de plata. Impossible de refusar, la morterada que cada mes li cauria a la Bet. En tindria per escola, mútua, cangur, esport, música... i de sobra. Per un stradivarius, si volia. Per tota la secció de corda d'una orquestra, si feia falta. La torna de deixar-li la nena tota per ella, tanta esplendidesa. Ep, que ell ja procuraria volar a Barcelona un cop al mes. I per vacances, per vacances que hi comptés, i tant, els avis suecs encantadíssims, tu diràs.

La Bet va signar i allà es va acabar. Com el va plorar, el dia que va fer girar el pany com si entrés a casa d'una altra. El dia que no va trobar cap rastre de la seva existència. Per més que furgués. El paraigua del cel Magritte en un racó d'armari? O uns mitjons al cabàs de la roba bruta? O el carnet del club de natació al cul d'un calaix? Res de res. Va ser també el dia que es va preguntar si el Hans Magnusson hi havia arribat a viure mai, en aquell àtic tan blanc i lluminós. El plorava, l'odiava, l'enyorava, el maleïa i el tornava a plorar. Els mesos que va girar, aquella roda. Fins que n'hi va passar per sobre una de molt més grossa.

*

—Alla salute di tutti i presenti! —els desitja la Giovanna per començar el sopar amb bon peu. I txin-txins a tort i a dret.

—Quatre mesos que no t'he vist el pèl, m'equivoco? —li pregunta a la Bet son cosí.

—Si fa no fa —li respon ella de mala gana pels convidats que no esperava.

—Content de veure't, cosineta —li aixeca la copa ell sense recança.

—Què és de la teva vida, Beeet? —obre foc el marit de la Cèlia—. Has pujat... —fa veure que li busca acompanyant i li pica l'ullet—: ... *Sola*?

—Ja ho veus —la Bet no està per orgues.

—Quina sort que el teu pare et deixi el casalot, eh.

—Només té una filla.

—Vull dir que no te n'aniràs de viatge, tu... —i sense dirho, torna a plantar-li l'etiqueta *sola*.

—Doncs mira, sí, potser vaig a Roma pel pont de la Diada. Tinc pendent el museu de la Zaha Hadid.

—Ah, si és feina...

—No, no és feina, però tant se val. I tu? Continues guanyant-ne a cabassos? —urgent desviar l'atenció d'ella i la seva *situació*, pensa la Bet.

—Algú ha de recollir els que els altres perden, hehehe... —fa el marit de la Cèlia tot inflat.

—No em toquis la fava, tio! Puto especulador d'amic que tinc... —i l'home de la Margot de seguida redreça cap a la mateixa cançó, la que més els interessa—. I Bet, què, molts... moltes mogudes? Eh?

—Les de sempre, la nena i la feina. Cada cop més clients russos i més maldecaps *russos* —torna a tallar ella.

—No fotis, i res més?! —afegeix llenya per aviam si pren.

—Una altra cosa, si tant ho voleu saber —i ara tots dos fan unes orelles de pam. I ja els ve la salivera—: La paperassa de la mare, una murga.

—Collons, com et passes, Bet, quina tallada de rotllo! —el marit de la Cèlia s'enretira uns centímetres de la taula i es busquen la mirada amb l'home de la Margot.

La Bet fa un petit no amb el cap i mira les estovalles. Surt a fer-li costat la Giovanna.

—Prou, no, ragazzi? Che diavolo vi prende? Heu tornat als disset anys o què?

—I s'han posat titots només de pensar-ho. —La Cèlia llança el tovalló i se'n va cap dins.

—Va, no ens enfadem, que estan... de conya, n'est-ce pas? —prova d'apagar-ho la Margot.

La Bet fa un sant hilari i el Ricard diu:

—Aquesta situació demana sweet Mary Jane, subito!

—Vinc amb tu. —La Bet es torna a omplir la copa fins dalt i s'alça.

—Ara fumes, cosineta?

La Bet el segueix pel jardí. El paper, la picadura i la capseta de l'herba escampats als peus d'una gandula. Aquí la tenim: a Mariaaa! I mentre comença a cargolar el porret, el Ricard també troba que la situació demana desplegar una teoria: *la teoria de la possibilitat.* El supòsit bàsic de la qual és que l'efecte que pot arribar a provocar una dona desaparellada en un entorn d'homes aparellats és l'equivalent al de tenir una bomba a punt de detonar a sobre de la taula. Tic-tac, tic-tac, tic-tac... Entre els formatges i el foie. Tic-tac, tic-tac, tic-tac...

—Quan et vas separar vam passar una setmana fatal, amb la Giovanna, cosineta. I aquells dos es fan els milhomes davant teu, però quan els hi vaig explicar... Allò que et projectes, comences a dir què faries tu sol amb la canalla i tota la pesca, doncs em van deixar amb la paraula a la boca, putejadíssims que van marxar.

—I?

—Que a mi, a tots, ens vas fotre una bona cleca, Bet.

—Hòstia puta, Ricard...

—Vull dir que ens vas plantar als morros una altra vida per triar. I no és fàcil, continuar fent veure que no has vist *la possibilitat.* Tu ets la demostració que es pot engegar tot a parir panteres.

—I mereixo que em carregueu la vostra merda.

—Jo no he dit això, cosineta.

—Saps que m'he canviat de dalt a baix, quan he sabut que no soparíem les amigues? —i fa un glop llarg de vi—. És patètic... Ja no em feia cap gràcia, presentar-me a casa vostra tan... Guapa, sí. Sempre repassant-me, burxant, buscant, no ho sé, proves? De si cardo pels descosits, de si m'ho faig amb tios, amb ties, amb gossos, amb cabres...

—Tothom ho fa, Bet.

—Cardar amb cabres?

—Cardar el que no has cardat de casat. O com a mínim intentar-ho.

—Jo no.
Ja no. I no per falta de ganes.

*

L'havien avisada i no s'ho creia. Que sí, Bet, que et contacten per Instagram perquè els missatges no deixen rastre. Us ho inventeu! Reia amb les companyes de l'estudi i deia a mi què va. Però aviat va córrer per tot el sector, que el Hans Magnusson havia tocat el pirandó de Barcelona. I que la Bet Bach quedava *disponible*, va deduir un sector del sector. Un sector que pot no tenir vergonya perquè té claca i aplaudiment. I cap dubte, cap cautela, cap tempteig. Ding!, a la Bet la paraula se li acabava d'encendre al front, *disponible*, i punt. I tots, tots, els tiracanyes que se li amuntegaven a les portes d'Instagram van resultar ser col·legues del seu pare. I la professió, rai. Col·legues de l'*edat* del seu pare.

*

La foto encara és a sobre del pedrís que emmarca la llar de foc. Son pare dret al portal, al mig com el dijous. Els braços fent nansa, el somriure confiat. I repartits al seu volt el Casajoana, al banc de la dreta; el Pérez-Roca, al de l'esquerra; i a terra, ajupits com si fossin d'un equip de futbol, el Ribas, el Navarro, i dos més que qui sap què se'n va fer. Estaven a punt d'acabar arquitectura, tots. I tots amb la fal·lera de les cases de pagès. De la terra, la pedra, el guix. De la senzillesa. L'austeritat. Amb el temps ha quedat la fantasia que qui no es firava amb una masia era perquè no volia. Que perdudes a grapats com n'hi havia, per quatre rals et venien una pallissa enrunada. Per una mica més la masoveria, i per un mico la casa pairal i tot. Però els havies de tenir, els quatre rals. El pare de la Bet no feia falta que dugués a la butxaca les pessetes que li van demanar pel casalot. No cal, si ja hi dus segons quin cognom. Va tocar la barbeta al pare i a l'àvia, i ja va estar. Trinco-trinco i ja podia posar mans a l'obra. Ja *podien*. Perquè cap ho va fer sol. Sis dones van quedar fora de camp de la foto. Tres també serien arquitectes. Dues, interioristes. Una, pintora. I totes amb tanta o més fal·lera per les cases de pagès que ells. I amb tanta o més destresa per rescabalar-les que ells.

Quan es grata sempre se les troba.

Però s'ha de gratar.

*

La Bet havia dit que sí a les seves sol·licituds al principi d'obrir el perfil. Pur fair play professional. Qui li hauria dit que... Globus vermell a sobre de l'avió de paper del marge superior dret: *Hola, espectacular a l'última foto, canvis? ;-)*. Va quedar de pasta de moniato. Vicenç Ribas? No eres mort? Globus: *Com estàs, nina? Quan vulguis fem una copa*. Una copa amb tu, ex-soci del pare? Si fa dos dies encara et deia tiet Casajoana! Globus: *Diuen diuen i jo dic que la vida són dos dies, truca'm: 644 213 765*. Puto Pérez-Roca, no en vas tenir prou amb perseguir la mare tota la vida? Globus: *Inauguramos despacho, dj, champagne y lo que se tercie, no acepto un no, besos, Navarro*. Fins aquí, ara em sentiran! Però de pensament van quedar, totes les respostes. I se la va carregar l'iPhone: amb un revés el va engegar a dida.

Encara es maleïa els ossos per totes aquelles contestes ofegades al tinter, que es va haver d'ajupir per veure on recoi havia anat a parar el telèfon. Bé que l'havia de recuperar. Seré imbècila! Encastat entre les costelles del radiador: no hi havia manera humana de treure'l. Mama, què fas? La Kris encara es fregava un ull i l'altre tot just li entomava la claror del matí que, zam, d'una estrebada de braç va anar de cul a terra. Ah, mama, fas mal! El mòbil! Treu-lo! Va, fes passar la maneta!

Va, estira, estira, estira, estiraaaa! Uf! Gràcies cuca! Fem xocolata desfeta? Som dissabte, no diumenge. Tant li fa, com si ho fos. I després de posar-li els dibuixos a sa filla a la tablet, ja tornava a tenir enganxats els ulls a l'iPhone. Amb un propòsit que li havia semblat ben ferm: s'ha acabat Instagram, *delete*, fora, que us bombin, vells verds dels coll... Quan, plop!, globus vermell: *Hej, Bet, hur mår du? Estoy unos días en Barcelona, he visto a Hans en Copenhaguen y me encantaría charlar también contigo. No sé si estarás con ánimo, me alojo en Soho House. Ulrik.* I va córrer a escriure un whatsapp a la Lana: *Et necessito* 🙏.

L'Ulrik va ser el primer. Al principi de sortir amb el Hans no li cabia al cap. El millor, millor amic, el que hi era sempre, el que no tenia mai un no per res, el que l'havia apadrinat a Barcelona i obert camí. Que ell, precisament ell, fos el que li fes sempre tan mal paper. I des del primer moment que els van presentar. Educat, sí, els mínims per evitar la grolleria. Però conversa? Ni una broma, ni mitja complicitat, ni un quart de deferència. Res. Com si la Bet fos el destorb més immund. És tímid, l'excusava el Hans. O un misogin, li contestava ella. Perquè és que ni mirar-se-la a la cara. Però s'hi va acabar acostumant, ves. Ah-hola-Ulrik-passa, i ja no en feia cabal. Ni hi havia pensat més, en el famós Ulrik. Fins aquell privat d'Instagram. Xamós com si li haguessin suplantat la personalitat... què coi deu voler.

Va costar d'escatir. Cara a cara, res, l'Ulrik de sempre. Fred com els tàrtars que van demanar de primer al mateix restaurant de l'hotel. El llenguado amb llimona i tàperes que tots dos van fer de segon i que era mantega pura, li va esquerdar una mica el gel. Però l'Ulrik es va tornar a glaçar amb el sorbet de pomelo. La Bet va estar a punt de fer un lleig al tiramisú i marxar. Però ja que hi era, se'l va ben cruspir i també va dir que sí a un gintònic. I tal dia farà un any, va pensar. I ja que hi era, d'acord, també, fem una segona ronda. I amb la segona, l'Ulrik es va envalentir. Va escurar fins la llimona, i es fa falcar les ulleretes.

—A Hans ya se lo he dicho.

—El què? Que sempre has estat enamorat d'ell? Hahaha... Ai, perdona, Ulrik, no bevia des de fa moltíssim.

—Todo lo contrario, Bet.

—Mira, Ulrik, he vingut per la manera com m'has escrit, com si volguessis fer les paus d'alguna cosa que potser et vaig fer i jo no...

—Para, por favor.

—Ja callo.

—De ti. Siempre he estado enamorado de ti, Bet.

Es va apujar la visera del casc i l'airet en contra hi va ajudar. A cada xamfrà que deixava enrere, més a prop de treure'n l'entrellat s'intuïa. I de mica en mica podia començar a traçar el circuit que havia seguit el seu sistema nerviós per arribar a saltar de la confessió de l'Ulrik a la barra del bar, a tirar-se tots dos per terra a la suite del Soho House.

Love Actually. El circuit es deia *Love Actually*. La Bet era dels que l'han vista set-centes vegades, estava ensinistradíssima. El seu reservori de romanticades va sortir triomfal, després de registrar la frase *siempre he estado enamorado de ti*. A l'acte, les neurones van plantar-li a la plaça major del còrtex prefrontal l'escena dels cartellets. A l'acte li van començar a punxar els primers acords de la cançoneta. *I feel it in my fingers, I feel it in my toes...*, i la Bet ja va estar llesta. Així és com guanya l'*amor romàntic*.

Però l'Ulrik també va ser l'últim. L'últim de triar ell. La Bet va buscar les deu millors apps per lligar i se'n va baixar tres. Que li entrés pels ulls, que no fes faltes d'ortografia i que pogués quedar els migdies. I seria l'escollit. Fer de bona samaritana amb l'Ulrik no li havia sortit del tot malament, un orgasmet li havia procurat. Però era un avís: Alpinistes, és triant-se una mateixa l'equipació, la ruta i la companyia, que s'hi arriba, als vuitmil!

Seleccionar amb autonomia de criteri tampoc era arribar i moldre, va veure de seguida. Ara que era ella, la que entrava al mercat que tan desesperançava les companyes de l'estudi. Quanta raó tenien: no podia estar més trillat.

Amb el primer ni es va acabar el cafetó de cortesia. Es gratava el clatell amb un desfici. Li saltaven escames de la mida d'una ungla després de cada rec-rec. No podia estar pel que li explicava. Se l'anava imaginant tot pell de llangardaix. Sense pensar-s'ho: Ai, l'haig d'agafar, un moment, perdona. Es va aixecar. *Urgent?, digues-digues*, va aguantar el monòleg trenta segons, i va anar marxant. Fins que va cuitar el pas i es va esquitllar a quatre de fondo.

El segon era net i polit. Tenia l'accent perfecte del poble de sa mare i el primer dia li va fer uns espaguetis cacio e pepe que ni la Giovanna quan tornava de Roma amb el millor pecorino. Per postres li va esmicolar una pastilleta d'MDMA i... hòstia, tu, com va enfilar camp base amunt! Quins orgasmes! Doncs un mentider. No estava separat. Ni sol, no vivia. Un migdia no va calcular prou bé i els va anar de res que no se'ls presentés la seva dona: Bet, sisplau, només seran cinc minuts, li va demanar. Pregar. *Suplicar*. Perquè la Bet no reaccionava. M'estàs proposant...? Sí! Sisplau!, se'l veia desesperat. Baixo de seguida amb qualsevol excusa i marxem, t'ho juro per déu!

La Bet no va saber mai si en van ser cinc o vint-i-cinc. Però tan cert que van ser els minuts més impensables de la seva vida. Tancada dins del maleter d'un cotxe. Tancada voluntàriament. Esperant un paio que havia vist quatre cops. Esperant que aquest paio baixés amb l'ascensor, arrenqués el cotxe, sortís del pàrquing, parés en un lloc discret i...

... l'obrís.

I prou que ho va fer. I es va disculpar, mare meva, no parava, vermell com un pebrot del torbament. Va arribar a plorar i tot, el xicot. La Bet li va dir ja m'ho rumiaré per treure-se'l de sobre. No hi va tornar més.

El tercer la vençuda? Doncs l'havia trobat més que interessant. I feia uns morrejos, el paio. Com s'hi entregava, a base de bé. I vivia en una casa de fusta de voler-s'hi quedar per sempre. Ja s'ho havien tret tot al menjador i la tibava cap a l'habitació. Quan va frenar en sec i va deixar anar: *O potser t'estimes més que baixem al soterrani?* I amb una rialleta que va garratibar-la de dalt a baix, va descobrir-li la trapa. Camuflada sota una impecable catifa de kílim, d'uns cinquanta per cinquanta. Baixa tu, em fa falta una cosa, no sap ni com li va sortir de dir. Uau!, va fer ell amb uns ulls brillantíssims. I va anar baixant tot emocionat. La Bet anava comptant passos i graons mentre arreplegava a vida o mort tota la roba. Les calces!, li faltaven les calces!, on collons eren les calces?! Va arribar al despatx sense i amb la cara d'haver vist un fantasma.

I va dir prou. Prou de saltar a la gropa del cavall i llançar-se en totes direccions. Prou d'arribar a casa sense saber quina era la mà dreta. S'havia deixat les claus de la moto al contacte tres cops, tenia la nevera que feia pena de veure, i s'estava acostumant a *disciplinar* la Kris amb un càstig que es podria considerar tortura. Anar al galop no era remei. I perdria bous i esquelles. Va fer cas a la Lana i va dir prou.

*

—Jo, no, cosinet... I a més a més, per què els hi hauria d'explicar la meva vida?

—Qui té gana somia pa, la iaia ho deia sempre.

—Doncs és un puto càstig... Mira, *la teoria del puto càstig*: una tia es divorcia, els seus coneguts tenen la il·lusió que també ho fan però s'estimen més no haver d'estripar la foto de família perfecta i es queden com estan, emparellats. Però quan veuen la que sí que ho ha fet, quan la veuen, tornen les palles mentals, sortir, lligar, follar, follar, follar, tot el que no és xungo de separar-se, esclar. I a sobre, la pel·lícula se l'expliquen com si fos ella l'enemic públic número u de la pau del matrimoni. A pastar fang, home!, i deixa'm fer una pipada, que te l'estàs fumant tot tu, *cosinet*.

—Té —la Bet se n'omple tant els pulmons que l'ha de tossir i tot—. Saps què, cosineta? Que jo no hauria de parlar tant i tu hauries de parlar més, que tens raó: ti prego, perdonami.

El segon porro han decidit que el compartiran, i se'n tornen cap al porxo. Només se les troben a elles.

—Els he fet marxar. Truca'ls, et diran on són, amore.

—M'estàs fotent al carrer?—li pregunta el Ricard a la Giovanna.

—Esattamente.

El Ricard es mira la Bet, es cus la boca, i amb una reverència li entrega el porro. Va bene, va bene, i marxa tot calmós.

Aquest no se'l fumarà amb desfici. Aquest se l'aniran racionant. Caladetes curtes perquè els allargui per totes. Perquè aquella beneïda enriolamenta no s'acabi mai més.

—A mi, a la que em distreia de l'hora, ja em rajaven, matemàtic! —comença a explicar la Cèlia—. Es deu haver tacat dinant, em deia el meu assistent, vol que enviï algú a buscar-li una altra roba? Ai senyor, un nano jovenet que ves què li expliques. Però era tan pesat amb la pulcritud que un dia no vaig poder més i li vaig dir: amb aigua freda marxa, i mira, no, no em taco dinant, és llet, ho captes? Tinc una criatura petita i si no l'hi dono o no me la munyo, regalima, fàcil.

—Que ets bèstia, Cèlia, hahaha!

—Més bèstia va ser la cara que va fer ell, ni que tingués davant l'Hannibal Lecter. Clarice, xarrupa'm les tetes!

—Jo li vaig dir una cosa així a un zelador de l'ambulatori... —s'anima la Margot.

—No! De debò?

—Se m'hi quedava enganxat. Cada dos per tres havíem d'anar al pediatre per les otitis de la Martina i primer el vaig deixar córrer, però era tant el descaro que un bon dia ja no vaig poder més: Vous aussi, vous avez faim? M'assenyalo les nichons i em responc jo mateixa: doncs només són per ella. Va quedar tan atordit que encara ara s'amaga de mi, quan em veu entrar.

—Als teus peus, Reina Margot! Hahaha! —i la Cèlia els serveix una ronda més a totes.

—Jo també havia d'anar a la feina amb la maquineta, come si dice il tiralatte?

—Igual, Giovanna: tirallet.

—Ecco. Doncs un dia, just abans de plegar, vaig a buscar la llet a la nevera de l'office i una advocada de l'altre despatx em diu: Has anat a Itàlia? I jo, per què? La burrata, m'assenyala el potet i sospira, mmm... és tan diferent de la que ens venen aquí!

—Hahaha! Alerta que hem trobat una veta d'or! Si més monologuistes fossin tia, hi hauria pits i llet a cada gag!

—Va, va, prou, que a mi la Kris em queixalava els mugrons i em feia un mal horrorós, i ara em fan molt mal les barres, em sembla que se m'ha travat la mandíbula...

—Què t'empatolles, Bet?

—Em fan molt mal, us ho prometo —la Bet, anar-se fregant la cara.

—Això és del porro, Bet, del riure tonto.

—Calleu, calleu, hahahaha, ja ho tinc! —anuncia la Cèlia pixant-se de riure—. Anem a l'ambulatori, d'urgències, miri, zelador, estàvem fumant un peta i a la meva amiga li ha quedat la boca oberta, què, li ve de gust que el munyim una estona?

—Hahahaha! Ara la panxa... em fa molt mal la panxa, pareu, sisplau!—els implora la Bet.

—Ni que ens hagués sentit... Un moment —la Cèlia fa lliscar la pantalla del mòbil—. Tot bé, mare? Que s'han acabat tot el sopar i fa estona que dormen com troncs, ahà —repeteix fent cares—. Fantàstic, mare, bona nit, muà! —i tomba l'iPhone posant els ulls en blanc.

—La meva sogra és plasta amb el seu fill, més que amb mi. Però si no la tinguéssim a ella... ce serait catastrophique! —i la Margot corre a escriure un whatsapp a la Lali—: *Espero que les petits diables no t'hagin fet empipar gaire, merci et bisous.*

—L'hi he dit del dret i del revés, que si no passa res no cal em truqui —la Cèlia continua donant voltes a la interrupció de sa mare—. Doncs no hi ha manera!

—Bet, amore, che ti succede? —i ara ja no és només la mandíbula ni la panxa. Ara és el cos de la Bet sencer, el que fa la ganyota de dolor.

*

L'estona que feia que havia baixat l'escalinata modernista i encara barrinava. Ara, ara era quan la llengua li enfilava les contestes més brillants. Ara, ara era quan li parava els peus al fatxenda que diu sí a tot als russos perquè en suca i no en té ni puta idea. Ara, a destemps. Com sempre. La Bet entrava a la furgo maleint que cap i boca no li fessin mai bon equip quan *Isabel* va il·luminar el mòbil. Passo! Però tampoc hi guanyava res. Prou que sabia que fins que no hi parlés ho arrossegaria com una llosa. Més feixuga que la que el coi de russos s'entesten a posar on no toca! I va deixar caure el polze sobre la trucada perduda.

—Isabel, digues.

—Hola, cuca, t'enganxo molt enfeinada?

—Una mica, clients russos, un corcó.

—Fes, fes, no hi ha pressa, ja t'ho explicaré en un altre moment.

—D'acord.

—Adeu, cuca.

Adeu, cuca. La Bet no ho sabia, que aquelles serien les últimes paraules que li sentiria dir. Sort que sa mare la coneixia i no s'esperaria que li concedís audiència entre clients russos i altres maldecaps. Sort que li faria lliscar les moltes altres paraules que necessitaria en una carta de les seves.

L'esgrima imaginària se li havia posat tan bé, que ni en arribant a casa no va abaixar el floret. Va dir el mantra de cada dia, gràcies-Lana-fins-demà, Kris-endreça-ho-tot-que-aviat-soparem, i tornem-hi, per més que al seu cap hagués deixat el llepaculs dels russos touché de feia estona. Per això no va ser fins més tard, que va caure del ruc, la Bet. Després de poder enredar el mico del pensament posant-lo únicament al servei d'un bròquil. Després d'esbandir-lo, de fer-lo al vapor, de punxar-lo per si ja era prou cuit, d'escorre'l, d'amanir-lo amb un raig d'oli i d'acompanyar amb la cullera grossa uns quants ramells verd extraterrestre cap al plat de sa filla.

—Tants no, mama!

—Kris, no comencem, un dia que anem d'hora —i es va sentir el ti-tit del microones—. Va, que ja ho tenim tot.

I quan tornava a taula amb el plat fumejant de croquetes, plaf, la frase d'efectes retardats.

—Mira què faig amb aquests dos, mama! —sa filla s'entafora un branquilló de bròquil a cada forat de nas—. Avui podem jugar, has dit que és d'hora —la Kris li fa una carota que l'estovi i li estalviï el clatellot i diu—: Avui no hi ha pressa!

—No hi ha pressa... —repeteix la Bet com si somiegés—. *No hi ha pressa, ja t'ho explicaré en un altre moment* —ara, ara se'n recordava de la trucada de sa mare.

I aterrant un altre cop al menjador:

—Prou de marranades, Kris, va, truco a l'àvia un segon i quan pengi vull el plat net.

Ja no hi hauria cap més *Hola, cuca* a l'altra banda.

Ja tornava a anar a destemps.

*

La Giovanna, la Cèlia i la Margot no han badat. Han vist la Bet encongir-se i tremolar i han començat a bellugar les cadires. S'han afanyat a convocar el *clan de la cicatriu.* La potència del seu guariment. I ara les té fent pinya al seu volt. Una li agafa una mà, l'altra un braç. A la Bet encara no li ha pogut sortir cap mot, només llàgrimes. I totes es veuen a venir el què. Els batecs els hi compten els segons que falten. Perquè la Bet parlarà. I farà el tro. Ho saben de sempre. De l'estiu que els pares se li van separar, de quan van marxar el Hans... Primer s'entesta en tancar-se una caixa forta al voltant de l'estómac. I passa mesos així: *Sí-No-Estic bé*. Ben enfaixada. Fins al dia que les entranyes l'hi esbotzen.

Com ara. La Bet ja va alçant el cap.

—La meva mare ni era pesada, Cèlia... Era jo, la imbècila —té la cara congestionada de tant plorar—. Em carregava que em truqués i... hòstia puta, em penso que volia que se n'adonés. I ara, ara mataria perquè fos ella la que ens acabés de *molestar*, algú em pot entendre? —i és un gest inútil, però la Cèlia empeny el mòbil a l'altra punta de la taula—. Jo també vull que em truqui la meva mare, ho entens, Margot, ho enteneu? —la Bet ja no pararà—. Vull que em truqui la meva mare-vull que em truqui la meva mare-vull que em truqui la meva mare... —la lletania se li va tornant violenta, sincopada. Exigent—. Vull. Que. Em. Truqui. La. Meva. Mare! Vull que aquest contacte que tinc memoritzat, aquí, veieu? Aquest! Què hi posa, eh, ho llegiu, ho llegiu bé? El veus tu també, Giovanna? —La Giovanna, la Cèlia i la Margot no gosen ni dir que sí, que el veuen bé. No cal, només hi han de ser—. Vull que *Isabel* em surti a la pantalla un cop, dos cops, tres cops, tres-cents cops! No, mentida, no vull que em surti el puto *Isabel*, vull que em surti el nom que ha de sortir i vull, per una punyetera vegada a la meva vida, vull respondre holamare-holamare-holamare-holamare-holamare, ho enteneu?

I uns brams que van fer córrer a amagar-se totes les estrelles de la nit.

*

I un altre estiu que ja era història. I que havia passat sense ballar juntes la seva llista de Spotify. No feia ni quinze dies que tornava a ser a Barcelona i ja volia que passés un any. La feina, la nena... Que passés la vida de sempre. La vida de sempre de moment.

Havia trobat aparcament al xamfrà del pis on va créixer. No m'ho puc creure, si sempre és impossible, quina casualitat..., va pensar anant cap a la llibreria-cafè que havia redissenyat de dalt a baix. I ja tornava de donar per bons els acabats de tot el local i buscava la clau de la furgo per tornar-se'n cap al despatx. Quan se'n va adonar. Amb el clauer que li penjava del dit, amb el que havia pescat de dins la bossa sense voler, no obriria cap furgo. Obriria el pis de sa mare. Si volia, esclar. Si podia. Perquè fins ara no havia pogut. I ja feia quatre mesos.

Encara molt empantanegat, em quedo per fer l'últim repàs amb l'equip, ens veiem demà. Enviar. Va posar una hora de parquímetre més i va tirar cap al seu portal.

Com si només hagués sortit un moment. Tot tan exacte... La pols que el sol feia voleiar a contrallum i encara. Com si en un moment hagués de tornar... Tot tan ella. El joc d'estores tutti colori que no deixava ni un centímetre a l'insuls parquet. Les rajoles groc canari de la cuina que no va voler que li canviés mai. Les cassoles de fang, els gots de vidre verd, els draps brodats. Cistells per les estovalles, tovallons, tovalloles. Tot desat per tons. Cabassos i cabassos per les revistes d'art i moda. Prestatgeries i prestatgeries pels llibres. I per les monografies: Anguissola, Bonheur, Carrington, Delaunay... totes les seves artistes. De la A a la Z.

Les parets. Vestides amb un sol tema: *Carbonet de la Bet al bressol. Carbonet de la Bet fent una bombolla de sabó a la banyera. Carbonet de la Bet jugant amb la panera de la fruita. Carbonet de la Bet a la falda de l'àvia. Carbonet de la Bet al caminador...*

La foto de Coco Chanel al capçal del llit. La que li va fer Man Ray de perfil, fumant. El vestit negre, el barretet, les perles al coll, les mans a les butxaques, els braçalets. Coco Chanel, l'última persona que va mirar sa mare. L'última, abans que un infart se li presentés un vespre sense avisar perquè cap metge li va saber dir que ja feia temps que avisava.

La Bet va haver de sortir de l'habitació que aquell dia només va poder travessar arrapada al cos de la Lana. Les cames li tornaven a fer figa, havia de marxar. Però també va voler treure el cap a la galeria. El mirall, el balancí... Llenços i llenços sense penjar girats d'esquena. El cavallet, els olis, els pinzells... I el nas ple d'aiguarràs. De les mans de la mare: de la seva olor.

Amb un palmell s'aguantava les claus a sobre el pit. Amb l'altre, el plor. Pobres plantes... Les plantes que li venia a regar quan sa mare era de viatge, totes pansides, després de quatre mesos sense que ningú els hagués fet cas. I repassant els gerros fets un cementiri, el va veure: un senyor fardell al bell mig de la galeria. Va haver de fer-lo córrer amb el peu. Estava embolicat amb una roba de vellut turquesa i medallons del to de la taronja cremada. Es va ajupir i va palpar el paquet amb delicadesa. Va notar la fusta d'un bastidor que tensava una tela. Va fer córrer el dit: una, dues, tres... n'hi havia vint. Va estirar el cordó i va desfer el llaç.

Què era allò... flors? I això... una carta? Va pinçar el paperet i el va tombar. Un sobre de color marfil que deia Bet Bach Ferreras. Sí, era una carta de les seves.

Es va haver d'estar més d'una hora a dins la furgo, refent-se. Paint tot el que havia vist en aquella galeria, tot el que havia llegit. Donant crèdit al que acabava de descobrir, al que tant de temps havia ignorat. Com podia ser?, no se'n sabia avenir, com podia ser? I si per això no trobava resposta, potser sí que trobaria solució a no trigar ni un dia més a proclamar-ho als quatre vents, que aquella artista havia estat sa mare. I quan va recuperar l'esma, va obrir el WhatsApp:

Urgent, Ricard, necessito l'adreça de la tatuadora amiga teva.

La Bet veia que estava en línia i que no contestava, va, hòstia, va, he dit *urgent*. Ara! Escrivint...

Jo també me n'alegro de saber de tu, cosineta.

Perdona, tinc tard, tot bé?

Benissimo, aquí ho tens:

Carol tatoos

Veiem-nos aviat

Ets el millor, cosinet.

He fet captura de pantalla

que quedi constància del que m'acabes de dir :-)

;-)

*

—Quedarà així, mira —la tatuadora li ensenya el dibuix.

—D'acord.

—Discret no seria, t'ocuparà tot l'avantbraç: és el que volies?

—Sí.

—He fet de tot el que et puguis imaginar, però això encara no m'ho havien demanat mai.

—Ja...

—Eh, però que mola molt, eh!

—Tot el que ella va fer ho porta... Faltava jo.

—El traç és tope elegant, com el nom sencer, ple de lletres... no sé, guerreres. Em sap greu no saber qui era.

—Tranquil·la, ni tu ni ningú.

—No fotis?! I tots els quadres del teu mòbil? Si són de putíssima mare!

—Els tenia guardats. Jo l'havia vist sempre pintant, però no sabia que fos tant ni que fos això.

—Quin flaix, descobrir... no sé, una altra mare. Relaxa la mà, així, tova, que el braç quedi pla. Jo als meus fills els intubo molt amb la meva feina. Et faig mal? Només pessigolletes? Doncs relax. —La Carol l'empeny suaument perquè s'acabi d'estirar i continua—. I els porto aquí sempre que puc, que vegin els àlbums de dibuixos, el material, com va tot el procés... Estàs bé? Tens calor? Perfecte. I que vegin que mones que sou les meves clientes, que nervioses que entreu i que contentes que sortiu. Que quan al col·le els hi preguntin què fa la teva mare, contestin uns tatus que t'hi cagues! —la Carol para la maquineta i es mira com va quedant—. Perquè estàs en una terrasseta, tots quatre, els dos crios i el meu marit, que també va súper ple de tatus com jo, i a la que et venen a demanar: Oh, què ets, tatuador? I jo haig de saltar: No, la tatuadora soc jo, i llavors, ai, hosti, perdona —hi passa el drap, torna a engegar la maquineta, i reprèn el tatuatge—. El teu cosí és dels pocs que m'ha preguntat pels tatuatges en plan professional. També feia sempre el cafè al bar d'aquí al costat i des del primer moment va donar per fet que era jo, l'artista, no com la resta de la humanitat. Ara ja han après a dir-ho els crios i tot: Nooo, la tatuadora és ella!, i després ens pixem de riure amb les cares del personal. Però ja t'han tocat la moral.

—Quan la meva contesta *arquitecte* dues vegades es pensen que ho han entès malament i l'hi tornen a preguntar. Li tornen a preguntar a què em dedico jo.

—Com és la penya... Tu on la vas tenir?

—A l'Hospital General.

—I què tal?

—No gaire bon record, la veritat.

—Quina putada, un dia tan important... Jo els vaig tenir a Sant Pau i bestial, perquè tenia moltes pors, i la por... no sé, entre cometes, la més tonta, era que ens veiessin a mi i al meu marit amb tots els tatus, i ell les grenyes, la barba, i ja comencéssim malament —la Carol deixa la maquineta a la taula i es falca el guant que li havia fet bossa a l'alçada del canell—. Doncs què va, la gine de guàrdia va ser molt amable, cap mala cara ni res, i les infermeres... les infermeres, un flipe —i ja torna a fer brunzir l'agulla de tinta—. Elles, és que són d'un altre planeta! Tant les del nen com les que em van tocar per la ne... ui, que ploraré... És que van estar cent per cent per mi, i una que es deia Lourdes m'ho anava explicant tot tan dolç, sense presses, em donava la mà, m'ajudava a empènyer quan jo ja no podia més... I com em va mirar quan me la va posar a sobre... com si fos, no sé, una deessa! Aix, haig de parar un momentet, perdó, descansa el braç, gràcies —i desplega un mocador de paper.

—Quina enveja, Carol... —I a l'acte:— Disculpa, no era per dir-ho en veu alta, però com parles dels teus fills, com t'emociones... Llàstima que no me'n puguis tatuar una mica.

La tatuadora deixa la màquina a la tauleta, fa córrer el tamboret, i se la mira amb els ulls de les seves infermeres.

—Saps què? Jo no vaig conèixer la meva mare... No va sobreviure al part —i agafa aire abans de continuar—. És un puntàs, que tu puguis portar la firma de pintora de la teva al braç —li acarona la galta—. I que li puguis explicar la seva història a la teva filla —i ara li agafa la cara amb totes dues mans—. És preciós! Celebra-ho, amiga!

Mai no havia fet arrencar la furgo amb un nervi com aquell. Ni pel millor client. Ni per cap cita. Ni que un dia se li cali foc a l'àtic, toquem fusta. I la Bet ha d'anar alerta de no empènyer els cotxes que té davant seu. Perquè vol via lliure. Va, hòstia, va, ràpid, arrenca! Perquè si pogués volaria. Llança la furgo al primer pam d'asfalt que troba buit. El fre de mà encara no ha fet l'últim clec que ja té el cos a fora. I tira cap a l'escola de la Kris com una esperitada.

—Mama? I la Lana? On és? Què li ha passat?

—Xxt, calma, la Lana està perfectament —mira d'asserenar-se, recuperar l'alè—. Avui té festa —i agafant-la a coll amb el braç dret—: Voldràs berenar amb mi? —La Kris ha quedat veient visions, no diu res—. Ens entaulem al lloc aquest de creps? —gira mig cos cap a l'altra banda—. O agafem un parell de croissants i anem cap a casa?

—Mama... estàs bé?

—Haig d'anar amb compte amb aquest braç —se l'arremanga una mala mica i li deixa veure el paper film—, a casa t'ho ensenyaré. Però no és res de dolent.

—Parles rara... Em fas preguntes bones i no em dius *afanya't, afanya't.*

—Perquè avui no hi ha pressa.

—No?

—No.

—Segur?

—Segur!

—Crep de nutella —i se li escapa la rialleta que li fa sortir un sotet a cada galta. La rialleta que a la Bet li és tan cara de veure.

—Fet! —la descarrega i se li ajup arran de nas—. Saps quan em vas demanar que no et digués més cuca? Doncs que no m'havia de rumiar res, que ja no te'n diré més. La mare et creu, confia en tu i t'estima, tresor.

Li fa un petó al front i l'abraça. I cap a la creperia.

—Mama... —fa amb la boca plena—. Avui també em faràs allò de la banyera? —i li ensenya les mans, que ja comencen a ser marrons avellana.

—No t'ho faré mai més, tresor. Perdona'm, sisplau.

—Mama... Per què no ho dius més?

—El què?

—Que m'estimes.

*

Quatre mesos sense posar-hi els peus, i ara no se'n movia. La Bet havia comprat les mateixes plantes que tenia sa mare i terra nova, i quin goig que tornava a fer aquella galeria. Era hora de posar mans a l'obra i s'hi posaria. Però l'escomesa no era tan senzilla com revifar una col·lecció de testos. La Bet necessitava més de dues mans, per destapar i fer córrer tot aquell poder. Avui les seves còmplices no hi podien ser. La Giovanna era a veure la família, la Cèlia a l'AVE i la Margot a l'Empordà: hauria de fer una videotrucada. Però que fos des del centre del seu nou món.

—Eo, aquí a la galeria no hi ha gaire bona cobertura —la Bet es va enfocar la cara—. Giovanna, Margot, em veieu bé?

—De conya!

—Parfaitement! —li van certificar.

—En horitzontal, Cèlia —li va fer notar la Bet.

—Tu no, burra, el mòbil! —la Cèlia li va fer llengotes i va posar el mòbil com tocava.

—Preparades totes? —i la Bet va girar la càmera del mòbil. Els havia posat drets i arrambats per totes les parets. I amb una panoràmica els hi anava ensenyant, quadre per quadre. Els hi explicava l'època que sa mare els va pintar, els *detalls* —perquè encara no gosava dir mèrits— que ella hi trobava. I, engrescada, els va començar a confiar quina una en portava de cap. Fins que li va semblar que tant de silenci no anava a l'hora.

—Eo, que s'ha tallat? —i es va tornar a enfocar—. Que hi sou?

I ja ho crec: d'una peça. La Giovanna es tapava amb una mà la boca, la Cèlia la tenia oberta i la Margot s'estava mocant. Però sí que va poder parlar:

—C'est extraordinaire, Bet!

—Hòstia, oi que sí? —i ara era ella la que no podia continuar.

—Per quan? —li va preguntar la Giovanna.

—Setmana Santa? —va ajudar-la la Cèlia—. Ho tindrem!

Lana

Tant que s'ho havien preguntat, amb la Gabriela. I aquí ho tenia. El primer que va pensar era que encara no l'havien parat del tot. O que els acabaven d'entrar a robar. Què era aquella bestiesa de metres per tanta buidor, si no. Mobles, quatre si hi arribava. Cortina, cap. Ni piano. Ni fotografies. Ni tele. Ui, però aquesta sí que li agradaria, a la Gabriela: una habitació només per la rentadora. I potser faria una mica les paus amb els d'aquella espècie i tot: el vàter el tenien net.

Baixaven de la part alta per anar a buscar el nitbús i sempre se les explicaven. Les tifarades. Jo, avui, una tova, però ben tova, al despatx del director general. A dins? Sí, avui, sí, avui l'ha feta a dins. I també m'he trobat un parell de cagallons a terra, on era... sí, al bany de valors. Doncs jo avui només empastifada la tassa i el marbre de la paret del lavabo de recursos humans. Artistes, que són uns artistes! I així miraven de fer-se passar el fàstic. *Lana, ¿tú crees que en su casa también lo harán?* Acabava sempre la conversa la Gabriela. *Igual acá no se enseña cómo usar un váter...* Perquè és que no s'ho sabia acabar. O potser és una cosa dels rics, això de no fer de ventre a dintre... *¿Cómo vivirá esa gente?*

Amb la seva rica cada dia dubtava més que ho pogués contestar. No era gens com els rics que tallaven el bacallà des dels gratacels de la part alta. Ni casa seva ni ella. Li havia demanat si li podia fer dos petons només d'obrir-li la porta. Li havia ensenyat com anava la màquina del cafè *amb un grapadet de grans aquí dins.* Com es graduava la columna d'hidromassatge del bany dels convidats *per quan et vingui de gust.* Li havia apuntat la contrasenya de la wifi en una targeta. Li havia pagat tot el mes per endavant. L'havia assegurada sense que hagués de passar el tràngol de demanar-l'hi. I se li havia posat a plorar: hòstia, perdona, no ho faig mai, no et pensis que soc una tarada, m'acabo de separar i hi ha dies que...

I va ser després de conèixer la Kris a la sortida de l'escola, de quedar-se amb ella a l'àtic, de cruspir-se juntes un pa amb oli i xocolata amb una mica de sal *com li agrada a l'àvia*, de fer-se la primera abraçada i dir-se el primer fins demà, que la Lana no va poder esperar a arribar a casa. A peu podria drenar l'emoció. Va desar la targeta de metro, es va posar els cascos, i de camí al Poble-sec: Mama, aquesta potser sí!

Cinc anys, feia que era aquí. Cinc anys de merda. També de figurada. I amb vint-i-cinc anys ella no havia marxat pas per això, de Geòrgia. *Dels Estats Units no, d'Europa, Caucas, mar Negre, que hi ha més món!*, havia de mocar-los sempre. *Stalin també era de Geòrgia...*, li havia tornat algun per fer-se el viu. Per aquests també tenia resposta, també: *El meu personatge històric és la Reina de Reines i Rei de Reis Tamar de Geòrgia, no vols saber, oi, perquè va ser una de les dones més fascinants de l'Edat Mitjana?*

Perquè de llenguda encara n'era. Encara caminava dreta, per més que haver-se de posar el títol de filòloga russa per barret li fos un cop de puny a l'estómac. Son germà era metge i a Alemanya bé que podia fer de metge, com s'entén això? Ni els compatriotes li seguien el corrent, quan se n'exclamava. Ja havien fet la pell gruixuda. Ves quin remei. Ja sabien que les paraules enginyera, mestre, pianista, matemàtic, infermera o filòloga aquí no es volien entendre. Aquí es traduïen per paleta, temporer i segurata si venies de l'est i eres home. I per cangur, cambrera o treballadora de la neteja, si venies de l'est i eres dona. I ves-te'n a ensenyar diplomes al riu. O torna-te'n per on has vingut.

La Lana també va haver de baixar del burro. I va començar

a fregar oficines. A l'últim torn, que es guanyava un pèl més. Tres anys esllomant-se i rifant-se amb la Gabriela qui feia el vàter més negre. Però sa mare ja s'havia pogut arreglar el cobert. Pensar en la casa apedaçada tota sencera la feia falcar-se fort els guants de goma. I gratar amb més ràbia encara. Ara, després d'aquelles dues nits de córrer cap a casa amb els talons que li tocaven el cul... Un paio palplantat a la seva parada. Com si no fos plena matinada. Com si no fos ella l'única noia jove que baixava a aquella hora. Jugar-se-la i que a la tercera no la seguís només amb la mirada? Al barri havien violat una mossa feia quatre dies. Li van dir que no la passaven al torn de dia i va haver de plegar.

Doncs cambrera.

Pels seus verals mateix. Un bar de tota la vida que ara portaven una parelleta de la ciutat xinesa de Qingtian. Tindrien el primer fill i buscaven algú mentre ella s'estigués a casa. I s'estaven rumiant fer tapes per sopar. Segurament se la podrien quedar i tot, quan tornés la mestressa.

La clientela de primera hora era de cigaló. Poques paraules i molta pressa per sortir a fumar. De bon fer. La dels esmorzars era més cançonera. Que si descafeïnat amb sucre de canya i la llet freda. Que si descremada i sacarina, però ben calenta. Que si amb llet d'aquesta de soja però cafè-cafè i sucre-sucre... Les combinacions que cantava la màquina escurabutxaques no li feien ballar tant el cap. Però eren senyores grans. Li deixaven els platets apilats i els tovallons fets una bola a dins la tassa, *que no tengas tanta faena, nena*. I li posaven la monedeta que podien a la butxaca del davantal.

L'hora de dinar treien el fetge per la boca, ella i el Zhou. Els plats combinats anaven que volaven: ni ell s'encallava a la cuina ni ella badava amb les taules. Funcionaven com un rellotge suís. Dir que s'ho estava passant bé tampoc, però alguna cosa semblant a un armistici.

Fins que arribava l'hora pòtola.

Desvagat que corria pel barri, desvagat que s'hi deixava caure així que tocaven les set. Ni canalla per banyar, ni sopar per encarrilar, ni pares grans per cuidar. Ànsia per marxar cap a casa, ells? Ni mica. Més canyes! I de primeres només la feien plegar tard i li deien *russa*. Russa una birra, russa unes olives, russa pon el partido. I la cosa no passava d'aquí. Fins un divendres que dos ja en duien més al cap que als peus. Li van començar a llançar bitllets. Perquè segur que venia de la Jonquera. Que no es fes l'estreta, ara, la russa! Volien saltar la barra. *Y tú, chinito, a callar*, el van amenaçar quan va fer el gest d'agafar el telèfon. El Zhou el va deixar estar. Es va estimar més treure el ganivet més esmolat de la cuina. Al mateix moment que la Lana esventrava pel mig el Soberano i els hi plantava als morros *¡Están locos! ¡Estos tíos están locos!* se sentia com remugaven pel carrer. Es van abraçar amb el Zhou i no se sap qui tremolava més. Però de cop la Lana va sortir llampada darrere seu. Encara duia l'ampolla estellada a la mà: Si torneu, us mataré, em sentiu? Us mataré!

No era neta d'heroi perquè sí, la Lana.

*

Tot just s'havien posat una cullerada a la boca, els avis de la Lana. Toc-toc-toc. Ves aviam qui és, li van manar a son fill. Renoi, Tamar, que bona, la sopa de mongeta acabada de fer. Dues cullerades, tres cullerades. I el nano ja trigava massa. Van deixar anar la cullera. Van tombar el cap en direcció a la porta. Mal va, si t'entra un *secretari del partit* a buscar-te les pessigolles. Es van aixecar alhora. Ja sabien com les gastaven. Ja n'havien après. Procurar no dir mal de ningú i que d'ells tampoc no en diguessin. Aquest senyor busca el pare, va dir el nano. La Tamar li va dir d'entrar. I li va oferir seure. El Badri no havia afluixat el nus de la gola, i es va mirar la seva dona astorat. Però ella ja li havia clissat les espardenyes, la vora del pantaló descosida d'un tros, les ungles negres de pencar. No el podia ser, un espieta, els espietes sempre tenen un os a l'esquena. Alt com un sant pau, va quedar aclofat a la cadira. Es va treure la gorra, es va mirar el Badri i el va fer tornar a l'abril del 1945.

Els B-17 nord-americans i els Lancaster britànics ja l'havien feta miques, quan ells hi van arribar. *El cau de la bèstia* havia quedat sense edificis, sense electricitat. Sense defensa. Les milícies populars, els cadells del Führer i la policia, escorrialles, al costat del foc soviètic. I d'aquells homes. Venien del front oriental, ells. Les havien passat morades. Estaven a les últimes. Si els quedava un alè seria per fer caure Berlín. Per *alliberar-la*. I ja acabaven d'apoderar-se de la ciutat sencera. Sotmetent tots els barris, un a un. Quan els van sortir de trascantó. Perquè els nazis no havien claudicat. No podien: *Resistir fins al final!* Encara faltaven deu dies perquè Hitler es volés el cap. El foc creuat va fer caure tot l'escamot alemany. I també companys seus. Tot era un merder de fum i de runa, no es veia res. Ja havien repassat que no quedés res per robar als nazis morts. I ja s'esquitllaven quan es va sentir un udol. Estava ben colgat, pobre paio, no sabia pas si el podria treure. Ajudeu-me, que no és mort! I ben mort, deixa'l, va, fotem el camp! I a creure s'ha dit.

A mitges. Perquè el Badri no podia atrapar el grup. De cap manera. Dreçava les orelles com un llop i feia un pas enrere per cada dos endavant. Ara o mai, collons! Crida o veste'n a l'altre barri! N'havia vist tants a caure... Com a mosques. I cada cara quedava gravada al moll dels ossos. La d'aquest era ben bé la d'un marrec, setze, disset anys? Com ell. I se la va jugar. Va recular, va desenterrar-lo i se'l va carregar a coll. I, collons, la feina que va tenir. Prim com un clau, però llarg, llarguíssim, el marrec.

Els deu dies havien passat i Hitler ja jeia calcinat al jardí de la cancelleria del Reich. A tocar de les àligues imperials que havien coronat la ciutat, estimbades totes. Com les esvàstiques, un parrac. El Tercer Reich era una desferra i la guerra estava dada i beneïda. Només faltava pujar al terrat del Reichstag i plantar-hi la falç i el martell. I també ho van fer. Com voleiava la bandera roja. Quanta glòria. Quant honor.

Abraçades, càntics, brindis!

La victòria també li havia pujat al cap. També va deixar estampat el seu nom a les parets del Parlament: *Badri Tkamaladze*. Com tots. I també va arrambar amb el que va poder. Cosa petita, ell. Rellotges de polsera, ulleres de sol, cinturons. N'hi havia que s'enduien els vàters amb cisterna i tot. Cases i pisos eren balenes podrides amb la panxa oberta, tot ho van regirar. I al Badri li venia una mica de mal quan dels calaixos vessaven fotos i els hi veia la mirada, el somriure. I n'hi venia una mica més quan l'escampall era robeta de canalla i se'ls havia d'afigurar pares, mares, tiets, àvies. A ells, l'enemic.

Doncs saquejar pla.

Imagina't haver-les de violar.

A elles, l'enemic.

Va vomitar el plat de farinetes d'una glopada, el primer cop que ho va veure. Un pare, una mare i una filla, onze anys a tot estirar. La tenien enganxada. L'ofegaven, de tant escudar-la. Els hi van arrabassar entre deu. Entre deu van apallissar el pare fins a la mort. I entre deu van violar primer la nena i després la mare. A la mare li van fotre un tret per tant xivarri. A la nena se la van *guardar*.

Després van venir aquelles tres senyores que fugien descalces i carregades com ases. Se les va mirar una mica massa i se li van plantar: Tu també, noi? Una es va aixecar les faldilles: tot era una sangada. No menys de vint homes! De desdentegats a jovenets com tu! Ens han muntat per torns fins que s'ha fet de dia! El Badri va girar el cap a banda i banda. Les va ajudar a recollir els farcells i les va fer marxar pitant pel carreró.

Fins que el van fer *estrenar*. Les havien trobat apilotades dins d'un refugi. Regalet per la jovenalla, feien conya els comandants. El van fer baixar amb quatre més. No gosava mirar-se-les. Tremolaven sense fer cap so. S'abraçaven. Tancaven fort les parpelles. Una estava en estat.

Li van passar l'ampolla. Li van dir beu. Li van dir tria. Que beguis, que triïs i que destrossis una puta nazi! És una ordre! Perquè el Badri no es movia. La boca seca, els ulls fixos. Doncs te n'haurem d'ensenyar. I van començar a arrencar-ne una d'aquell nus de mans i braços. La que estava embarassada. I al moment va cridar *no!* I d'una estrebada en va fer sortir una altra. I s'hi va clavar. I clavar. I clavar. I clavar. Fins que li va quedar estesa com un mort. Van parar de picar de mans tots quatre. I tots quatre van córrer a descordar-se els pantalons. El Badri va començar a pujar les escales del refugi. I uns xiscles... De dos en dos, els graons. Es tapava les orelles. De tres en tres. S'entrebancava, s'havia de tornar a aixecar. Fins que es va sentir la bufetada de la claror del dia i va quedar plegat de genolls al mig del carrer.

Però després del Dia de la Victòria, què podia venir, sinó grandesa. Salves a l'entrada de cada poble de l'URSS, banderetes, aplaudiments, deliri, llàgrimes... Una banda de música, medalles al mèrit, títols d'heroi...

Grandesa i més grandesa i terra a sobre de tanta baixesa.

Terra a sobre de les nenes esqueixades.

Terra a sobre de les que van haver d'avortar.

Terra a sobre de les que no van poder.

Terra a sobre de les mares que es van estimar més matar les filles.

Terra a sobre de les que es van suïcidar.

Terra a sobre de les que van quedar mortes en vida.

Terra a sobre de les que ho volien denunciar.

Terra a sobre de les que s'ho van haver d'empassar.

Terra a sobre de les que ningú va desagreujar.

Terra a sobre de centenars i centenars de milers de dones violades per l'Exèrcit Roig.

Terra a sobre de totes elles
i un ramet de flors.

L'avi de la Lana es va jurar que si no es podia explicar tot no explicaria res. I a ell també el va amagar. El company moribund que va arrossegar hores i hores per tot Berlín. Els carrers devastats que tots s'assemblaven. Les bales alemanyes que els van fer caure a terra. El pes d'aquell cos i la seva fatiga. La infermeria que no hi havia manera de trobar. El descans en aquell portal que encara fumejava. L'últim esforç per tornar-se'l a carregar a coll. I la paraula *gràcies* a la boca del marrec quan el va deixar a la llitera.

Em va salvar la vida. Dues llàgrimes com cigrons van rodolar-li galtes avall, a l'avi de la Lana. Una per aquell marrec. L'altra per la noieta del refugi. Vint anys, feia que et buscava, company! Vint! I l'eufòria del visitant per força el va fer aterrar de Berlín. Va anar a buscar l'ampolla de chacha, una barreta de gozinaki per fer coixí, i de mica en mica va anar girant, aquell aire de funeral. El marrec fet home els va explicar de la família, de la collita, del bestiar. I els va deixar apuntada l'adreça amb el jurament que feia vint anys que es guardava: a Ucraïna, a Zibolky, hi tenien casa seva. Quan fos i pel que fos, un germà.

El van acompanyar a la porta, els dos homes es van abraçar. Enfilava el camí tan cofoi que semblava un pam més alt encara. La Tamar va tornar a escalfar la sopa i va fer marxar son fill a dormir. Badri, m'ho voldràs explicar? Es va desfer com un infant i li va enfonsar el cap ventre.

Van veure despuntar el dia. Arrupits. Desperts. En silenci. I els ulls més roents que el tros de cel que els passava per la finestra.

*

I de l'esglai de l'infaust divendres, que a la Lana també li tocaven les set cada dia, al bar. Se sentia el pols accelerar-se i ja sabia que era l'hora pòtola. I això que aquells dos miserables no van gosar posar-hi mai més els peus. Però aquell paio d'allà que escurava el cul d'estrella, aquell podia girar-se com ells. O bé aquell que ara entrava de fer el cigarret i volia un altre conyac. O el que sempre la repassava de dalt a baix quan li tornava el canvi. Aquell també. I tant se valia que un dia els arribés a posar tots de rengle per escopir-los que ella havia estudiat cinc anys a la universitat, que parlava georgià, rus, anglès, castellà i català, que no havia trepitjat mai la Jonquera, que havia arribat a Barcelona amb avió i que no havia tingut la desgràcia de caure esclavitzada en cap cau de puteros. Tant se val tot, quan es poden sentir prou emparats com per dir-te russa, avergonyir-te i intentar-te profanar.

D'un temps ençà la Gabriela cuidava gent gran i va saber-ho per l'amiga d'una amiga de la seva *jefa*. Donava veus per una cangur que tingués idiomes: ¡Mi Lana! L'hi va fer trucar. Una noia que tenia tanta pressa com calés: acompanyar sa filla a l'escola, recollir-la i passar-hi la tarda pel doble del que guanyava al bar. El paisatge humà era tot un altre. I podria traduir els catàlegs industrials sense perdre les nits. La Lana va prometre al Zhao que de tant en tant hi aniria a esmorzar. I va llançar els daus per aquell àtic de Sant Gervasi. I per aquella mare i aquella filla.

No l'hauria d'haver fet, una trucada tan en calent. Ara que feia una setmana, ara li diria *mama, alguna cosa no acaba de rutllar, en aquell llamp de pis*. La Kris era una dolçor. I la Bet tenia els ulls tristos però nobles. Doncs juraria que ni l'una volia estar gaire amb l'altra, ni l'altra amb l'una. Aquella noia que trobava tan arriada tornava sempre a casa arrossegant els peus i engrapant el mòbil com el tronc d'un nàufrag. I aquella nena que amb ella era mansoia com un xai, canviava la lluna tan bon punt sa mare entrava per la porta. *Kris-endreça-ho-tot-que-aviat-soparem*. I encara feia més escampadissa. Sempre la mateixa cançó, la mateixa brega. Què carai els passava? Més d'un dia dubtava de quedar-se al replà parant l'orella per si pescava res. Als trenta segons ja patia que no la veiés cap veí i burxava el piu de l'ascensor sense treva, *va, va, va, va...*

Talla-me'ls com el meu cosinet Ricky, va sortir-li una tarda amb les tisores de la cuina com si li portés el calze de foc. Això ho haurem de preguntar a ta mare, Kris. I les hi va prendre de les mans. Ja l'hi ensenyarem quan vingui, ja l'hi ensenyarem quan vingui! Kris, sisplau. La Lana li va fer un missatge de veu i la Bet no s'ho va pensar dues vegades: la meva perruqueria, i li va compartir una ubicació.

I com que la Lana havia calat que la Bet s'ensopia amb sa filla però també era tot cor què vols, cor què desitges —*cabells curts?* cabells curts, *pantalons de xandall entre setmana?* pantalons de xandall entre setmana, *equipació del Barça dissabte i diumenge?* equipació del Barça dissabte i diumenge, *moto?* moto, *excavadores?* excavadores...—, hi va voler parlar. Per si també se n'havia adonat. Per si era alguna *estratègia*. O per si només les veia ella, les garses per perdius.

—Potser em fico on no em demanen i m'engegues, Bet, però crec que la Kris no vol res que la faci... com t'ho dic això, res que la faci semblar una nena.

La Bet es va posar a riure.

—Ai si un dia t'ensenyo fotos! Totes les cosines, totes, hem sigut així de menudes, ja canviarà.

I no en va fer gens de cas.

Doncs només les veia ella. D'acord.

I tot d'un plegat va passar que la Kris ja no feia tant el rebec. Ara començava a córrer per rebre sa mare. A fer-la sortir a la terrassa per exhibir-se amb els xuts que havia après. A explicar-li la casa de lego que estava construint. A ensenyar-li els deures fets. *A voler-li agradar*. I no se n'acabava de sortir. La Bet sempre amb el cap a quarts de quinze i l'iPhone a la mà: *va, Kris afanya't, afanya't.*

—Fins demà, sweetie, comprovaré que hagis deixat forat

per portes i finestres, eh! —i la Kris li anava llançant petons des de la seva fortalesa.

—Com t'ho fas, Lana?

—Amb dos ulls i amb dues orelles. Tu també en tens.

—Últimament perdo els estreps i la... La castigo a la banyera, a dutxar-se vestida, Lana —la Bet tenia els ulls negats de vergonya—. I quan està tota xopa i ja no pot ni plorar, la faig sortir, que s'eixugui, que es posi el pijama i que se'n vagi a dormir. T'ho pots imaginar?

—Bet!

—I avui he estat a punt que un tio m'emmanillés al seu soterrani.

—Sisplau... —i ella continuava, un autòmat.

—La meva vida és un puto desastre —es va despenjar la bossa, hi va deixar caure el mòbil i es va començar a treure la jaqueta com si li pesés una tona—. Tal com s'havia tornat el Hans era insuportable, però sola amb la nena em... Em col·lapso, sí.

—Compra't un satisfyer. I perdona, però no t'ho dic de broma.

—Encara el tinc a la capsa.

—Doncs treu-lo, i passa de rotllos per un temps, Bet. Jo ho he hagut de fer: o em prenen per puta, o es volen casar l'endemà mateix perquè els hi aguanti gratis els fills quan les ex els hi descarreguen —i la Bet semblava que sí, que per primer cop s'imaginava el que seria no ser ella—. La teva vida pot ser un desastre, Bet, però segur que no vols la vida d'una georgiana de trenta anys que fa de cangur a Barcelona i viu rellogada entre mitja dotzena de compatriotes, oi que no? —la Bet no va ser capaç de contestar—. Para, Bet, para, respira i mira...

La Lana la va agafar de la mà, la va tibar cap a fora de la cuina, i la va fer passejar per tot el pis igual que una agent immobiliària. Fins que la va plantar als peus de la catifa on encaixava peces tota enfeinada la Kris.

—Amb dos ulls i amb dues orelles, Bet —li va dir fluixet.

I es va esquitllar a peu de gat. Ni es va sentir, el clic-clec de la porta.

Al cap d'uns dies les garses van tornar.

I d'un blanc i negre llustrosíssim.

—Lana, el teu germà és metge, oi?

—Sí.

—I s'equivoca?

—En general no, però els metges són persones, i a vegades poden fallar, per què?

—Perquè amb mi es van equivocar.

—Què vols dir, Kris?

—Soc un nen, no una nena.

—Ho has dit als teus pares?

—No, a tu la primera.

Al cap d'una bona estona de dubtes, *si més endavant em sortirà el penis del Ricky, si podré tenir nens encara que no sigui una nena-nena, si demà ja ho puc explicar a la tutora, si m'hauré de dir amb un altre nom, si, si, si...* la Lana va fer: stop, sweetie, les coses importants s'han d'acompanyar! Amb un pa tan generós de preses de xocolata que ni podia queixalar-lo. I que li va tancar la boca de cop. Kris, no et mengis la meva llesca, eh, vaig un moment al bany. I va arrencar el mòbil de la butxaca de la caçadora.

Bet, important: avui has d'arribar d'hora i «enxufada», la Kris ha de parlar amb tu

Què ha passat?

Està bé, però t'ho ha d'explicar ella

D'acord, gràcies

La Bet només va ser capaç de contestar que s'ho havia de rumiar. I ja no em diràs més cuca, sisplau, mama?, li va demanar el Kris. La Bet li va fer xxxt, un petó de bona nit i va córrer a tancar-se a la seva habitació. Es va colgar amb tots els coixins que va arreplegar. Se'n va posar un a la boca, i a llàgrima viva fins que va perdre els sentits.

Al cap d'uns dies no va haver d'esperar la intimitat de la nit, la Lana. La Bet li havia donat la tarda lliure *perquè necessito anar a buscar el Kris jo, ja t'ho explicaré*. Els homes fora per la collita. La Nani i la Irina no plegarien de casa dels *seus* avis fins tard. Tota la casa per ella sola.

La Lana n'havia de dir *casa*, de les estades a banda i banda d'una eixida que quatre famílies d'un poblet de Còrdova van aixecar als anys seixanta amb les mans. Però sempre hi ha un pitjor. I havia de pensar en la barraca de plàstics i taulons que havia vist diumenge. Calcinada. A la plaça de les Glòries. A tocar del nou enjardinat, de les hamaques, de la gent que s'hi pot ajaçar a prendre el sol, de les seves riallades. Tan amples.

Els compatriotes més veterans ja en podien fer broma. Què més vols? I anaven comptant els dits d'una mà: escalfador de l'aigua que fa el burro avui sí i demà també, fils de la llum pelats, parets escrostonades, humitat al fals sostre... Si no pot ser més Geòrgia! Si no pot ser més com a *casa*! La Lana no hi trobava cap gràcia però s'hi havia de posar fulles. I procurava estendre a l'hora del sol perquè la roba de llit li fes sempre olor de net. Havia arrencat el paper esgrogueït de la paret i se l'havia pintada de color verd clar. Llumets de Nadal que li feien de capçal tot l'any. I la finestra oberta de bat a bat tan bon punt l'estiu es tornava un festival. Perquè viure al carrer més malparit del Poble-sec tenia premi. Al capdamunt d'aquella pujada boteruda que era el suplici dels repartidors, la Lana palpava el cel, les nits de juliol. La dansa, se la imaginava. El teatre, el recreava. I la música, l'amplificava: vivia paret per paret amb l'amfiteatre Grec.

Va desencallar la persiana a força de dits. Es va encendre una espelma. Es va entaforar en aquella mitja banyera amb la il·lusió que hi cabia tota sencera. I s'hi va estar fins que l'aigua va quedar ben freda. Es va cenyir el barnús per estrenar que li havia donat la Bet. I bo i eixuta i perfumada, es va tancar al seu quarto. Ja treia el gaudidor de la funda quan li va sonar el mòbil.

—Bet? —va preguntar desconcertada.

Sempre whats, la Bet no era de trucades. L'única, aquell dia, per sa mare. Una súplica que pot sentir com si fos ara: *Ahir a la nit no em va contestar, i aquest matí no m'ha escrit que tinguis un bon dia, cuca, i m'ho envia sempre, estigui a Nova York, a Berlín o a Londres. Acompanya'm a casa seva, Lana, sisplau!*

—Bet, esteu bé? —va repetir la Lana amb el cor encongit.

—La mama s'ha fet un tatu! La mama s'ha fet un tatu! La mama s'ha fet un tatu!

—Kris?

—Un moment, tresor. Lana, estem bé, et volia donar les gràcies per... pel pa amb xocolata de l'altre dia.

—Bet, jo...

—Tenies raó, com sempre... Ja va, ja va, Kris! Té, que et vol dir una cosa.

—El papa m'ha dit que Kris també és nom de nen i me'l quedo, em pots dir igual!

—Perfecte! —els ulls eren dos bassals i el sweetie se'l va guardar per després de penjar. Per poder-ne dir més d'un i ampliat: my sweetheart, my sweetheart, my sweetheart...

*

Ah, i no cal que li enraonis en anglès, la va dispensar la Bet aquell primer dia. Dèria del seu pare, l'escola ja prou que és tota en l'idioma dels arquitectes. A bodes em convides, la Lana. Ella s'estimava molt més esmolar el seu català col·loquial. El que la gent li privava de practicar quan li intuïen el deix d'estrangera i li canviaven al castellà. Automàticament. Sense preguntar. Però van quedar que algunes frases sí, que les hi deixés anar de tant en tant *in English*. Per quan el Hans truqués. Perquè quedés tranquil, satisfet d'una bombolla tan ben segellada. I la Lana va començar amb el *sweetie*. Your dad on the phone, sweetie! I ella aprofitava per fer-se un senyor cafè a la cuina. Are you finished, sweetie?, quan el Kris ja la venia a buscar.

Perquè és que ai, la rialleta. La rialleta que se li escapava tot sovint i li feia sortir un sotet a cada galta era un arrop. Com no li havia de dir sweetie? Si se l'hauria menjada a petons deu vegades cada tarda, aquella criatura.

Si no s'hagués parat els peus ella mateixa.

És rossa igual *com si*, la vas a portar i a buscar a escola *com si*, li dones berenar *com si*, la fas jugar *com si*, hi raones *com si*, li rentes els cabells vigilant que no li entri sabó als ulls *com si*, trobes bona l'oloreta de llet i cereals que fa *com si* i li dius fins demà amb ganes de veure-la demà *com si*. *Ojo no te encariñes demasiado*, l'havia avisada la Gabriela, *que no sabes tú el dolor después*. Però la Lana ja s'havia picat els dits.

La canalla, que fa tot el que veu a fer. I si els ganàpies no el deixen ni per anar de ventre, doncs la canalla també el vol, el coi de mòbil. Una foto tu i jo amb l'excavadora nova, Lana! I quan no era a la terrassa amb l'última màquina, era a la seva habitació amb la ciutat de blocs multicolors que ja acabava de ser tota dreta. O a la cuina, fent llengotes i embetumant-se de xocolata desfeta. La qüestió era deixar testimoni de tot el que era tan important per aquella criatura de set anys dins d'aquell objecte tan *important*. I al cap del vespre la Lana li havia fet tantes fotos, que abans d'anar a dormir tocava fer dissabte. Se les mirava. Li sabia greu eliminar-les. Somreia. Se les tornava a mirar. Fins que deia prou, va, selecció de les més bones i *enviar*. A la Bet. A *sa mare*. Que aquella nit va contestar.

Molt xules gràcies, encara desperta?

Sí, hola, Bet

En tens més?

Més?

Sí

Si et saturo el whatsapp cada dia ;-)

Me les demana el seu pare

Ara miro si n'hi ha de més bones

Lana, vol ensenyar fotos del Kris

Del Kris sol

☹

Que curt que va quedar aquell desgreuge. Que curt, només amb el ninotet de la boca enfadada i prou. La Lana es va sentir que li fumien coça, i cap a la casella de sortida. La mateixa punxada de quan va arribar i va haver de rosegar que el seu cervell no valgués un rave. El mateix *tu no*.

Tu no ets prou.

Tu no ets ningú.

Tu no has de sortir a la foto.

I potser valia més encarar-s'hi ara. Perquè quan el Kris es faci grandet, quan ja no la necessiti, quan oblidi que l'un per l'altra van ser *com si*, quan li costi recordar el seu nom, quan per ell Lana només sigui un nom, què, llavors? Llavors, doncs com la Gabriela: a fer-se passar un dol que té negat el rang perquè no és de sang. I muts i a la gàbia.

Amb el Kris no va poder canviar, qui era la valenta. El va continuar pujant, dient sweetie, estimant *com si*. Però ja havia tastat el desdeny, la Lana. S'havia de moure. A casa seva ja sabien el pa que s'hi donava si no ho feies. Dels estaquirots sempre se'n pot fer llenya. Per cremar.

*

Havien estudiat tots dos a l'escola d'enginyeria, els pares de la Lana. S'havien llicenciat, casat i entrat al ministeri. Bufaven els aires de la Perestroika i xiulaven allò *d'on arriba un telèfon, s'ha acabat la dictadura.* I l'havien triada a ella, la millor de la promoció. Ai si la mare de la Lana hagués pogut arrencar els fulls del calendari. Si hagués vist veu i dades córrer de butxaca en butxaca... Si hagués sabut com caducaria... Però no ho sabia quan li van comunicar *Vostè modernitzarà la xarxa telefònica del país*. I la mare de la Lana no va viure per res més.

Al seu marit el va voler a l'equip, el primer. També era boníssim. I podrien acabar al seu piset el que havien de deixar per demà quan els hi apagaven els llums al ministeri. *Els millors temps de la nostra vida*, dirien sempre d'aquells dies. Paraven la taula del menjador amb tot de papers, esmolaven els llapis, i continuaven desplegant la xarxa telefònica per pobles i poblets. Saltaven valls, rius, muntanyes. Marcaven terminals, centrals de distribució. Les interconnectaven a les de commutació de circuits i tatxan: estaven posant a l'abast del país una acció bàsica per la nova era! Pàgina sencera exagerat, però granet per la història de la República Socialista Soviètica de Geòrgia segur. *Oi?*

La Lana era un napbuf i aviat va saber identificar el rival. No va ser sense solta que triaria estudiar lletres: per enviar a passeig els números que li tenien segrestats els pares. I segrestats rai. Arruïnats i humiliats, va ser com els van pagar la gesta de *modernitzar la xarxa telefònica del país*. Després que l'URSS fes el pet i Geòrgia la independència, tot va anar de mal borràs. Cada nou govern segava més arran de terra el sou dels funcionaris. I la hiperinflació dels kupon lari els havia fulminat els estalvis del banc. Ja no sabien amb què més escalfar la panxa, la pell i el llit. Els haurien trobat encarcarats a dins del seu piset. I ja eren quatre, perquè son germà ja havia arribat al món. Encarcarats de fred o foradats de bala del cop d'estat i la guerra que va venir després, per acabar-ho d'adobar. I van haver de marxar de Tbilisi amb la canalla i la cua entre cames, aquella brillant parella d'enginyers de telecomunicacions.

L'única casa que quedava mig dreta era la de l'avi Badri, en pau descansi. Hi van arribar un vespre d'estiu i es van mirar. I aquest cop el calendari el van haver de vestir amb els fulls antics, la brillant parella d'enginyers de telecomunicacions. Es van calçar les botes d'aigua i van seguir l'àvia Tamar. Van remenar la terra negra de l'eixida. Van apedaçar el filat del corral. Van anar a buscar llenya. Van desenllotar el pou. I de cop ja eren en una altra era.

Au, arrela-t'hi.

I encara gràcies. A ca l'àvia Tamar es van escapar de més guerra. Perquè l'ombra de Rússia s'enganxava pertot però queia lluny, la metralla que descarregaven sobre Abkhàzia i

Ossètia. Ells eren vius. I amb el cinturó cenyit al màxim van poder deixar estudiar tots dos fills. Van pagar la filologia de l'una i la medicina de l'altre amb el que l'àvia venia a mercat i de sotamà. Amb el que la mare treia de netejar l'escola i arrodonia fent d'electricista, soldadora o mecànic. El que fes falta quan n'hi havia un que trobava quatre llaunes i no se'n sortia per fer-les arrencar.

Perquè el pare, l'hort i les gallines i ben just.

Ja podia fer gotets de chacha, que aquell canvi d'era, aquell rebaix, no el va pair mai. I entre les pedres que s'hi va posar ell i el forat que li feia l'aiguardent, el pare de la Lana va quedar amb el fetge *delicat*. Que era per no dir cirrosi. De cataplasmes com ell, ple, a Geòrgia. A les pudors, a la intempèrie, al rovell, les esquerdes, els bassals, els talls de corrent i la mala lluna, els havies d'afegir a ells. Els ploramiques per un passat que només sabien enyorar mà sobre mà. *Es podia treure Geòrgia de l'URSS, però no l'URSS de Geòrgia*, sospiraven. I feien un altre trago.

I com des que el món és món, n'hi havia que no es podien encantar amb mandangues. Perquè eren les que havien de trescar per tots. I a on fos que s'hagués d'anar que anaven, elles. Si a Rússia, si a Ucraïna, si a Grècia, si a Catalunya. A on fos que es guanyés més que la misèria que s'arreplegava a la seva terra. La Lana no va voler que sa mare fes com la meitat de veïnes de la regió: Tu no, mama, tu prou que t'has trinxat per mi! Ara seré jo qui em desarreli. I jo també, mama!, va seguir els passos son germà cap a Alemanya.

El *procurarem que no sigui en va* també se'l van sentenciar aquell dia.

*

Era l'hora de marxar i la Lana que no marxava. Mare i fill feien bikinis. Ella, tombs per l'àtic. *No trobo els cascos!* I el que buscava era el millor revolt per entrar-li. Perquè d'avui no havia de passar. Però el rellotge corria i no sabia com fer-s'ho. Doncs de dret, Lana, de dret. Va clicar la galeria, la va buscar, i va anar cap a la Bet amb la captura de pantalla a la mà.

—Pots llegir aquesta conversa de whats, sisplau?

Et necessito 🙏

És dissabte, Bet, tinc català

Si en saps més tu que jo

Tu no necessites certificat

És una emergència?

No exactament

Però sisplau, tarifa de nit de cap d'any i sushi 🙏

Ets una bruixa

Dolenta, dieu?

Mala bruixa, sí

Al meu país les bruixes són bones o burres 😜

Gràcies gràcies gràcies 😘

OK

Te'n dec una ❤

—És del dia de l'Ulrik, què se n'haurà fet...

—L'última frase, Bet

—*Te'n dec un...* —ni acabar, la va deixar.

—I te la demano ara.

—Has matat algú i vols que t'ajudi a desempallegar-te del cos?

—Massa sèries, Bet. Més fàcil.

—Dispara, va.

—Feina al vostre despatx, de traductora, adeu als intermediaris llepaculs que maleeixes sempre, traducció de projectes, de pressupostos, una bona presentació a la web, intèrpret a les visites d'obra, trucades... comunicació directa amb la clientela russa, Bet, potser no hi havies pensat mai, no passa res, jo sí —la Lana parlava com una metralladora—. I fa deu anys que tradueixo catàlegs industrials, sé com funciona una formigonera i com s'instal·la un rentaplats, bé, ho puc arribar a saber, i si no és amb vosaltres, que m'agradaria molt, serà en algun altre lloc, però no puc renunciar més al que soc, Bet, i ja saps que m'estimo molt el Kris —i aquí va haver de parar per respirar—. Què hi dius?

—Que... —el cor de la Lana va quedar en punt mort—. Que m'ho haig de rumiar, Lana.

Van passar una setmana de molt mal pelar. Amb prou feines si s'enraonaven. Hola i adeu quan l'una arribava i l'altra marxava. I para de comptar. El Kris les cridava a totes dues amb qualsevol excusa, i aviam si així es deien alguna cosa més. Res: uns morros com d'aquí allà. I la Lana va començar a enviar currículums. I la Bet va començar a fer càsting de cangurs.

—Lana, d'allò que em vas demanar...

—Què? —va saltar la Lana com un llamp.

—Que no sé com m'ho faré... Que no sé com m'ho faré però avui he vist que no m'havia de rumiar res.

—Vol dir que m'agafareu?

—Da!

I amb el poder que li donava aquell sí a la butxaca, la Lana va fer dues trucades. A sa mare, la primera. Urgent com si cremés, dir-li que corregués a treure'l del calaix. Que li passés el drap de la pols. I que el tornés a penjar a la paret. Que el diploma de la teva filla ja no és paper mullat, mama! La segona, a la Gabriela. Perquè ja que hi era, valia la pena allargassar l'embranzida: Quant en vols, de compartir el lloguer? La caldera, els endolls, les persianes, les aixetes. A casa la Gabriela tot anava a l'hora. La Bet bé que ho havia procurat, que parets i sostre quedessin impecables. Mig piset a sobre la fonda, només. Senzill, pràctic, però tot nou. I net i polit. I d'aquí a uns mesos sí que l'hi podria pagar. I serien totes dues. Soles.

I ara sí que s'haurà acabat el queixar-se.

Pel més elemental, esclar.

Que per veure cada dia més lluny arribar a tenir
una casa *seva-seva*
una família *seva-seva*
i
una canalla *seva-seva...*

Pel que pels desarrelats com ella es consideren extres, la Lana hauria de tornar a fer muts i a la gàbia. Pel que pels desarrelats com ella es consideren extres, a qui exclamar-se'n?

A la Generalitat? Al govern espanyol? Al georgià? A la UE? A Putin? A Stalin?

Va, no t'esveris, es frenava la Lana, que algun caprici petit de tant en tant, sí. Ja només li faltava una última caixa per embalar i va tancar la finestra. Em quedaré sense Festival Grec, però... I la nit d'estiu que hi pugui pujar escales amunt amb una entrada a la mà? I la nit d'estiu que no s'hagi d'imaginar més la dansa, ni recrear més el teatre, ni amplificar més la música? Fila nou seient vint-i-tres, passi per aquí, si us plau, senyora. Aquella nit l'hi estaran dient a ella, *senyora*. A la Lana Tkamaladze de Geòrgia, d'Europa, Caucas, mar Negre.

Li estaran dient el que ella sap de sempre: que és tan bona per ser-hi i palpar el cel com tothom.

Isabel

La mujer artista es ociosa y turbia como el agua estancada, Isabelita. I es veu que criaria tota mena de llot, si s'hi dedicava. L'hermana li va estripar el full i n'hi va donar un de nou: *Y bien, esta vez.*

Els havien fet fer una redacció amb el tema *¿Qué vas a ser tú?* I la Isabel no s'ho va fer dir dues vegades. Fil per randa, que s'hi va esplaiar. Va començar a explicar dels llapis que li lliscaven més bé, dels blocs que sempre deien *dibujo* al primer full de cartró, de la botiga de Barcelona d'on els pares sempre l'havien d'arrencar, dels colors que més li havien agradat, dels pinzells que hauria de menester... Pintora, ella seria pintora, què volien que s'empesqués, les monges, una mentida? Pst, Roser, va dir fluixet a la nena del costat, tu què posaries? He sentit que *esposa y madre*, *maestra*, *secretaria*, o com a molt, *enfermera*. Doncs a la segona redacció les va haver d'enganyar: *Enfermera, porque es muy importante curar a las personas*. Punt final.

A casa seva no és que en fessin gaire festa, tampoc. Però és que era del néixer. Els havia sortit garlaire, somiatruites i dibuixanta. A tota hora. I ja ho tenien coll avall. La mare prou que l'entenia: havia fet aquarel·la de joveneta i les hores li volaven. El pare va costar més que baixés del burro: era fabricant tèxtil. Belles Arts amb una condició, li va negociar, també et procuraràs un ofici-ofici *pel que pugui ser*. No va dir *perquè de pintar no et guanyaràs mai la vida.* Però i tant que ho va pensar, el pare. Entesos, doncs també seré... escultora!, va solucionar ella de seguida. Isabel, filla! S'ho creu tot, pare, feia broma. Va deixar anar la corda i va haver de rumiar alternatives.

Un ofici-ofici? Ella disfressava sempre els ninos, abans de dibuixar-los. Amb quatre draps els hi engiponava un vestit. Ja hi tenia traça. I no li prendria gaire temps per pintar. I comptava aprendre-ho dels llibres. Perquè el pare quedés tranquil n'hi hauria de dir modista. Tan bé que sonava *dissenyadora de moda*.

Els primers dies tornava de la Llotja amb el motoret encara engegat. El que cada matí la feia sortir cap a l'estació com un coet. Les bateries intactes. I no parava fins que se n'anava a dormir. Quan ja havia escalfat el cap a sa mare, se n'anava al cosidor a emprenyar l'àvia. I quan a l'àvia ja li sortia fum, esperava que arribés sa germana. Aquella fal·lera no tenia moderació. Ni memòria. Perquè també li tocava el rebre a son pare. Empastifada de mans és quan hi trobava més gust, fos pintura, fos fang...

—... però és que la història de l'art, la història de l'art no te l'acabes, pare, i avui hem analitzat un...

El pare es va començar a fregar el front i la Isabel es va haver d'aturar.

—Què té, pare?

—Que m'has fotut un bon gol, tinc.

—Per què ho diu, això?

—Quan és que t'he vist amb una agulla als dits, eh, quan?

—Cosir? Si és bufar i fer ampolles, si el quid de la confecció és el patronatge: voleu saber com han anat variant els vestits sastre?

—Noooo! —van fer pare, mare, àvia i germana. Per pietat.

I ja ho crec que els ho hauria pogut explicar. Sense ningú de classe que se li enganxés cap a Sabadell, els tres quarts d'hora d'anada i tornada en tren eren ben seus. Se n'anava a la biblioteca i a poc a poc estava fent desaparèixer tota la història de la moda. De la A a la Z. Encara que tot sovint s'encantés a la C. Si mai havia de fer roba, s'assemblaria a la que Chanel va *regalar* a les dones. La Isabel ja portava els cabells à la garçon.

I pantalons sempre. Ni s'ho podia imaginar, el que seria embotir-se dins d'una cotilla per vestir-se com un lloro. Santa Coco!

Però aviat es va girar la truita.

La Isabel havia tancat el volum de la zeta ben emprenyada amb la història de la moda. Doncs esgarrifa't amb la història de l'art. Ni una Chanel, li van saber trobar a Belles Arts. Ni per mostra. De la boca dels professors, cap pintora. Mai. Ni l'excepció que confirmés la sentència del *van ser poques i dolentes*. I d'aquells grandiosos pintors que els ensenyaven que havien pintat grandiosos senyors amb casaques, bombatxos, capes, fulards, barrets, botes i espases n'estava quedant ben tipa. Cuita, que a les senyores les despullessin de pèl a pèl. I si només fos a l'hora del bany, rai. A tot arreu. Per qualsevol camàndula. Per més estúpida que fos. Per més ridícula. *Allargassades al mig d'un prat*, conilles. *Ajupides fent la bugada*, conilles. *Descansant al peu d'un camí*, conilles. *Petant la xerrada a la cuina*, conilles. *Ballant en una clapa de bosc*, conilles. *Sortint del portal de casa*, conilles. Fessin el que fessin. I de roba n'hi havia. A cada època la seva, i tant. Els hi podia fer la cronologia, si ho volien. I la Isabel s'anava enxerinant: Bones per quedar penjades en pilotes als quadros, sí? Bones per pintar-los nosaltres, no?

Un dia es va fixar que una companya tocava l'ase i feia la mateixa cara de fàstic que ella. I amb les quatre que eren al seu curs s'ho van començar a dir. S'ho van començar a encomanar. I a fer córrer. I es passaven les pintores d'amagatotis. Igual que les octavilles dels que feien política. I que no és política, això també?, deia la que sempre llegia Maria Aurèlia Capmany.

I a base de fotocòpies van poder treure el ventre de pena.

A base de fotocòpies les van rescatar.

Van saber de Berthe Morisot per un prospecte. El tiet de la Isabel feia de viatjant i tot sovint anava a París. Té, mossa, això és per tu. I van descobrir que al Saló d'Artistes Independents, Monet, Dégas i Renoir no estaven sols, aquella decisiva primavera del 1874. Que l'Impressionisme també va ser cosa d'ella. Els ulls al nen i el cap ben bé a la lluna, un prodigi! I es passaven la lupa per radiografiar l'expressió d'aquella mare jove a *El bressol*.

D'Artemisia Gentileschi en van tenir notícia per una postal. La germana d'una que havia estat a Florència havia quedat de pedra. Quina mà de sang, quina coordinació entre mestressa i minyona per llescar-li el coll, quina salvatjada! I quina meravella. Ara sí que visca el Barroc! I celebraven l'homenatge que la pintora italiana va dedicar al seu violador a *Judit decapitant Holofernes*.

D'una altra artista en van poder degustar tot el catàleg. Sencer. Pàgines setinades, d'un pam i mig per dos. Peu de foto, descripció, biografia. Un banquet. Doncs havia anat pels pèls: la que sempre llegia Maria Aurèlia Capmany va preguntar si *Paula* en alemany també era nom d'home, com va fer el préssec! I és que la que sempre llegia Maria Aurèlia Capmany no s'ho podia creure. Era un estiu poc falaguer, de voltar amb els pares per Europa amb la rulot. Ni pensaments que a Bremen es toparia amb el primer museu del món consagrat a una pintora: Paula Modersohn-Becker. I quina una. Es miraven i remiraven *Autoretrat en el sisè aniversari de casament* i quina diferència, quan era una mateixa la que es pintava nua. La cara diu *aquesta soc jo, què passa?* Un collaret de granadura, un parell de pits la mar de normals, la panxeta que surt quan no te l'amagues. O potser és panxeta d'embarassada, ho havíeu vist mai? Quina diferència, quan era una la que es pintava com a persona. De veritat. No una idea. Ni un desig. Ni una natura morta.

Quina diferència, quan no hi ha ni ulls ni mans ni pinzells que et puguin ferir.

Aquella nit la Isabel la va passar en blanc. En tornant de

Belles Arts va entrar a veure el pare al despatx. I va poder anar a correus a enviar una carta entatxonada de marcs alemanys. Al cap d'un mes just, li arribava un paquet amb un senyor llibre. Remitent: Paula Modersohn-Becker Museum.

Ni eren poques ni eren dolentes. Els que es van apropiar de *la veu del cànon* sí que tenien teranyines als ulls. I a la Isabel cada dia li costava més espolsar-se una quisca tan antiga. *Norma, proporció, perfeccionament*. Ergo: còpia, repetició, avorriment. I feia més campanes que classes, ara. Arribava a Sabadell abans d'hora amb l'excusa d'una vaga, o de mala maror als carrers amb els grisos. Manera que no preguntessin. *Sí filla, sí, si van maldades, cap a casa*. I les va començar a pintar a elles. A la mare plantant els ciclàmens fúcsia del pati. A l'àvia al cosidor amb la labor de punt de creu a la falda. A sa germana fumant i triant discos del Lluís Llach a les golfes. Les va començar a pintar al seu aire. Amb les seves normes, les seves proporcions. *Perfectament imperfectes*. Arrossegava un bon gruix de pintura de la paleta i clavava el pinzell. Clac-clac-clac, pastacs de siena, de maragda i de cian a sobre del llenç. Després els escampava amb el dit, o amb l'espàtula. I de mica en mica li anaven naixent.

Les *rescatadores* estaven desenganyades de la carrera igual que ella. Però no se n'anaven a casa amb el cap cot. No te n'hi vas si vius al rovell de l'ou i estan passant *coses*. La Isabel va dir que l'hi comptessin i van quedar que cada dia dormiria a casa d'una. I va anar de pal a pal: ara a Sabadell no hi posava els peus. Perquè resultava que ara no hi havia espurna de vaga. Ni de mala maror de res. Ara el que hi havia era que les classes de Belles Arts s'escapaven de les parets de la Llotja i s'allargaven més enllà de l'últim tren. I *no s'ho podia perdre*, de cap de les maneres. El pare ja tenia la porteria foradada, de tants gols. I amb la mare la deixaven fer. Tot fos per tornar-li a sentir el motoret engegat, ves.

I a dins de la sala Vinçon, de la Galería G. i de la Ciento, la

Isabel va trobar que de les *moltes i bones* també n'hi havia de vives, de catalanes i de la seva edat si fa no feia. D'elles va aprendre les paraules *instal·lació*, *performance*, *collage*, *videocreació*. Però de títol no se n'havien apropiat cap per elles. Ni feministes, ni pioneres, ni la contra-acadèmia, ni la pera llimonera, ni l'hòstia en patinet. Elles anaven per lliure i en tenien prou amb dir-hi la seva fent. I veure-les en acció sí que li feia bombar el cor. Només de llegir els seus noms al cartell: *Eulàlia Grau, Josefina Miralles, Eugènia Balcells, Mari Chordà*... Perquè sabia què venia al darrere. Cosa mai vista, com apallissaven el cànon i els seus ventrílocs. Cosa bona, com escopien tot el que la dictadura feixista, nacionalcatòlica i misògina del detritus de Franco els havia *ensenyat*.

Eulàlia Grau, Josefina Miralles, Eugènia Balcells, Mari Chordà... S'escrivien a sobre el cos i li feien cridar veritats com punys. Es colgaven com si fossin arbres i per les plantes dels peus xuclaven el poder de la mare terra. Es tancaven tres dies dins d'una gàbia i feien sentir qui se les mirés que les tractava d'animals de zoo. Feien muntatges amb anuncis per denunciar la mort en vida que es venia a les *mestresses* de casa. Editaven trossets de pel·lícules de Hollywood perquè dels petons del primer dia al happy end no es veiés tot el que sempre hi ha entremig. I la Isabel anava sumant: *reapropiació*, *autoestima*, *estereotip*, *opressió*...

I ja se sap la cara que fa una que té el cor satisfet. N'hi havia un que se l'havia estada mirant tota l'estona que va durar la inauguració. Que s'havia estat preguntant qui carai era aquella noia que no li sonava de res.

—Perdona, ja ens havíem vist, oi? —que suat, va pensar la Isabel. I li va contestar enriolada.

—No pas —però ell, pesat que pesat.

—A Bocaccio, no?

—No soc prou *divina*—i ara es preguntava qui carai era aquella noia que no li sonava de res i que parlava així.

—A Cadaqués?

—Daliniana bastant, però no hi he tornat més des que era un napbuf —i aquí es va rendir.

—Puc tornar a començar?

Es deia Santiago Bach i estudiava per arquitecte.

—Però no et pensis que soc un d'aquests de només càlculs i estructures, m'agrada molt el cine, i l'art, per això vinc sempre. Tu què fas?

—Miro de treure'm de sobre l'encarcaramenta de Belles Arts i pintar com em passi pel barret.

—Pintar? —ho va pronunciar com si hagués sentit *matar*.

—De mi tampoc no et pensis que soc una d'aquestes de només Velázquez, com els meus professors i els companys de classe.

—I de qui ets?

—De Paula Modersohn-Becker, per exemple.

—No la conec.

—Ja, l'Acadèmia i tota la seva camarilla... Diria que la teva Paula Modersohn-Becker podria ser Le Corbusier, m'equivoco? —tocat i enfonsat.

—Puc ser el teu Mèdici i convidar-te a sopar?

—Hahaha.... que carrincló! Si arribes a dir el teu *Romeo* et contesto que no.

La Isabel tot just sortia de la closca. Aquelles artistes les venerava per més somiatruites encara. I es feia pagues que el cervell els hi podia imaginar totes aquelles creacions perquè a dins hi tenien molts més quilòmetres. Molts més llibres, molts més mars, molts més camins, ciutats, converses, cares, pells... Molt més de tot que les feia ser més valentes que ella. Perquè només de veure la ratlleta ja va saber que ella no ho seria. Que no es veuria capaç de fer-se'l perdre. Tenia dinou anys, s'acabava de fer el test i estava embarassada.

Del dia que el Santi la va dur a Sabadell amb el *tiburón* de son pare. Nou, flamant. S'anaven engrescant pel camí i van buscar foscor i quietud a Bellaterra. Va ser ella la que li va demanar: Portes condó? I ell li va contestar amb una altra pregunta: No et prens les antibaby? L'únic ginecòleg que coneixia era el senyor que va ajudar sa mare a dur-la al món, ves a fer-li entendre que necessitava una recepta que l'encobrís amb l'excusa de les *regles irregulars*. I la seva farmàcia de confiança era de la seva tia, ves a fer-li creure que les volia per *una amiga*. *No, no s'estava prenent les antibaby*. Tranquil·la, ja calcularé quan m'hagi de venir i em retiraré. La Isabel va dir entesos i es va encomanar a tots els sants en qui no creia.

Si hagués tingut ganes de riure se n'hauria rigut de gust: clarament no ets de càlculs, Santi. Però tremolava com una fulla, feia més de vint minuts que l'esperava al Zurich i no estava per gaites, quan se li va asseure al costat esbufegant de tant córrer.

—Fa només mig any que anem junts, els meus pares ni et coneixen. Si vols esfumar-te, ja m'espavilaré.

—Isabel, sisplau —el Santi va agafar aire—, em pots ficar la mà a la butxaca esquerra de la jaqueta?

*

I de l'anell de prometatge al casori. En un tres i no res. A les fotos ni rastre, d'aquella pasqua abans de rams. Pela llarga hi hagi. Entre una parentela i l'altra, la parelleta va quedar aviat ben arreglada. Pis, cotxe i parament per omplir d'electrodomèstics dues cases més. I tot eren felicitacions, dents blanques, txin-txins. Entre la gentada que feia córrer el xampany com l'aigua tampoc cap safareig. I ara. La majoria de convidats feia temps que s'afaitaven. Però també havien sigut joves, també. Ja sabien com anava, la comèdia del matrimoni. En un estat que passejava el dictador *bajo palio sagrado* era matemàtica pura: la meitat es casava perquè ja *s'havia estrenat* i l'altra meitat, per *estrenar-se.* I després? Després que sigui el que déu vulgui, visca els nuvis!

I ja eren pares. La Isabel s'havia sentit tota molla i el va despertar: Santi, afanya't, que deu ser allò de trencar aigües! Es va vestir com va poder. Les fiblades eren fortes. I no se sabia ni cordar: tenia el cap desert. Tot el que li havia explicat la llevadora, tot li havia fugit. Que venuda que anava, amb el cos tan a la seva. Sort que les criatures se saben sempre el camí.

La Bet es va dir Bet perquè sa mare es va haver de dir Isabel. Aquest nom no és cristià, va dir el rector als pares, n'hi *haurem* de posar un altre. Elisabet no sortia al santoral, fes-te repicar. I va ser un disgust gros. De banda de sa mare venien d'una cadena d'Elisabets molt més de llei que aquell llibre de sants. Bé que ara s'havia de restablir, tal intromissió. Al registre civil van ensopegar amb una andròmina de funcionari que repapiejava i va passar. I com que eren progres, no hi va haver bateig. No va fer falta convèncer ni untar cap capellà. Benvinguda al món, Bet Bach Ferreras!

Això ho trio jo, es va il·luminar el Santi el dia que arribaven a casa. No ens dirà ni papà i mamà com els hi dic jo, ni pare i mare com els hi dius tu, ni papa i mama com tothom. Ah, no? I què ens dirà, cul d'olla? Pel nom: Santi i Isabel, com es fa ara. Com fan els *moderns*, vols dir... Entesos, com vulgui el *Santi*, oi Bet? No estava per batallar. La Isabel estava perquè la nena se li enganxés al pit. A la clínica li havien donat un tou de mostres de llet de fórmula i li havien fet tota la propaganda. I tenia mitja dotzena de biberons a punt a l'armari de la cuina. La Isabel no sabia què era millor ni què era pitjor. Ella només sabia que la nena li buscava el mugró i que ella volia que l'hi trobés. I que això no era res que es pogués donar a triar.

*

Amb la panxa havia anat a tot arreu, la Isabel. A les classes de Belles Arts que encara li deien alguna cosa. A estudiar a la biblioteca. Als vernissatges. I havia pintat més que mai, amb la panxa.

Es mirava al mirall i quedava veient visions. Com podia arribar a canviar d'aquella manera? I sense intervenció, ni voluntat. Com podia anar tot tan com un rellotge sense que ella li hagués de donar corda? I més hi pensava, més se'n feia creus de no haver-ho trobat mai a cap enciclopèdia. Que ni l'embaràs ni el part fossin cap tema artístic. Que es tingués per marginal una màgia tan essencial per la vida. Quin món de mones... Doncs les seves teles sí que deixarien testimoni del poder de les dones. I amb tots els ets i uts, que ella explicaria als quatre vents com es prepara el cos per desplegar-lo.

Va agafar el mirall i el balancí i es va treure la roba, que era ella la que portava els pinzells. I es va pintar gronxant-s'hi la línia alba que tot just se li marcava. La línia alba quan ja era un senyor meridià de dalt a baix de la panxa. Les taquetes del color del cafè que li havien sortit a sobre el llavi. Les cames botides. Les venes dels pits blaves, curulles. Els mugrons guanyant terreny. I el ventre. Se'l va pintar tibantor per tibantor, el ventre. I cada cop amb més capes. Groc, rosa, lila, verd... Cada cop més ple, més al límit: més gloriós. La cara uns dies una mica cansada, altres dies pletòrica. La cara d'una embarassada sense vergonyes. Una embarassada que diu *aquesta soc jo, què passa?*

*

Són sensacionals, Isabel!, li van dir de tots aquells quadres. Les rescatadores s'havien organitzat per venir a conèixer la Bet. Ara les tenia repartides. Ara que hi vivia, totes tres companyes li havien marxat de Barcelona. El podrit del Franco ja era mort però el món encara era a fora. I a elles sí que els hi havia gosat ensenyar, la seva sèrie sobre *el poder*. Uns olis espaterrants i una filla que és una monada! La Isabel va aixecar el cap, va posar la nena al cabàs, i com si li haguessin retirat la primera carta del castell: es va desmuntar.

Una va anar a la cuina a fer infusions. Les altres dues li eixugaven les llàgrimes i li deien ja està, bonica, ja està. I entre sanglots els hi va reconèixer la por de parir, la por de no saber què fer quan van ser a casa, la por que l'endemà encara respirés, la por que s'ennuegués. La por de no saber fer de mare.

De la por de si mai tornaria la Isabel que havia pintat aquells llenços encara no en va dir res.

Prou que l'hi van veure.

La que sempre llegia Maria Aurèlia Capmany vivia a Londres. Ara ja podia llegir també Mary Wollstonecraft, Simone de Beauvoir, Betty Friedan, Adrienne Rich, Aleksandra Kollontai... I la tenia, la frase justa per aquell seu mal sense nom. L'havia escrita Doris Lessing: *No hi ha res més avorrit per una dona intel·ligent que passar infinites hores amb un nadó.*

Si només fos avorriment... I estirant el fil d'aquell tabú fet declaració, la Isabel es va poder desbotar del tot, amb el seu *clan de la cicatriu*: Jo també viuria a l'estranger, com vosaltres, i ara estic que trino de tan sola, aïllada de tot, mesos i mesos sense fer res més que criar. I sabeu què? Que es veu que no n'hi ha prou amb tot això, perquè el súmmum és la culpa: se'm menja viva. La meva cuca..., si me la miro i penso que podria matar, si algú li fes mal —va acotxar la Bet que s'havia destapat—, però si voleu la veritat, no en tingueu, si no voleu passar per tot això, perquè hi passareu, per més progres i moderns que es creguin. A l'hora de la veritat és com ha sigut sempre: nosaltres hem de triar o ens hem de partir en dues. Ells no han de triar res perquè ho poden tenir tot.

Tant de bo l'haguessin pogut rebatre. Van sospirar tot moixes i es van anar servint la til·la.

I ja anava sent hora de fer-li desembolicar els regals, va.

Però què és aquest paquetam? Us deuen haver fet pagar sobrecàrrega, segur! Tanta genialitat junta, i tant que fa bon pes: Georgia O'Keeffe, Frida Kahlo i Louise Bourgeois en tres senyores monografies edició de luxe.

—Té, elles et faran companyia.

—Perquè has de tornar a pintar, i si és massa sidral, dibuixa!

—Quan la nena dormi, aprofita, aprofita i pinta, que tens la cara grisa, Isabel, que aquestes galtes se t'han de tornar a encendre!

L'endemà era dissabte. Va sortir del llit com els gats i se'n va anar a dutxar. Les farinetes d'esmorzar i dinar de la Bet, en dos tupperwares a la nevera, l'hi escalfes al bany maria, a dins d'una olla amb aigua calenta, ja la tens a sobre el fogó. I li va fer un petó. Quina hora és? On vas?, li va preguntar el Santi ben ensonyat. Necessito material, vindré per dinar, m'estarà bé el que facis. Un altre petó i ja s'havia fet fonedissa.

I va semblar que no passava res, perquè la Isabel s'estigués tot un matí fora de casa. Perquè ell s'estigués sol amb la nena. La Bet li va dinar de gust, els espaguetis li havien quedat menjables. L'últim crit en pares, el Santi.

En pares de cap de setmana.

Perquè Santiago Bach començava a ser un nom que sonava. Concursos, projectes, entrevistes a revistes, al diari... I nom que al sector es cotitzava cada dia més, nom que a casa seva se sentia cada dia menys. Se n'anava al matí que sa filla encara dormia. Tornava al vespre que ja tornava a ser al llitet de baranes. I passaven dies, de només dir-li fluixet *bon dia, Bet, bona nit, Bet*. Fins que el Santi es va arreglar un altell a l'estudi. Per dormir-hi, perquè a casa amb la nena *no es descansa*. I llavors ja no hi va haver ni bon dia ni bona nit. Ni que ve l'avió, ni banyera, ni conte. Dies i dies sense cap *Santi* que volgués dir *pare*. Però cap debat, eh. Cap negociació. Cap pregunta de *com ho fem perquè tots dos puguem crear després d'haver procreat*.

Es va donar per fet que el destí ja decidiria qui seria artista i qui no. I el destí havia decidit que... *Sorpresa!* Que l'artista seria Santiago Bach, no Isabel Ferreras Vall. I tu ja trobaràs hores mortes per pintar, dona. Bé que es pot fer, amb una mà al pinzell i l'altra remenant l'escudella, oi? Amb un ull al llenç i l'altre a la criatura. Que no ho heu fet sempre així, *vosaltres, les dones*?

*

La Isabel havia fet cas de les companyes. S'havia begut a raig les monografies de les tres gènies i li havien pagat la devoció amb confiança. Ni dinava, de tant corrent que tenia empenyent per sortir-li per la punta dels pinzells. El motoret, que ja tornava a anar a tota pipa. Va començar a agafar el traç amb els carbonets, primer. Fins al dia que les mans li van anar soles a destapar el olis. Quan la nena dormia de dia, i quan la nena dormia de nit. Li tocaven les petites. Però ningú no ho hauria dit, amb aquella cara com si s'hi hagués fregat pols de lluna. De la meitat en avall. Perquè de la meitat en amunt si la miraves bé feia ulleres. Paradoxes de la partió: goig d'artista, baldamenta de mare.

Perquè la Isabel ho havia de fer *així* com sempre havien pintat les dones.

Muntava i desmuntava el llenç a ulls clucs. Al volt hi plantava la tauleta amb el pot de pinzells, la paleta, els olis, l'aiguarràs i els draps. Arreplegava una cadira, i s'hi posava. Allà on fos que tingués més feina *de l'altra*. Si a la cuina mentre bullia les verdures pel puré, a la cuina. Si al quarto d'estar mentre la Bet estava enjogassada amb les peces de fusta, al quarto d'estar. Si al dormitori mentre la nena feia una capcinada, al dormitori. Si a la galeria mentre vigilava que la robeta estigués eixuta, a la galeria. L'únic lloc on la Isabel no va pintar mai va ser al lavabo: per quatre dits no li cabia el cavallet.

I esclar, aquells autoretrats no tenien res de mític ni de místic. Tenien un preu: el de voler-ho tot. La Isabel hi sortia escabellada, entresuada, amb la camisa llantiada. Hi sortia tal com la titulava el mirall: *Mare amb un pam de llengua amb nena sempre de fons*.

La pols de lluna se la reservava per les mans, perquè li treballessin amb brillo.

I ja ho crec. Al cap d'un parell d'anys ja en tenia més d'una dotzena de bons. Ja podia fer el cop de cap. Triar els millors, sortir de casa, travessar el carrer, fer-los circular. Sabia que era ara o mai. I per això no trobava mai el moment. Demà, demà hi aniré... Maleït el dia que sí: va tornar a casa com si vingués de la guerra. Amb una esgarrapada va anar a buscar la nena a cals sogres i amb una esgarrapada la va fer anar a dormir. El cap li rebentava. Es va prendre un gelocatil amb un cafè amb llet i es va colgar dins del llit.

Ja havia embalat tots els quadres. Desat olis i pinzells.

Emmordassats.

Morts.

Enterrats.

El Santi va arribar l'endemà de Bilbao i ni li veia els ulls, de tan inflats. Va haver-l'hi de preguntar. Doncs que sense companyes, sense caliu, sense hegemonia, a contracorrent, qui volia que li fes cas, eh? Els pocs contactes que tenia la van esbandir amb bones paraules. I no tenia esma per picar a porta freda, encara li quedava amor propi per no buscar-se més mastegots. On anava ella, amb els seus olis de *només* dones fent coses? On anava amb les seves embarassades, amb les seves mares i nenes al bressol, bufant una bombolla de sabó, o jugant amb la panera de la fruita. On anava, eh? I ja tenia nassos. Resultava que havia passat de moda el que no ho havia estat mai. Encara no era moderna i ara tot era aviam qui la feia més postmoderna. Ordinadors, àudios, neons... per això sí que es desvivien, marxants i galeristes. Pintar sense entatxonar-hi lletres, ni roba, ni matèria orgànica, ni sembrar bassals per tota la tela? Pintar autoretrats i a sobre *femenins* i *domèstics*? Ja ho havies preguntat bé el dia que ens vam conèixer, Santi. Pintar? Pitjor que un crim.

Després de la descarregada va dir que refrescaria el patronatge i que ja s'espavilaria a trobar una feina. I el Santi, que encara no havia obert la boca, amb cinc paraules ho va dir tot: *La moda també és creació*. Ni t'ajudo a buscar gent que sí que hi estigui interessada. Ni no saben el que es perden. Ni em sap molt greu perquè el que tu pintes és bo. Amb *la moda també és creació* i aquella cara de lluç bullit, a la *Isabelita* li tornaven a estripar la redacció.

Deixa de somiar truites!

Aparca la teva *afició!*

C'est la vie!

Tota la seva colla d'amics arquitectes acabaven de ser pares o estaven a punt de ser-ho. Tota la seva colla d'amics arquitectes tenien dones que s'havien quedat a casa un cop casades. *Espatllades*. Tres arquitectes i dues interioristes que d'ara endavant els *donarien un cop de mà*. Que d'ara endavant els cedirien les seves idees a l'ombra i de franc. Si era generalitzat, on veia el problema, ella?

La Isabel es va posar a regar les plantes de la galeria i es va topar amb la seva cara al mirall: no n'hi quedava ni una volva, de pols de lluna. I va haver de trucar a Sabadell. Dir el que va dir que faria però no volia fer: Llanço la tovallola, pare, em pots donar el telèfon d'aquell amic teu?

Era el que havia tingut l'acudit de fer roba de bany amb lycra. Un cap de pardals formidable, el senyor Cerdà. I despuntava. Segur que necessitaria una bona dissenyadora per acabar d'escombrar la competència. I que no ets pintora, també? Doncs encara et dic que sí més convençut, artista!

La primera col·lecció de banyadors i bikinis la va fer íntegrament negra enrivetada de color blanc i blanca enrivetada de color negre. La segona, de només ratlles: blaves sobre fons blanc, blanques sobre fons negre, vermelles sobre fons blau i tricolors com la bandera de França. La tercera tornava a ser blanc i negre, amb tires de perles serigrafiades, aquest cop.

D'acord que ens els han pres de les mans, Isabel, que hem fet el salt al capdamunt de la gamma alta, però a la pròxima podem fugir una miqueta de Chanel? L'empresari cap de pardals també sabia el que es feia. La Isabel li va contestar doblo, senyor Cerdà: geometries de colors fluor? En van vendre a carretades, aquell estiu del 1983.

Amb la Isabel, can Cerdà estava escombrant tota la competència, anaven embaladíssims. I li volien agrair amb més confiança, amb més sou: que fos la seva directora d'art. Sí! Sí? Si acceptava el càrrec, qui se'n cuidaria, de la Bet?

El Santi havia posat despatx propi amb un soci feia poc, també seria més sou. I més responsabilitat, més dedicació, més hores... Se l'havia plantejat ell, el dilema? Ni quan acceptava un projecte d'avui per abans d'ahir i no sortia de l'estudi en vint-i-quatre hores. Ni quan un encàrrec el feia marxar de Barcelona tota la setmana. Ni quan sortia de nit perquè alternar segons quins ambients era *obligatori* per estar *à la page*. Mai. Cap dilema. Ni per quedar bé. Que no ho han fet sempre així, ells?

La Isabel va veure que el seu dilema només contemplava una resposta i es va haver de deixar escapar l'ascens: *Quan la nena sigui més grandeta, potser...* Es va maleir els ossos però ni una enrabiada com déu mana va poder tenir: ja tornava a ser l'hora d'anar a buscar sa filla a escola.

Cada tarda anaven a passejar i berenaven al carrer Petritxol. Un cop per setmana agafaven els catalans i se n'anaven a veure els avis a Sabadell. I els divendres rondaven totes les llibreries i botigues de belles arts per si hi havia novetats. Quan tornaven a casa, sempre s'hi posaven una estoneta juntes, abans de sopar.

Ara la galeria ja era tot un taller. La Isabel feia les proves de disseny de can Cerdà sobre tela: havia desenterrat els pinzells. Li agradava veure com quedaven els estampats i les peces en persones de debò. I a casa hi tenia dues models ben entrenades. Li havia comprat una taula i la nena dibuixava al costat seu. Però res de figures humanes, ella. Als seus blocs només hi veies palaus, castells i gratacels. *Sí, cuca, sí, arquitecta, que t'hi puguis guanyar la vida.* A còpia de realitat, la Isabel ja pensava com una fabricanta tèxtil.

*

Feia un cel clar i net. Hi hauria cap-roig per sopar. I bona mar. Demà sortirien a navegar. Era estiu i ja havien pujat a l'Empordà, al casalot que tan il·lusionats tots dos havien fet reviscolar. Però l'alegria, busca-la. Que en feia de temps que havia passat.

—He conegut algú, Isabel —que suat, va tornar a pensar, i va anar al gra.

—Quants anys més jove?

—Deu.

—Mira, doncs com el meu.

La del Santi era la Janina, l'arquitecta nova del despatx, i volien anar a viure junts de seguida. El de la Isabel era el fotògraf de can Cerdà i només s'ho havien passat bé els dies que va durar la sessió de fotos a Menorca. El Santi es va pensar que feia broma i li va dir *gràcies*.

—Gràcies per treure-hi ferro i gràcies per com has pujat la Bet. No t'ho he dit mai i quan la sento i la veig... És una noieta de catorze anys fantàstica, i com dibuixa, la marreca!

—Una bona sort, que s'hagi decantat per l'arquitectura.

—Isabel, em sap greu que...

—No ho remenem, Santi.

I es van prometre que es farien la vida fàcil, per la Bet.

I aquell matrimoni es desfaria igual com s'havia fet: en un tres i no res. Pela llarga hi hagi. Ella, el pis de Barcelona. Ell, l'estudi i la casa de l'Empordà. I amb els Jocs Olímpics tan a tocar, ser pare de cap de setmana cada quinze dies li anava com anell al dit, al Santi. I la Isabel també n'estava farta, d'apuntalar sola la façana de família feliç. Doncs tothom content. La Bet no tant. Però que en feia de temps que no veia son pare i sa mare fent res junts, si feia memòria. Aquell estiu va fer el rebec de no voler sortir del seu quarto ni amb fum de sabatots. Una setmana sencera, li va durar. Fins que la Isabel li va haver d'obrir el cor per carta. Llavors la Bet sí que la va entendre. I la Isabel la va entendre a ella: li hauria de fer lliscar per sota la porta les paraules que necessités, si volia que la Bet li obrís el seu, de cor.

Les rescatadores de seguida van aterrar a ca la Isabel. No se n'havien perdut cap, de sotragada grossa. Es van trucar així que van saber del divorci i van cronometrar sortides. I de Nova York, Berlín i Londres, cap a Barcelona falta gent.

—Tornes a estar lliure, etapa nova, molt bé, però l'important: quan tornaràs a pintar, pintar?

—Això mateix, treu-te la son de les orelles, Isabel.

—Si ja pinto les col·leccions, va, no m'atabaleu, que estic retirada.

—Creu-t'ho!

—Em sembla.... em sembla que encara t'hem de fer emprenyar més.

—Voleu que tornem a parlar de l'apassionant món dels arquitectes *home*?

—Hahaha, no, toia, volia dir una emprenyamenta de les que fan profit.

—Com les de Belles Arts?

—That's it, darling!

S'aixequen totes tres del sofà i la deixen gronxant-se al balancí. Amb uns ulls com unes taronges. Es posen a remenar per totes les prestatgeries. Vinga treure volums. I més volums. Colló, Isabel, que no tens cap paio artista? Quina feminista radical estàs feta, tu! I vinga riure. I la Isabel més meravellada encara. Rescatadores, em podeu explicar quina una en porteu de cap? Calla, calla, ja el tinc! Sí? Sí, aquí, aquí, mi-te'l!

Tornen cap al sofà, s'asseuen, li planten una làmina als morros i criden a l'uníson: *¡Ábrete, sésamo!* I comencen a riure, com boges.

—Si sembla que el vegi, després de fer la brometa s'escurava la gola i deia: *El origen del mundo, ¡atención al desnudo más turbador de la historia!* —I fan totes alhora—: *¡El masturbador!*

—Hahaha, Blanco, es deia, aquella mòmia de professor?

—Sí, Blanco! Quants anys que no hi pensava!

—I quan deia *escorzo diagonal de la zona genital femenina* i feia anar el llapis com si furgués amb l'espècul del ginecòleg?

—No gosava ni mirar-nos, com si no hi fóssim, com si a classe no hi hagués ningú que fos mestressa d'aquella mateixa *zona genital*.

—Doncs jo encara tinc clavat que digués *sin necesidad de cabeza alguna.* N'hi havia per cremar-lo, ell i quadro.

Es van quedar pensaroses d'aquell viatge a temps tan foscos i la Isabel va trencar l'encanteri.

—A pastar fang el Blanco! Va, rescatadores, que la mala jeia m'ha fet engegar el motoret: fora roba!

—Queeè?

—Que fora roba, que us pintaré les vostres *zonas genitales* i seran.... grandioses! Amb tota la varietat de plecs, replecs, formes, tons, mides... I no com ens la va fer veure el Courbet, bullida com ella sola, sense sang, ni batec, ni vida, hòstia, vida!

—Ho veus? Només se t'havia de fer emprenyar.

Només li havien d'encendre les galtes amb pols de lluna.

*

La Bet havia estirat el cordó i desfet el llaç que embolicava el fardell. S'havia assegut a les rajoles de la galeria i començava a llegir les paraules que necessitava. Les que sa mare li havia fet lliscar.

Hola, cuca, potser has pensat què són això, flors? Flor, petxina, cova, n'han dit de tots colors. Quan la vaig pintar era una sèrie sense nom, però ara l'he titulada Vulves. Me n'ha ensenyat el Kris, de no tenir por d'aquesta paraula, mira si en teníem que en dèiem allò d'allà baix. Doncs ara s'ha acabat i el Kris ho té ben clar, que és un nen amb vulva. Si no t'ho ha explicat, ja ho farà. S'ha atrevit primer amb la Lana i després amb mi, t'has de fer el càrrec que a una mare costa més. Però sé que lluitaràs amb dents i ungles si el món li posa traves, no t'amoïnis, cuca. Bé que ho veig, tu també has fet com jo, no has volgut triar i t'has hagut de partir, vocació i criatura, per més que costi. I per això t'escric, perquè sé com és anar amb un pam de llengua cada dia de la teva vida, fins que el Kris es faci gran, que també arribarà. Que en fa d'anys que puc voltar pel món i fer la vida que m'agrada amb les rescatadores de Belles Arts, avui un taller, demà un museu, l'altre una conferència, tot arriba, cuca. L'altre dia t'ho volia explicar i ja vaig endevinar que havies tingut un disgust amb algun client, t'ho sé conèixer. Per això t'ho escric, perquè et volia demanar que te'ls estudiïs amb calma, aquests vint quadros. Els que no coneixies de les vulves-flor inspirades en les meves amigues, i els que ja havies vist de mi embarassada, de tu de petitona i de tu amb el Kris acabat de néixer. Perquè potser ara els veuràs amb uns altres ulls. Ara les noies de la vostra generació les esteu cantant clares, i ja no sou quatre ni mig clandestines, ho veig a Nova York, a Berlín, a Londres i també aquí a Barcelona. No és el Macba que prepara una exposició sobre l'orgasme femení? Ara parleu de la sexualitat, de la menstruació, de la maternitat, de l'avortament, del dret de cadascuna a tenir el cos que vulgui, i en parleu al carrer, a internet, als llibres, als museus, al diari, a la tele. A vegades ploro, de pensar com ens en van fer avergonyir perquè era pecat, o estava prohibit, o feia de pendó. Com ens tenien el peu al coll, amb tanta ignorància de nosaltres mateixes. No saps com ajuda a viure, com ajudarà a viure també al Kris, que les coses importants de la vida tinguin un nom i un lloc. I potser és fer volar coloms, però jo sempre he pensat que aquella electricitat que se m'engegava i em pujava per les cames i els braços i em feia pintar era per alguna cosa. I em passa que ara veig que tot sovint descobreixen pintores que havien quedat arraconades, i veig el que es fa ara i penso que jo ja ho vaig començar a fer fa més de trenta anys. Potser jo no tinc aquesta categoria i és per vanitat, no et dic que no, però és que veure la meva firma ni que fos petitona i en un trosset de cartell, és el que he somiat tota la vida, cuca. Que la gent pogués veure què he fet, que és igual a dir que pogués veure qui soc. Va, i ja acabo. Si et trobes aquesta carta és que estic de viatge i que has vingut a regar les plantes de la galeria. Doncs aprofita aquesta estoneta que estàs tranquil·la per mirar-te aquests llenços i pensar si de la gent que coneixes hi ha algú que els volgués valorar. Gràcies, em faràs molt contenta, cuca. La teva mare que t'estima, Isabel.

*

Santi! Kris! Eo, aquí, aquí! Els havia clissat des de ben amunt de la Rambla, agafadets de la mà. Caram, feia temps que no l'havia vist tant de vint-i-un botó, son pare. I mira que ara se sabia tota la roba que tenia, després d'un any. Després d'un any de veure'l cada tarda del món per primer cop a la vida. Li havia demanat que fos el substitut de la Lana. L'havia inclòs al *càsting de cangurs* per provar sort, perquè es veia a venir una excusa com una catedral. Doncs va dir-li que sí sense dubtar. Es va arremangar, i es va escarrassar perquè li sortissin els braços d'avi que no havia tingut mai de pare.

Tresor, amb el Santi encara tenim una mica de feina, t'esperes en aquesta sala? M'ha dit el senyor de seguretat que tenen legos. I el Kris se n'hi va anar tot convençut.

Què s'ha de fer? El Santi ja es fregava les mans, va, digues què vols que faci, que no deu faltar gaire. Res, Santi, només volia estar una estoneta amb tu sola. Li va canviar la cara. Va, Bet, que ho podràs fer i ho faràs de cine, res de nervis. Que no, Santi, que tampoc estic nerviosa, que no saps què és que pare i filla tinguin una conversa? I la cara ja no era d'amoïnat. Era de consciència bruta.

—Ara sé que en dieu un *pare absent* i tindràs tota la raó si me'n vols acusar.

—No et defensis, que encara no he dit res.

—Però ho diràs, som iguals, arriba un dia que buidem el pap. Vas engegar el Hans perquè també va donar per fet que el Kris només era cosa teva, igual que vaig fer jo quan tu vas néixer.

—Estic contenta que entenguis per què em vaig separar. I sí, tu i jo ens assemblem molt i et vaig trobar a faltar, però tampoc era això.

—M'estàs neguitejant, Bet, digues el que sigui d'una vegada —el Santi comença a perdre la paciència.

—Et volia preguntar com és que no ho vas veure, que t'havies casat amb una artista —i ara és l'energia, el que perd de cop el Santi—. Vas fer una carrera creativa, t'agradava el cine, l'art...

Triga uns segons a poder contestar. S'escura el coll.

—Jo també hi he estat donant voltes nits i dies sencers, des que em vas ensenyar tots els quadres, Bet —admet amb la veu més compungida que li ha sentit mai. I la Bet ja pot anar directa al gra.

—I? Com pot ser que jo cresqués sense cap consciència que a casa hi havia una pintora excepcional? Com pot ser? M'ho expliques?

—Doncs perquè la Isabel era una dona, ras i curt —i la sinceritat li fa recuperar el color, l'ànim—. Jo no faré com els que encara volen tenir raó, jo també he sigut dels que es pensava que les coses d'homes eren de primera i les coses de dones de segona —però ara el Santi ha d'abaixar els ulls a les sabates, si vol tenir el valor de dir el que ha de dir—. No me'ls vaig mirar mai amb respecte, els quadres de la teva mare, Bet. Ho he anat entenent aquests últims temps, entre tu i la Janina m'ho heu fet entendre. Si fa vint-i-cinc anys que va entrar al despatx, és la millor arquitecta de tots tres i fa només dos dies que hem posat el seu nom a les targetes, Bet, si d'això també me'n dono vergonya...

—Però a la Isabel com els hi compensem, eh, els anys de pensar-se que no valia una merda? Ja no podem.

—No és consol, però ella això no s'ho va pensar mai, ella sabia que era bona.

—Doncs encara pitjor... No sé com es pot sobreviure a tant menyspreu.

—Bet, t'ho volia proposar quan passés això d'avui, però ja que la conversa ha anat per on ha anat... —el Santi li posa una mà a cada espatlla—. Si tu fas el projecte, jo assumeixo el pressupost que calgui per muntar una fundació que difongui la seva obra, que convoqui un premi, doni beques... —i ara li ressegueix les lletres del tatuatge del braç esquerre—. Una fundació amb el nom d'*Isabel Ferreras Vall*, et faria gràcia?

—Hòstia, pare! —la Bet se li penja al coll.

—Ho he sentit bé? M'has dit *pare*?

—Sí —li respon buscant un kleenex—, ja pots dir adeu al *Santi*.

*

Van dir que per Setmana Santa ho tindrien i no van faltar a la seva paraula: ho tenien! La Cèlia havia negociat el lloguer d'una sala cèntrica i s'havia ficat a la butxaca uns quants patrocinadors. La farien, l'exposició, i l'editarien, el catàleg: començarien a fer saber al món qui era Isabel Ferreras Vall. Però ara ens falta la sal i el pebre, noies. Els faltava algú del ram que posés fonament al que elles veien i no sabien com explicar. Qui, qui, qui.... Ja ho tinc! La filla del gerent de l'empresa de la Margot feia un parell d'anys que havia tornat de París. Son pare no tenia prou boca per tantes *mostres col·lectives* i tants *comissariats*.

Moltes gràcies per venir, Laia. La Bet la va fer passar a la galeria. Tot teu, vaig a la cuina a buscar el cafè. Amb la safata a la mà, va esgarrapar un tall de conversa.... *més de vint, i tant, una cinquantena, sí, i no han sortit mai de la seva galeria. Quina?, no, no, cap, perdona, vull dir de la galeria de casa seva, del balcó on pintava.*

La Bet va veure que penjava molt seriosa i se li va arronsar el melic.

—Al... algun problema?

—Eh? Al contrari, per això he trucat al meu profe de postgrau, perquè jo diria que això és una bomba.

Al cap de mitja hora, a ca la Isabel hi havia un paio amb una gorra, vestit de color verd poma de dalt a baix i escamarlat entre els seus quadres. Amb les ulleres de pasta treu i posa, treu i posa, i una moleskine a la mà. No ho va salpebrar, no. Hi va abocar l'armari de les espècies sencer. *Autoretrats antinormatius d'una abstracció i representació en perfecte equilibri. Denunciants i discrepants de l'herència cultural patriarcal. Pinzellades i ús del pigment que desfiguren els rostres intuïtivament. Vulves immoderades amb la carnalitat floral de Georgia O'Keeffe i en diàleg amb les de Judy Chicago a The Dinner Party. Celebració del cos i del poder femenins. Perspicaç reformulació del motiu mare-fill...* La Bet no l'havia sentida mai, una música com aquella. I encara li sonaria més bé quan fos per les orelles de tothom. Perquè una exposició privada per treure's l'espineta era una cosa. Es va aixecar i va anunciar *senyores, l'any que ve podria programar-la*. Però... una retrospectiva al Palau de la Virreina?

*

La Bet es va mocar. Va agafar son pare de bracet i va estrènyer fort la mà del Kris. I van pujar escales amunt tots tres.

ISABEL FERRERAS VALL: l'origen del món el pinta ella.

Unes lletres de pam i la foto més Chanel que li va trobar. La de les mans a les butxaques dels pantalons blancs de pota ampla. La brusa negra. El somriure burleta.

Hi era tothom, recorrent l'exposició sala a sala.

Sèrie a sèrie.

La primera, *Vulves*. Les rescatadores de Belles Arts no se'n movien. Reien, ploraven, tot alhora. Tota l'estona. No se la sabien acabar, aquella santa botifarra. A Courbet, als carcamals de l'Acadèmia, a la veu del cànon i a tota la merda que els besa! I es van anar animant. Fins que la que sempre llegia Maria Aurèlia Capmany va etzibar a la concurrència: Tot aquest bé de déu que veuen penjat a les parets? Va assenyalar els quadres de vulves llampants, esponeroses i colossals, va assenyalar les companyes, es va assenyalar el seu mont de Venus i va revelar: Tot nostre! I va començar un photocall de mòbils amb les celebrities.

La segona sèrie, *El poder*. La tieta de Sabadell, cofadíssima de veure sa germana amb l'esplendidesa de quan esperava la criatura. Una parelleta jove es miraven esglaiats aquella sinceritat anatòmica que jurarien que ningú els havia retratat mai. Una noia que estava de ben bé sis mesos no perdia detall i es buscava als llenços en la seva fase exacta. I les que havien passat per totes les llunes de l'embaràs que la Isabel havia honorat, aquestes hi trobaven el primer mirall que no les feia sentir ni malaltes, ni infantilitzades. Poderoses, poderoses més que cap déu.

La tercera, *La partió*. La Cèlia, la Margot i la Giovanna escoltaven el comissari sense respirar. Veien els autoretrats de la Isabel escabellada, entresuada, amb la camisa llantiada i la Bet sempre de fons, i pensaven en el panorama que tenien a casa seva. I es miraven les cambreres que preparaven el refrigeri i les vigilants de seguretat allà dretes i pensaven que ni s'ho podien imaginar, com s'ho havien de fer elles. I no se'n sabien avenir, que tot seguís igual. Que les del pam de llengua, les que s'havien de partir en dues, encara fossin sempre les mateixes. I que encara fossin sempre els mateixos, els que no havien de triar res perquè ho podien tenir tot.

I l'última sèrie, *Bet i Kris*. El Ricard va plorar, d'admirar tanta tendresa. De recordar el Kris acabat de néixer i la Bet més confiada que havia conegut mai: sense el verí que el Hans li abocaria al cap de ben poc. Li va fer un petó al cap a sa cosina que va ressonar com una trompeta. La Bet també hi va veure la tatuadora, mirant i remirant-se-la a les estampes de quan acabava de ser mare. La Carol li va fer les banyes del rock and roll amb una mà i els ulls ben envidriats. I la filla del senyor Cerdà, meravellada era poc. I allà, al bell mig del grupet del despatx, la Lana.

La Bet la va arrencar i li va fer l'abraçada més llarga.

—Estàs radiant, Bet! Més que si haguessis tret *allò* de la capsa i ho haguessis fet servir —i li va picar l'ullet.

—Hahaha... què dius?

—La veritat. I que m'he emocionat, no sé ni què dir.

—Ja ho ha dit tot el comissari, mare meva, encara no m'ho crec...

—La teva part també ha sigut preciosa.

—M'hi han ajudat les seves companyes.

—Torna-ho a llegir, sisplau, que m'ho vull gravar —i la Bet es va ficar la mà a la butxaca.

—Gloria Steinem va escriure: *Com tantes altres dones abans que ella —i com tantes altres encara avui—, la meva mare mai va emprendre el seu propi viatge. M'hauria agradat tant que hagués pogut seguir el camí que ella desitjava... Però perquè nosaltres nasquéssim, elles no ho van fer* —la Bet es va desar el paper i se la va mirar de fit a fit—. La Isabel es va quedar embarassada als dinou, Lana, i no va voler avortar. Imagina't a quants museus hauria pogut arribar sense mi.

—La meva mare em va tenir més tard però l'hi puc aplicar perfectament, ho traduiré i l'hi enviaré aquest vespre.

—Faràs ben fet.

—Què, avui no m'explicaràs el secret d'aquest cutis?

Se la va mirar i li va fer una ganyota, va, passa! I se'n van anar totes dues a buscar la copeta de cava. La Bet no ho sabia. Però i tant que li havia encès les galtes, aquella pols de lluna.

Montserrat

Fricandó amb moixernons, ahà. *Filet Cafè París*, sí. La Montserrat anava repassant. *Mandonguilles amb sípia*, molt bé. *Bacallà a la llauna amb mongetes*, també. *Canelo*... I amb aquest plat s'hi va ennuegar. Es va tirar amunt les ulleres. Va plantar totes dues mans a sobre del taulell, i s'hi va abocar: Aviam, canalla, què és això que els canelons de la casa ara són *de l'àvia*, eh? Algú m'ho ha sentit a dir mai? A més a més, si haguessin de tenir mestressa, aquesta és la Dora! Va arreplegar totes les cartes amb un manat i els hi va brandar: Ja podeu dir a l'impremta que se les confitin, que facin el favor de fer-les noves i posar-hi *Canelons de la Dora*, i si us arrufen el nas, que em truqui l'amo, que no l'hi repetiré tan simpàtica! Va deixar anar les cartes, va sortir del taulell i va despenjar la jaqueta d'una estrebada.

Els tres cambrers s'aguantaven l'alè. Per si de cas. El llacet, el porteu tort, tots tres! Doncs ja els havia tocat el rebre. I tu, Cintet, tens una llàntia aquí. Ara al maître. La Montserrat els anava repassant i acusant amb el dit: Que sembla que treballeu en un bar de carretera, conxo! El maître i els tres cambrers se'n van anar cap al quarto de bany ben escuats. La Dora treia el cap per l'ull de bou de la cuina. Va veure el percal i el va tornar a amagar. És que em foten emprenyar..., botzinava la Montserrat entre dents mentre es posava bé el coll de pell girada. Vinga passar-hi els dits. Vinga aplanar-se'l. A la marona no n'hi van deixar ser, d'àvia, conxo, no els va poder fer mai, uns canelons *de l'àvia!* I de tanta pressa per desencaparrar-se, que va sortir de la fonda com els bous. I no la va veure. I la va envestir.

El mòbil li va saltar de la butxaca, pels aires. Les ulleres li van anar a espetegar a les rodes d'un cotxe. Ella, arran de bordó: a un pam ¡Ay, Dios Santo! La mossa amb qui havia xocat, ben espantada. I ja marcava el telèfon d'urgències perquè la vinguessin a reanimar. Tut-tut-tut... Però la Montserrat la va fer penjar, res de metges! Ja s'havia aixecat, ella. I s'espolsava una màniga com aquell qui res. Pero cómo... ¿se encuentra usted bien? Va, entrem, que tu sí que fas una cara...

I mentre li demanava perdó amb el cafè amb llet i el platet de carquinyolis que els cambrers li havien dut volant, aquella fragància! A la Montserrat se li estava començant a omplir el nas. La mossa amb qui havia xocat li preguntava si li rodava el cap, si s'hi veia bé, si de debò no volia que avisés cap metge. No-Sí-No i amb prou feines, li podia contestar la Montserrat. Perquè no era per no res, respirar l'espígol de la mare.

Respirar-lo només ella, sense que fos enlloc.

Respirar-lo i saber que aquella persona no s'havia de deixar escapar.

La Montserrat es va arrambar al marbre de la taula per no haver d'aixecar la veu.

—Aviam noia, digue'm com t'ho puc agrair. Si no haguessis tingut els reflexos d'enganxar-me pel braç, ara jo i tot seria a les escombraries, amb les antiparres i el telèfon.

—De ninguna manera, lo mismo habría hecho usted —i va fer un glopet de cafè amb llet.

—Com que això no ho podem saber, digues, va, què necessites que no siguin calés —va trencar el gel la Montserrat per si la incomodava tanta insistència.

—Pues el dinero nunca sobra —va seguir-li ella la veta—. Pero déjeme pensar, a ver... —i se li va encendre la bombeta—. ¿Usted cocina rico?

—Aquesta sí que és bona, si soc mestressa d'una fonda! —i va pinçar un bec de les estovalles: *Can Montserrat*.

—Pues le tomo la palabra: enséñeme —i li va allargar una mà—. Gabriela, encantada.

—Tant de gust, noia, jo em dic Sol.

—¿Y...? —la Gabriela es va mirar les estovalles.

—Sol Montserrat. Tothom es pensava que me'n deia de nom i va arribar un dia que em vaig cansar de rectificar, que la saliva va cara i no estem per gastar-la en va.

—Me gusta su forma de hablar —li va dir tota riallera.

—Doncs aviam si t'agradarà la de cuinar, què vols que t'ensenyi?

—Cocinar en verdad ya sé, mi mamá me enseñó lo más rico de la cocina peruana. Lo que necesito aprender es el gusto de aquí, el de ustedes.

—Et trobes que ningú t'ho troba ben fet, oi?

—Nunca les termina de gustar. Al señor, no le termina de gustar —va precisar la Gabriela.

—Com n'arribem a ser de tocats dels pebrots!

—Esto no se lo he entendido, Montserrat —i es va tapar la boca—. ¡Ay, Sol!

—Hahaha, deixa-ho córrer, si et surt Montserrat, Montserrat. Ja no acaba de quedar ningú que me'n digui, de Sol.

—¿Y cuándo podría venir a practicar?

—Descomptant un viatge que faig cada any per vacances, no em moc mai de la fonda, així que quan a tu et vagi més bé.

—Pues los sábados, que libro.

—Doncs dissabte t'espero al curset de manies.

*

El curset va resultar càtedra: la Gabriela ja feia tres anys que era ajudant de cuina de Can Montserrat. Havien començat per la ditxosa crema, que la Montserrat li ensenyés com es feia *ni massa clara ni massa espessa.* Doncs al punt just de midó, apunta, noia: 40 grams per litre de llet. I quin èxit, com se n'atipava, el senyor August! No repassava el plat amb el dit per vergonya, tan tocat i posat, ell. Després va voler aprendre a guisar bé la vedella: tu demana que et posin la part de la llata, que no queda mai estellosa, ja veuràs com es fon a la boca. I enacabat de trobar-li el traç a la carn va venir el fumet de peix. I els pèsols ofegats, i les sardines escabetxades, i els peus de porc... La Gabriela ja s'havia foguejat amb tot el receptari de la fonda i el resultat ja no era perquè no li rondinés el senyor August: era perquè se'n llepés els bigotis tota la clientela.

A la Montserrat no li havia omplert mai el nas en va, l'espígol de la mare: amb la Gabriela també havien casat profits i tarannàs. I ara ja no hi anava només els dissabtes. Ni era la Montserrat, la que li feia el curset: ara era la Dora, la cuinera titular, la que l'entrenava cada dia. I llei de vida: si la mare de la Montserrat havia passat el barret de xef a la Sió, i la Sió a la Dora, ara la Dora el passaria a la Gabriela.

—No m'ho puc creure, ¡me jubilo! ¿Quants anys trabajando juntas, Sol? —la Montserrat li acosta el talladet a la Dora i obre el calaix on li guarda els Marlboro light.

—De la marona en fa vint-i-tres, i del pare un menys: doncs vint-i-dos —surten al carrer i se n'encenen un cadascuna.

*

Feia un any els havia tocat l'habitació 343. Un càncer escampadíssim, la mare. Ara tenien la 243 i molt més bon pronòstic, el pare. Segons la doctora. Hem vist la radiografia, el nivell d'oxigen a la sang i la mostra de líquid dels pulmons, i veiem factible poder enredar el *bitxo* amb set dies d'antibiòtic: curarem aquesta pneumònia. El pare de la Montserrat se la va voler creure i va engrescar sa filla: Ves-hi, nena, no perdis els bitllets, quan hagis tornat em trobaràs donant la tabarra a la fonda, ves i esbargeix-te. Des d'aquella llista que tot era *té*, *ves*, *fes, surt*. No hi ha com tenir un pare amb cua de palla. Demà ho acabaré de decidir, si marxo de vacances, vostè procuri descansar.

I la Montserrat ja s'ho havia rumiat: l'endemà entrava a l'habitació amb una bossa que pesava un quintà. De la mitja dotzena de guies d'Islàndia que s'havia firat a l'Altaïr. Vindran els tiets de Castellterçol, li va començar a explicar borinant amunt i avall sense mirar-se'l. Ja hi hem quedat, i tenen el número de l'hotel per avisar-me, si calgués res, i a la fonda tothom té clara la feina. Esclar que sí, nena, la marona també t'hi hauria fet anar. Després de l'adeu amb la mà de la porta estant, la Montserrat va girar cua al moment que ella plantava el carretó.

—Ay, perdone —la senyora de la neteja li barrava el pas.

—Ja me'n vaig, faci tranquil·la.

—Però demà vuelve, ¿no? —la Montserrat va quedar ben destarotada.

—De fet, no, demà marxo tot un mes de viatge. Per què m'ho diu? —va preguntar-li una mica mosca.

La senyora de la neteja li va fer amb mímica que ajustés la porta i que enfilessin un tros de passadís.

—Em fico on no em demanen, pero mi padre murió igual —i encara més fluixet—. Y al suyo le veo la misma carica.

L'endemà, el bitxo s'havia rifat l'antibiòtic ben rifat. Però el pare encara va ser a temps de demanar-li a la Montserrat que no fessin cridar el mossèn, que se'n volia anar d'aquest món sense l'extremunció. I que tampoc volia cap capellà a la cerimònia, que prou mal havien fet. Però què diu? La Montserrat es va pensar que desvariejava. N'està segur, pare? Ell li va contestar amb dues llàgrimes rotundes, indubtables. I la Montserrat ho va saber entendre: era el perdó que no li havia demanat mai. I se'l va poder mirar als ulls. I ja no es va moure del seu costat. Ni un moment. Fins que el va sentir fer l'últim esbufec. I ja va estar: ja no tenia ni marona ni pare.

Encara bo que no l'havia de plorar de quatre mil quilòmetres estant.

La tarda després d'enterrar-lo, la Montserrat no sap ni com es va trobar tornant a entrar al Clínic. No sap ni com es va trobar buscant-la.

L'hi va dur l'espígol.

Era el primer cop que li passava. El primer cop que el nas se li omplia d'aquella fragància sense que l'espígol fos enlloc. *Coses que hi són i només algunes persones saben veure*, que li diria la tieta Leonor. Perquè és que a la fonda no n'hi havia cap ram. Ni a casa en quedava cap saquet. Ni a cap armari cap floreta que s'hagués amagat a dins de cap calaix. Doncs ella, ben embriagada.

De l'espígol que tant li agradava a la marona.

De l'espígol que sempre repartia amb bossetes per tot arreu.

I tant que el sentia, la Montserrat.

Per més que no fos enlloc.

Provi a la segona planta, li van dir a recepció.

—Hola, se'n recorda de mi?, soc la filla del senyor que...

—I tant... Le acompaño en el sentimiento.

—No sé com agrair-l'hi, com es diu?

—Dora.

—Dora, digui'm com li puc agrair que em fes quedar.

*

Ara ja no tenia la marona comandant la cuina, la Montserrat. Ni el pare ficant cullerada a tot arreu. El barco havia quedat per ella. Ben sola. I una mica de basarda li feia. I per això les va agrair de seguida, aquelles castanyoles. Perquè els 2000 ja podien tenir els hits d'U2, de Jennifer Lopez, de Robbie Williams i de Céline Dion al capdamunt de les llistes. Que a Can Montserrat les top five eren Concha Piquer, Juanita Reina,

Imperio Argentina, Lola Flores i Marifé de Triana. Mentre pelava patates, mentre ratllava tomàquet, mentre sofregia ceba, mentre colava el fumet de peix... la Dora tenia una copla sempre a punt. A mitja veu però ja ho crec, que havia fet de la fonda una sucursal de Los Tarantos. Sé que està passat de moda, Sol, li deia, i que la gent li té tírria, mi hija la que más porque la radio franquista las machacó, però no em diguis que no són les reines! Agafava una rodanxa de llimona i se la falcava a l'orella... *a la lima y al limón, tú no tienes quien te quiera, a la lima y al limón, te vas a quedar soltera... solterita se quedó, ¡a la lima y al limón!*

—Reines tant com vulguis, però quin rave de lletres, Dora!

—Doncs potser no te iría mal, maña.

—El què? —i la Dora treia el cap per l'ull de bou de la cuina i alçava la barbeta i les celles en direcció a una taula. En direcció a un client.

—Ja hi som! Tot el que tens de feinera ho tens de plom.

—Si és clavat al Harrison Ford! No porta anell de casat y te mira con unos ojicos... ¡de cordero degollao!

—Va, fuig, que un dia... —la Montserrat va fúmer el camp de la cuina acabant la frase només de cap... *Un dia destaparé el vi més bo i t'explicaré per què els vull ben lluny, els que semblen artistes de cine!*

La Montserrat havia hagut de desar a l'estanteria les guies de l'Altaïr. Desfer la maleta i dir adeu al que hagués albirat des de l'Stokksnes. I aquest 2 de setembre s'hauria de conformar amb veure'l despuntar des del cel polsós de Barcelona. I hauria de passar-lo sense que hi hagués ritual d'estrelles. Ni postal d'Islàndia a Castellterçol. Tant per tant... potser havia arribat el moment de canviar la remor de la nit per la de les paraules. Potser havia arribat el dia de destapar el vi més bo.

—Diumenge ja és 2 de setembre, ja haurem canviat de mes, Dora.

—Sí, maña, ¿por?

—Si t'endús un pollastre rostit de la fonda pels de casa i tu vens aquí a dinar amb mi per fer un experiment, què?

—Pues que a bodes em convides!

La Montserrat s'havia empescat que era per fer-li fer de conillet d'Índies. Per tastar un plat abans d'estrenar-lo a la carta. Amb la caldereta de llagosta es curava en salut, la Montserrat. Perquè, i si no gosava? I si se n'acabava desdint? Doncs s'ho tornaria a quedar tancat a dintre una altra dècada més.

Van xuclar els caps, van repelar el tall de la closca, se'n van llepar els dits i van repetir: quedava oficialment aprovada la caldereta de llagosta de Can Montserrat! I van escurar l'última gota d'aquell priorat que valia un dineral. Diuen que amb el peix va més bé un de blanc, què sabran! Ja ens hem pimplat l'Ermita, destapem el Parxet? Aquestes lioneses de nata ens farien paret seca, sense cava. Va, i jo ho remato con una copli-ca. I la Dora es va enfilar al taulell.

¡Ay pena, penita, pena, pena!
Pena de mi corazón
que me corre por las venas, pena,
con la fuerza de un ciclón.
Es lo mismo que un nublao
de tiniebla y pederná.
Es un potro desbocao
que no sabe dónde va.
¡Ay pena, ay pena!
¡Ay pena, penita, pena!...

I a la pausa va obrir els ulls. I la va veure. Un caminet de llàgrimes li xopava tota la cara i se li perdia coll del jersei avall. Va baixar d'un bot:

—¡Sol!

*

La dictadura era un queixal corcat. Així així de caure, es feia pagues la bona gent a finals dels 60. Si fins els escarbats volien sortir de la podridura! Perquè la bona gent va començar a clissar que es treien la sotana. Que aixoplugaven mítings clandestins. Que es feien marxistes-leninistes. Que rascaven la guitarra. Que també eren progres, els capellans. I que es guanyaven la confiança del personal. Del que tot just sortia del niu, esclar.

La Montserrat feia sisè del batxillerat superior. Ciències, ella. I tenia un professor de religió *carismàtic*. Jove, ulls blaus, quatre grenyes que li queien al front. Es podria haver fet d'or com a doble de l'Alain Delon. Li deien el malaguanyat. Dissabte organitzo una excursió a la font de la Budellera, qui s'hi apunta? Les nou noies van deixar el seu nom, en bloc. Els divuit nois, també. A l'hora de la veritat, ni la meitat. El pare de la Montserrat, cap pega, missaire com era. Ben profitoses, aquelles hores extres de doctrina. La mare li va dir alerta que n'hi ha que sempre vigilen pels descuidats. I la Montserrat es va ben entaforar els cèntims a la butxaca del pantaló.

Com si aquest fos el perill.

Era el primer cop que sortia amb una colla. El cel tenia el blau del mar. I tot just quatre núvols que s'escuaven. No n'hi hauria cap de tan preciós en tot l'hivern que quedava. Tota la colla anaven pujant des de la plaça Universitat. La Montserrat els esperava a la plaça Letamendi. D'allà agafarien el carrer Aribau i enfilarien cap al Tibidabo.

Havien dit a dos quarts de nou, oi? La Montserrat s'arremangava per mirar el rellotge de polsera que li havien portat els reis. Es tornava a embadalir amb el cel. Es tibava la cua de cavall per si se li havia afluixat. Feia córrer amunt i avall la cremallera del canguro. Es passava els dits per la caputxa i se l'aplanava. S'asseia en un banc. S'aixecava. Ja no sabia com posar-se. Fins que va veure venir un grup que esvalotava. Va identificar quatre companys, dues companyes, el malaguanyat i... aquell qui era? Jove com ell, capellà d'americana de pana com ell. Llàstima de la cara gravada, perquè passava per artista de cine com ell. Tirava més cap a un Robert Redford, de tan ros que era. Què carai els donaven, al seminari?, va xiuxiuejar amb les noies.

El camí va passar prou bé. Van parar a esmorzar. A fer-se passar la set un parell de cops. I al migdia ja baixaven la fondalada que duia a la font. El malaguanyat els va explicar que el nom era per l'aigua, *bona pels budells*. I tots se'n van omplir les galtes, de la font de la Budellera. Van treure les carmanyoles, es van cruspir el dinar. El Robert Redford el primer: tenia pressa per trencar de conversa. Perquè aquella aigua tenia molt bon gust de ferro i aquell alzinar era molt ufanós, d'acord, però ell havia vingut a fer *catequesi*. I va engegar el disco.

Més d'una hora donant tombs a l'emancipació de l'individu, la lluita de classes, la dictadura del proletariat, el col·lectiu, les masses i el capital. Els va deixar embalsamats. Va treure dos termos de la motxilla i va dir: aquella pels budells i aquesta pels cervells! I els va fer beure els primers cubalibres de les seves vides. Els nois se'ls van empassar d'un trago. Les noies, també. I el malaguanyat s'ho va veure a venir, ves no us pugi al cap! Massa tard: ja havia volat un termo i mig.

I ja era l'hora de tornar. La Montserrat feia el dissimulat. Però el cap li rodava. Li venien basques. Es va aturar al peu d'una alzina i blop! Ho va treure tot. I va caure rodona. El Robert Redford de seguida va estar al cas. I tant que n'hi ha que sempre vigilen pels descuidats. Aneu tirant, que ja l'ajudo!

Van ser les últimes paraules que recordaria la Montserrat.

Aneu tiraaaaant, que ja l'ajudoooo!

Paraules llargues, fondes, llunyanes... Les marques de la verola a dos dits de la seva cara va ser el primer que va veure. Ja anava tornant en si. I es va notar que un pes li fugia de sobre. Que un tros de carn se li enretirava de dins. Que unes mans li cordaven els pantalons. *Unes mans, un tros de carn i un pes que no eren seus*. Però a la Montserrat li va passar com amb aquella primera engatada. Que no va saber que ho era.

Va passar l'hivern.

Va passar la primavera.

La revàlida i tot, va passar la Montserrat. Sis mesos d'enganyar la mare: ja em rento jo mateixa els panyos, no pateixi. Sis mesos de pregar perquè li vingués la *cosa*. Sis mesos i la pell del ventre que ja empenyia. Clar com l'aigua. Què més podia ser? Amb una veu que no li sortia del coll va dir marona... em penso que em van violar.

Els buits de memòria. La vergonya dels cubalibres. La comèdia d'ell. *Has caigut però no t'has fet res, de seguida els atraparem.* I aquí pau i després glòria. La mare va clavar un puny a la paret, va cridar mala bèstia! i aquella tarda mateix la duia a cal metge.

Van esperar-se havent sopat. Que el pare hagués repassat els comptes de la fonda. Que hagués llegit el diari a la seva butaca. Que s'hagués posat el seu pijama. I que hagués glopejat el seu listerine. Quan el van tenir a dins del llit, se li van asseure arran. I de bé a bé, la mare li va explicar el *pla*.

—La Sió es quedarà a la cuina i nosaltres dues ens n'anirem amb els tiets a Castellterçol, perquè la nena s'haurà tocat una mica dels pulmons, el metge ens haurà dit que l'hem de guardar de la humitat de Barcelona i que allà amb els bons aires es refarà. Ens hi estarem fins que neixi, i quan tornem serem un més: la nena, jo i un fill que ens haurà caigut del cel. La nena entrarà a fer el Preu per anar a la universitat i a la fonda hi haurà més alegria.

—Vull saber com ha anat.

Cap bena, no hi va posar la mare.

—Doncs un capellà, tant com te'ls escoltes cada diumenge.

—Reina santíssima...

El pare es va girar d'esquena i es va tapar la cara amb les mans. Se'l sentia somicar. I els hi va encomanar. Tres estàtues de sal desfent-se. Estona i estona. Fins que la Montserrat va entendre la ganyota de sa mare i va tirar cap al seu quarto. Amb el cor enxiquit com una llentia.

Les dotze.

Les dues.

Les quatre.

Les sis.

Tres estàtues amb els ulls oberts tocant les hores.

Les set, les vuit. I abans de baixar a obrir la fonda, la sentència. I no va semblar pas condemnatòria. Perquè el pare no va parlar de córrer a cridar la policia. Ni el bisbe. Ni el Papa de Roma. El pare no va parlar de cap delicte. Com si no se n'hagués comès un. O com si el delinqüent fos un altre: Sempre m'ho faria present i no me'l podria estimar, *l'haurem de donar.* La mare va fer no! I el va començar a picar al pit. El va abraçar. L'hi va implorar. Res. El pare es va eixugar els ulls amb el mocador, però no, res a repensar. Ben clar que ho havia sentit, la Montserrat. Tenia l'orella enganxada a la porta. I s'ho va repetir: *l'haurem de donar*. I se'n va convèncer.

L'haurem de donar.

L'haurem de donar.

L'haurem de donar.

Li va anar bé el canvi d'aigües. A Castellterçol la tieta Leonor li tenia tots els miraments. El tiet Daniel, el llargavistes a punt a les golfes, espinguet! I cada dia esperava que s'amagués el sol per fer-li trobar el carro. Els quatre estels que fan la caixa, allà, els veus? I a sobre, els tres que fan la cua. Li treia els llibres que deien que els grecs van saber veure vuitanta-vuit constel·lacions. Li parlava de la mà de capes que arriba a tenir el cel. I dels cometes. D'un que es deia Halley i que podria veure amb els seus ulls d'aquí a vint anys. Falta massa, tiet!, protestava la Montserrat. Doncs ens n'anirem a veure aurores boreals quan comencis la carrera, espinguet! I encaixaven: Pacte! Perquè la Montserrat faria física. Oi tant. I enacabat ja s'espavilaria per ser astrònoma. De la NASA, t'imagines, tiet? No parlen mai de cap noia i segur que n'hi ha!

I abans de sopar se n'anaven tots tres a passejar perquè contemplés el cel d'estiu i digués quants colors hi guipava. Taronja, groc, rosa, lila, blau... La Montserrat no se'n cansava. I sempre volia que li ensenyessin quants cels més trobaria enllà de la Creueta. Sentia que anomenaven el Pla de les Forques i hi volia anar de totes passades. I com t'has d'enfilar pels corriols, filleta? Quan l'hagis tingut, t'hi duré i te n'explicaré la història, pacte? Quin remei... i va fer l'encaixada amb la tieta.

I semblava que ja ho tenia coll avall. Amb les cabòries als cossos celestes i als fenòmens luminescents, distreta estava. Però a la que van començar els copets de peu... I els copets de puny. I les ziga-zagues. Ben bé que al ventre hi dugués una serpeta. Que després ja era més llangardaix. I més endavant persona petita. Com costava ara repetir *l'haurem de donar.* Ara quedava glaçada. Sense alè. Sense sang. I quan va ser diumenge i els va tenir allà, li va engaltar en tornant de missa: Ja ens l'estimarem nosaltres dues per vostè, pare, deixime'l quedar!

Igual que tirar pedres al mar. La Montserrat tenia setze anys, no era de llei, la seva voluntat. I la mare ja podia picar de peus. I bramar. Ell era l'home de la casa. Tenia carta blanca per fer i desfer. Per decidir que el seu rebuig valia més que tots els plors. Que tot l'amor.

I va arribar l'hora que la serpeta se li escaparia de dins. Un 2 de setembre. Que se li escaparia per sempre. No va ser una horeta curta. I es va sentir morir més d'una dotzena de vegades. Però amb l'últim crit el metge va anunciar *ja surt.* Bo i estabornida, la Montserrat allargava el cap per si el veia. I borrós però sí. El metge el va agafar per les cametes, el va posar de cap per avall com un conill per espellar i li va fer pam pam perquè plorés. Uns esgarips, pobre fill. Va, emporti-se'l d'aquí!, va manar a la monja. Ràpid, ràpid! Com si s'estigués cremant amb una teia. Li va encolomar la criatura, va llençar els guants i va fer-se fonedís de la sala de parts.

La monja era una noia molt jove, va fer que sí amb el cap i va començar a caminar pel passadís amb el meu fill als braços. No la podia seguir amb la vista, però vaig parar bé l'orella, i va fer un pas, dos, tres, quatre... jo els anava comptant per saber si se l'emportaven gaire lluny. Per anar-lo a buscar tan bon punt em pogués aixecar. Cinc, sis... i tot en un plegat, res, silenci. I els passos aquells que marxaven, ara venien cap a mi, Dora, cap a mi! El cor em volia sortir! Cinc, quatre, tres, dos... I aquella noieta se'm planta al davant, me'l destapa i me l'ensenya senceret, sencereta, perquè era una nena, Dora, una nena! Vermelleta de l'esforç, ben bruna de cabells com jo, preciosa com una nina i amb una vida, mare meva, Dora, quanta vida en aquell cosset! Vaig tenir temps de repassar-li els ditets, de mirar-li si tenia cap piga, cap desig. Fins que la monja va dir que déu em perdoni. I se me la va endur, Dora.

Se me la va endur.

Se me la va endur.

Se me la va endur.

Se me la va... La Montserrat ja no va poder comptar cap pas més. Es van adonar que s'escolava i tot van ser corredisses. Al moment que es va poder posar dreta, bé prou que la va buscar. Habitació per habitació. Passadís per passadís. En va que la volguessin aturar. I en va que en quedés cap rastre. El pare havia posat la firma a tots els *sí*. I negats quedaven els seus drets. No podia mirar-se'l a la cara.

I es va aixoplugar a Castellterçol.

Figurava que ajudava els tiets al colmado. Però a mig matí se n'havia d'anar corrents cap a casa. I a mitja tarda igual. Entremig de les ploreres només vegetava, la Montserrat. Ni s'hauria rentat. Gràcies de les banyeres d'agulles de pi i flor de camamilla que li preparava la tieta. Ni fet un mos mai més. Gràcies de les bones escudelles de carabassa que li paixia vulgues o no vulgues. De les estrelles tampoc no en volia saber res. Amaga el llargavistes, tiet, sisplau. *Tant de bo no hagués tingut el cap a la lluna aquell dia*. Es feia mala sang i no volia cap més foscor que la seva.

Però van córrer els mesos i va començar a dir que sí d'anar a trobar-li els colors al cel. I ara ja es podien enfilar tots tres al Mirador. I del Mirador, cap al Pla de les Forques.

—Les arrossegaven per tot el camí i les deixaven aquí penjades. I ara no sé si te l'he d'explicar, una història tan... —ni la va deixar acabar.

—I quin mal havien fet?

—Ai, filleta, quin mal volies que fessin, aquelles pobres dones? Cap ni un. Però les batejaven de bruixa i ja havien begut oli. La meva àvia encara en tenia memòria i m'ho va dir sempre, que les feien agafar per una mosca que passés. Quan no era perquè havia plogut massa, era perquè havia plogut poc, i quan no era perquè s'havien mort de pesta els porcs, era perquè n'havien nascut masses i no hi havia prou teca per atipar-los. I la veritat, deia l'àvia, la veritat era que no podien sofrir que en sabessin tant, d'ajudar. Perquè les veïnes les anaven a veure per les febres de Malta, pels cops d'aire, per curar d'ennaigat... per aquelles coses que hi són i només algunes persones saben veure. Vosaltres que us agrada tant remirar el cel bé que ho sabeu, que hi ha misteris. I encara podien sofrir menys que aquelles pobres dones tinguessin el poder, també deia l'àvia: el poder per dur criatures al món, i el poder per no dur-ne. I això, filleta, això a les dones no se'ns perdona.

—Em deixeu quedar una estoneta aquí dalt?

—Sola? —li van preguntar alhora.

—Sisplau —va enfonsar el cap entre tots dos i s'hi va abraçar—. No faré cap disbarat, us ho prometo.

Va buscar una clapa que no hi haguessin argelagues. S'hi va ajeure. Les boires eren panxudes, però s'anaven esfilagarsant. Va batre les ales una àliga. Dues. Van xisclar. I s'hi va veure. De la branca més alta d'aquell roure. De la més ferma.

Braços i cames com un ninot i el sec al coll. Per tenir el poder. Per haver-lo fet créixer després de l'atac. I per voler aquell seu bocí d'entranyes malgrat tot. Enforcada amb vida, ella. Però enforcada com elles igual.

El primer 2 de setembre la Montserrat no es va poder llevar. Ni tocar la llet amb galetes que li va dur la tieta. Ni les sopes de pa del migdia. Ni la poma bullida que a mitja tarda li va pujar el tiet. Xiuxiuejaven, però els va sentir que començaven a sopar. Es va vestir, va baixar, i se'ls va asseure a taula: Què en faig, d'aquesta pena tan grossa, tiets?

Pel segon 2 de setembre el tiet Daniel i la tieta Leonor es van conxorxar. Van tancar abans d'hora el colmado. *Cosa estranya*. I estaven ben atribolats. *Massa*. La tieta feia caure un grapat d'avellanes en una paperina, embolicava tres llonguets amb paper fi i omplia les cantimplores. Què és tot això? De tan concentrada que ni la va sentir. I el tiet ja tenia tres motxilles embotides fins dalt a punt de marxa. Aviam, vosaltres dos, m'ho direu? El tiet va assenyalar les provisions tot cofoi. D'excursió? A aquesta hora? És la millor per buscar un bon pla i passar la nit al ras, espinguet!

I allà estirada sobre l'era d'Esplugues, la Montserrat ho va entendre. Amb la fresqueta tan bona de l'estiu que marxa. Amb la teca de la tieta. Amb les lliçons del tiet. Allà, de cares al cel, s'hi va haver de comprometre. *Si és que volia viure*. Perquè el seu carreró no tenia cap més sortida. *N'hauria d'aprendre*. Tant sí com no. *A respirar sense veure-la sabent que hi era*. La nit bé que ho feia. La nit sabia que galàxies, estrelles, planetes, asteroides i cometes eren fills seus.

Per més lluny que fossin d'ella.

Per més que no els tornés a atrapar mai més.

Veure despuntar el 2 de setembre al ras va quedar fixat. Sagrat. I de plorar es plorava, un gavadal. Tots tres. Però preparar les vitualles, triar el millor llit d'herba, adobar el llargavistes, encendre les lots i desplegar els mapes de l'univers sempre feia efecte. I amb tants banys de firmament, a la Montserrat li va començar a fer nosa la seva foscor. Tard o d'hora també s'hauria d'encarar a la rancúnia.

Tard o d'hora l'hauria de perdonar.

La mare pujava a veure-la tot sovint. Cada dia més corsecada. S'agafaven de bracet, feien un volt pel poble. Li explicava bestieses de la fonda, del veïnat. Enraonar per no callar. Per no obrir la ferida. Entraven al colmado a buscar les llonganisses, i au: un dia més sense gosar plorar juntes. Sense agermanar dols. La Montserrat li feia adeu amb la mà i s'esperava fins que l'autobús s'esborrava. Una ànima en pena pels carrerons, en tornant cap a casa. El rosec d'haver perdut mare i tot tampoc la deixava viure... Va fer el cop de cap, va explicar-ho als tiets i tot van ser llàgrimes i mocs. Però va agafar els trepants, es va enfilar ella a l'autobús i va empènyer la porta del número 279 del carrer Aragó de Barcelona.

Ja havia fet els vint-i-un, el pare va quedar parat del canvi. Sense obrir boca ni mirar-lo als ulls, la Montserrat li va plantar una llista: el carnet de conduir, un sis-cents, el pis que havia quedat lliure al replà, els ets i uts per portar una fonda i un sou per voltar món quan li rotés. El cop de colze de la mare el va fer espavilar. I aquí també va firmar que sí, el pare. A fe de déu.

I cada 2 de setembre, a Castellterçol hi havia postal. Del Pic du Midi, République Française. Del Galloway Forest Park, Scotland. Del Rhön, Bundesrepublik Deutschland. Els tiets no cabien a la pell, amb aquelles vistes a la mà. Perquè la Montserrat es va anar animant: Volcà Mauna Kea, Hawaii; desert d'Atacama, Chile; Death Valley, USA... I va ser gràcies a aquells horitzons tan cabalosos, que es va fer la il·lusió que una mica sí. Que una mica li havien abrigat la pena.

*

—Anda que no ha llovido, maña... —la Dora s'encén el segon Marlboro—. Vint-i-dos anys, una vida, Sol!

—I una artista que teníem per distreure'ns... i se'ns en va. Que no saps que les reines de la copla no es jubilen?

—Sol, no seas plom, està decidit.

—Tu, ferma amb el Sol.

—Te pega más: tú también das calorcico a nuestro *clan*.

—Va, que prou que ploraré el dia que marxis —i en senten un que les saluda—. Mira qui tenim aquí, el dels olis... Què dius de bo, noi? Entrem cap dins!

Va durar ben poc, la bandera blanca. La Dora va començar a tirar cap a la cuina per no haver-lo de plànyer. Sabia que el deixaria sec. Que no en vull, de pa, conxo!, li va dir la Montserrat de bon principi. Però el que els hi servia els olis, marrà amb endossar-li uns panets congelats *de primera*. Després de passar pel microones fan un crec-crec! No els vol ni tastar? El pa de Can Montserrat serà del Forn de Dalt de Castellterçol fins que em mori, i encara estic ben flamenca, oi? Mira'm la boca, noi: Nnnnnooooo! Encara la tenia oberta i feia un posat tan d'actriuassa, que la Dora va haver de riure per força, de la cuina estant. Amb la cua entre cames que va marxar, el dels olis.

—Tu sí que ets benvinguda! —la Montserrat va sortir a rebre la Lana—. Sereu dues, oi? Cintet, prepara-li la quatre, sisplau. I jo ara aviso la Gabriela: que és aquí la seva amiga i flamant nova membre del *clan Montserrat* —i li va picar l'ullet.

Sostres embigats, taules de marbre, cadires Thonet, rajoles hidràuliques, parets revestides amb arrambador de fusta, aplics de tulipa... Una fonda de solera, de les que ja no n'hi ha. La Lana cada dia tenia un radar més fi pels *espais*. I ja no podia deixar de passar l'escàner, allà on fos.

—De part de la senyora Montserrat —i el maître li porta un got de vermut negre, un platet d'arbequines i un de secallona—. Un piscolabis per entretenir la gana.

—Moltes gràcies, Cintet —i la Lana comença a picar mentre espera que arribi la Bet. Els hi havia arreglat el pis de dalt però encara no havia tastat els fogons de la fonda, ella. I les cafeteries d'aire nòrdic ja no les podia sofrir: *Quedem per dinar-hi i despatxem?*

—Perdó-perdó-perdó... —la Bet arriba a Can Montserrat atabalada com sempre. I enriolada com mai.

—I això? —s'estranya la Lana.

—Me n'ha passat una... No t'ho creuràs!

—Soc tota orelles, oi que es diu així? —la Bet no s'acaba el bon humor i li fa una ganyota—. Però seu i descarrega, primer —i la Bet engega in medias res.

—Fa una hora, tornant de les torres de Sant Just, a la Diagonal, a l'alçada del Palau de Congressos, va, i... —la Gabriela li atura al relat.

—¡Qué bueno verlas por aquí como clientas!

—I tu a punt de ser la cuinera titular —la fa contenta la Lana.

—Pues la chef de Can Montserrat les dice que pueden pedir de la carta, pero nos quedaron unos platos de menú riquísimos.

—I què ens recomanes —li pregunta la Bet per anar al gra.

—Yo de ustedes me pediría la esqueixada o el xató de primero, que el bacalao está en su punto exacto, y de segundo la vedella, que se fon a la boca!

—No se'n parli més, el que digui la xef!

I la Gabriela se'n torna a la cuina i la Lana fa senyal a la Bet perquè reprengui el fil.

—Doncs va i em quedo sense benzina, Lana, i la moto se'm para, allà, al mig de la Diagonal, plof! I mentre l'arrossego, justament avui que no sé per què m'he anat a posar aquesta faldilla que no facilita gens el moviment, que diguem.

—Bet, no et desviïs...

—La faldilla crec que hi ha jugat un paper, però tu ara no ho entens. —La Lana posa els ulls en blanc i li fa amb la mà que segueixi.

—Doncs vaig empenyent la moto com puc i vaig tirant cap al parterre perquè no m'atropellin, i va i arriba una altra moto i s'atura al meu costat.

—Què, mosses, esteu bé, us falta res? —ara és la Montserrat, la que els fa el *pause*.

—Estem perfecte, moltes gràcies —li contesta la Lana perquè no li pot dir *que sisplau ara no les destorbi i que torni més tard.*

—Com dues reines! —remata la Bet per poder tornar a fer *play*.

—I què era, una moto de l'assistència tècnica? —s'avança la Lana.

—Què dius, assistència tècnica, si no els havia arribat a trucar! No, no, una moto d'una noia que es treu el casco i em diu que tranqui, que m'ha vist i que ha vingut per ajudar-me.

—Un àngel de la guarda, o què?

—El que he pensat jo, Lana, molt fort.

—I què ha fet, la teva àngel?

—M'ha fet posar l'armilla fluorescent, se n'ha anat a la gasolinera, i al cap de no res ha tornat amb una mena de dipòsit portàtil per posar benzina.

—Molt bé, has arrencat la moto i has pogut venir fins aquí, final de la història: ara em pots dir per què no et treus la tonteria de sobre, Bet?

—Doncs perquè quan ha acabat, ella no podia parar de mirar-me el cul i la faldilla. I jo no podia parar de mirar-me-la tota ella sencera, Lana: no podia parar de contemplar-la! Una tia espaterrant, amb una mirada, i una força...

—Aquí tenim l'esqueixada i el xató —el maître amb la safata a les mans i elles amb el cap a la Diagonal—. Ehem... —reclama subtilment l'atenció ell. Elles, mudes—. Em diran per qui és cada cosa, si són tan amables?

—Sí, sí, perdoni! El xató per mi. Ai, no! —la Lana s'embolica—. L'esqueixada, l'esqueixada és per mi.

Marxa el maître i la Lana aparta els plats. S'arramba més a la taula.

—T'has enamorat de la motorista que t'ha vingut a socórrer?

—Em sembla que sí. Ens hem donat els telèfons, i hem quedat: demà.

I torna la Montserrat.

—El Cintet diu que no ha entès quin vi volíeu. Es fot vell, com jo!

—No, si som nosaltres que no li hem dit quin —admet la Lana—. Pot ser que ens hagi recomanat un vi natural de...?

—Del Vallès, sí, és el que us portava —i la Montserrat els ensenya l'etiqueta—. Al jovent els agrada molt.

—Doncs el tastarem —diu la Bet.

—Ben fet, que si no sortim del de sempre... —fa la Montserrat mentre els aboca el claret de color robí a les copes—. Si no sortim del de sempre i no variem, segur que ens perdem cosa bona. I a la vida no se'n pot perdre cap, de cosa bona!

—Ni una! —la Bet aprofita la conclusió de la Montserrat, alça la copa i celebra amb la Lana les assistències tècniques caigudes del cel.

La Bet i la Lana van repassar l'últim projecte gros. La Lana li va explicar que aquests clients eren uns russos *molt russos*, en matèria de luxes, i que no entenien que l'austeritat fos cap valor, que com més els enlluernessin, millor. I li va anar ensenyant els materials alternatius que havia seleccionat perquè la destrossa al projecte original no li fes tant mal. Però a la Bet no li van saber gens de greu, aquest cop, els canvis. Que volien carregar-se la terra cuita de principis de segle? Doncs els hi posarem un paviment de medallons ultrabrillants, tu! I aixetes d'or, i llums d'aranya versallescos, el que fes falta, com si volien el llangardaix del Park Güell al capçal del llit, a tope amb el luxe rus, Lana! Avui només estava pel projecte amb la motorista, la Bet, què vols.

I la fonda es va anar omplint. I els plats feien un goig que enamoraven, acabats de sortir de la cuina fumejant. El fricandó amb moixernons, el filet Cafè París, les mandonguilles amb sípia, el bacallà a la llauna amb mongetes, els canelons de la Dora... El maître vigilava que els cambrers portessin el llacet ben posat. I l'americana blanca impecable. I que desfilessin amb el swing que els marcava la Montserrat, que sempre era a tot arreu. I que sempre ho veia tot.

Ja vinc, dona, ja vinc! Anant d'una taula a l'altra, la Montserrat caça el cap que la Gabriela treu per l'ull de bou. Que hi vagi, que hi vagi, va cridant-la amb la mà. Que n'ha fet una de bona. Volia que la Dora encara hi fos, quan el presentés a la Montserrat. Volia que també ella l'aprovés oficialment, el *rocoto relleno*.

La Montserrat entra a la cuina i es mira la Dora. I totes dues corren aviam qui és la primera a clavar-hi forquillada. I comencen el tast.

—Què, què, què? —la Gabriela ja no pot tenir més rebregat el drap de cuina—. ¡Digan algo, por favor!

—Que pica un pelet —salta la Montserrat sospitosament moderada.

—I de vista parece poma al forn —li segueix el joc la Dora.

—Que no t'ho creguis, maña! —com li canvia la cara, pobra Gabriela.

—Que es desfà de cremós i que ja podeu trucar als de la impremta: a Can Montserrat hi ha plat nou a la carta, rocoto relleno!

Però no van poder acabar de fer la festa. Les va venir a esgarriar un cambrer:

—Pregunta per vostè una senyora.

—Primer el dels olis, i ara? Avui és ben bé que hi ha el complot dels torracollons.

—Vaig a xafardejar... Ay que será de Hacienda... —i a l'instant d'ullar-la, la Dora se'n desdiu—. Hacienda no, que el traje és bo i no del Zara.

La Gabriela hi posa salsa:

—A lo mejor es una inspectora de la guía Michelin, ¿se imaginan?

—El dia que aquests pebrots els farceixis de fum, i encara.

—Pues una altra que te quiere echar y comprar el bloque, Sol.

—Doncs que es calci.

La Montserrat es renta les mans amb tota la parsimònia. Es posa un davantal net com una patena. I es refresca la boca amb una mica d'aigua. Ja torna a tenir les dents esmolades. I va cap al taulell remugant: Usurers, escanyapobres, desgraciats... Va cap al taulell remugant que, de sobte: aquella fragància. L'espígol! I no un ram, ni dos. No. Aquest cop, tot un prat sencer.

Dora

Barcelona era el mar i el Paral·lel, al seu cap. I el trosset de ciutat que li havien deixat per posar els peus només *això*? Un barri trinxat per una autopista a una banda, privat de pas pel tren a l'altra. Quina cara de pomes agres, la Dora. Ara viuria allà, entatxonada entre la Meridiana i l'estació de mercaderies. *La Sagrera*, li havia dit el Paco que se'n deia. Conforme que del seu poblet de la vall del Jalón en marxava tothom que tenia cames. Quatre carrers i un bar. Comptats. I feina a pagès per la meitat de la meitat de la meitat de braços amb edat de treballar, al seu poblet de la vall del Jalón. I conforme que al Paco li havia costat tres anys i mig de fer bossa. Tres anys i mig de viure a l'hostal Barcino. Tres anys i mig amb les mateixes sabates i els mateixos pantalons. Tres anys i mig de cap més extra que la cerveseta del diumenge. Tres anys i mig de prometatge sense veure's el pèl. Però... *això*? El Paco anava obrint portes i finestres tot cofoi: ja tenien pis! *Pisico*, va aigualir-ho la Dora. Pues claro, maña, pisico, pero pal próximo ¡un castillo! Se la va carregar a coll i muà-muà-muà-muà. Al cap, a la cara, al darrere l'orella... i anar baixant. Feia dos mesos que s'havien casat. Estava boig de tenir-la a Barcelona.

Després de la benvinguda la Dora va desfer les maletes. I mira, va ser el primer que li va sortir. S'havia endut el retrat del bufet de casa amb el marc i tot. Hi va passar la mà: *Reina de las fiestas*. L'única glòria que podies tenir a Plasencia si eres una mossa. I d'aquella foto vestida de baturra i santa innocència també feia tres anys i mig. La glòria vola. Dels disset anys als vint-i-un fent la viu-viu, la Dora. Ajudant a fer *migas*, *rancho* i *borrajas con patatas* al bar. Cantant a tota hora. I esperant. Esperant. Que hi hagués alguna cosa més.

Esperant aquella ciutat, potser.

Ell marxava de bon matí, venia a dinar amb una esgarrapada, i ja tornava a ser fora. Vuitanta-quatre mil plomes estilogràfiques i més d'un milió de bolígrafs no es fan per art d'encantament. Totes les mans eren poques per aquella producció sense aturador. La Inoxcrom, quina bona casa que havia ensopegat el Paco. Havien fet sort. Molta, pensava la Dora cada dia més avorrida. I només esperava els diumenges per *anar-se'n a Barcelona.*

Agafaven el metro fins a la plaça Catalunya i ella ja tenia la copla a punt. Per si se'l trobaven. Per si entre la gentada de la Rambla que l'acomboiava se li podria acostar. El Paco sempre *tira, tira, tira, tira*. Com si el Rompeolas l'haguessin de trobar tancat. I és que quedava ben empegueït, pobre Paco. No sabia on mirar, quan s'aixecava les faldilles i saludava la concurrència amb la carn d'olla a l'aire. Vaya un maric... va estar a punt d'etzibar-li un dia. La Dora li va fúmer una coça que el va deixar passat: ¡Una artista, la Ocaña, una artista! Ell la va sentir i la va anar a saludar amb un repic de vano: van cantar juntes unes estrofes de la Piquer.

La Dora ni veia el mar, quan el va tenir davant. Encara no havia baixat del núvol.

Él vino en un barco, de nombre extranjero
lo encontré en el puerto un anochecer
cuando el blanco faro sobre los veleros
su beso de plata dejaba caer

Ai, sí... Però entre setmana, avorrida i cada dia més grossa, també. La benvinguda seria una criatura a la tardor. *Mireia*, volia la Dora si era nena. No l'havia sentit mai i va pensar que se'n diria de nom artístic, si un dia es donava el cas. Per si no arribava, que se'n digués sa filla.

I avui s'havia llevat fresca com una rosa: el Paco s'hauria d'escalfar el dinar. La Dora ja li havia cantat al sofregit i a la carn magra. O sortia al balcó i regalava al veïnat uns *ojos verdes, verdes como la albahaca...*, o se n'anava a saludar els fantasmes del Paral·lel. Li va deixar els macarrons al forn i una nota. I amb el metro fins a la plaça Espanya, aquest cop.

Una intriga que pots comptar al teatre Talia. Un vodevil de pacotilla a l'Español. Un hipnotitzador fals com un duro de plom a l'Apolo, i varietats de nyigui-nyogui al Victòria. Aquell tampoc era el seu Paral·lel. Ni el de les seves reines. Feia un any que el podrit del Franco l'havia dinyat i els teatres estaven morts com ell. Que costaria, d'encendre les llums que va apagar la dictadura! Se'n va tornar cap a la Sagrera amb la cua entre cames i ja tornava a enyorar els diumenges.

El caldo feia butllofes i hi va tirar la sèmola. Enraigat el sopar, ja havia rascat la safata dels macarrons i estès la roba. Ja tornava a tenir ganes de sortir al balcó. I va trucar a la Pili: ¡Tu prima Dora al aparato! I quina alegria, ¡maña! I que si ja pensava que no volies saber res de mi, ¡maña! I que si embarassada només d'arribar, ¡maña! Es van posar al dia fins l'*hala pues hasta mañana* del penjar.

El Paco era alt i gros i tenia bon caràcter, de seguida d'entrar a la Inoxcrom el van reclutar. I a les assemblees la gent se l'escoltava, el van fer delegat sindical. Cada vespre li inflava el cap amb les categories salarials, el conveni i la nòmina variable. Aquesta és la meva, va pensar la Dora.

—Pues oye, que aquí tienes una compañera de lucha.

—Aquí, ¿dónde?

—En tus narices, Paco, en tus narices.

Perquè ho païs bé, primer li va explicar la guarnició. Que resulta que sa cosina la Pili també hi va ser, a la cercavila que va passejar pel barri una caseta de cartró que deia *escola* per demanar que s'acabés la poca vergonya de no haver-n'hi per la canalla de la Sagrera i de Sant Andreu. I com que semblava que sí, que els hi farien un col·legi on hi havia la Pegaso, s'havien engrescat i amb la Pili havien dit que es tancarien a la parròquia amb les dones i les mares dels treballadors en vaga de la Motor Ibèrica.

—Contra la patronal siempre, claro que sí, maña.

—Venga pues. No creo que alargue porque los grises nos sacarán, pero tienes comida pa toda la semana.

Amb la Pili.

Havien dit.

Es tancarien.

El Paco no era el més ràpid de l'oest, però va acabar lligant caps. I va quedar blanc.

—¿Y embarazada de cinco meses? ¡Ni muerto, te encierras tú!

No s'havia empassat pas el tall.

Va haver-hi raons tota la nit. El Paco es va haver d'asseure i tot. Perquè a la Dora era com si li donessin corda. La trobada amb sa cosina va ser instructiva. I la cartilla, llarga: fins al capdamunt de no ser ningú. *Ell* per obrir un compte al banc, *ell* per treballar a fora de casa, *ell* per treure's el carnet de conduir, *ell* per vendre's el pis sense tenir-la per res, *ell* la pàtria potestat de la criatura que vindria, ah!, i *ell* el dret de matar-la si se la trobava in fraganti amb un altre!

—¿En casa y con la pata quebrada? ¿Casa, cocina y calceta? ¿Pa ti lo ancho y pa mi lo agudo? Ya vale con la ley del embudo, Paco.

No l'havia sentida mai a parlar així i va quedar embadocat. I no volia passar per un franquista. I estava KO. Es va aixecar, va dir *eres el caso, ¡tira pues!*, i se li va abraçar.

*

És 1 de juny del 1976. Les Jornades Catalanes de la Dona fa dos dies que s'han acabat. Però a deu parades de metro de la

Universitat de Barcelona, i per unes altres dones, hi ha unes *jornades* que tot just acaben de començar.

La Dora arriba a la plaça Orfila de bon matí tal com han quedat. I veu la Pili estira-i-arronsa amb el rector. L'home no les té totes. I no per la causa, que les aixopluga de gust. És que està escamat. Els de la CNT li van deixar l'església feta un fàstic, l'última tancada. La Dora s'hi afegeix i entre totes dues el convencen: quan haurem marxat, s'hi podran menjar sopes a terra. ¡Por la Virgen del Pilar que sí!

I a la parròquia de Sant Andreu de Palomar hi fan cap un centenar de dones amb canalla, un fogó i una mica de llet. Perquè d'entrada és per un dia. O pel que aguantin els guripes a entrar i repartir. I d'entrada és només per fer soroll. La guerra dels seus homes amb Motor Ibérica està ben empantanegada, i malament rai quan pels diaris ja no ets novetat. Doncs companyes, ens haurem d'arremangar nosaltres!

Com han fet les dones des que el món és món.

Es digui o no es digui.

Se sàpiga o no se sàpiga.

Els que sí que ho van saber i es van enfotre d'aquella *excentricitat* haurien quedat ben planxats, si les haguessin vistes per un forat. Avergonyidíssims d'haver-les desacreditat per ser dones sense estudis, per ser dones *de pueblo* i per ser dones a seques.

La Maruja era del PSUC i tallava el bacallà. La senyora Pura era de Barbate i el feia amb patata i ceba. Entre totes dues anaven distribuint els efectius. I ja podien anar per feina, va, que fos una tancada de categoria, doncs, un exemple d'organització assembleària. Si no les havien vingut a treure la primera nit, havien d'aprofitar els dies. I ara ja eren tres-centes cinquanta, sota el cel bíblic de la parròquia de Sant Andreu de Palomar: tres-centes cinquanta, les dones amb canalla tancades per la causa de Motor Ibérica.

Comissió Cuina, la de la Dora i la senyora Pura: ni es veien, els ornaments i els vasos sagrats. Havien quedat colgats per les llaunes, els pots, el gra i els embotits que ara guarnien tota la sagristia. Un Jesús a la creu custodiava provisions, cuinera i ajudantes astorat. Servien esmorzar, dinar i sopar en quatre torns. Primer les criatures, en dues tandes. Després les companyes d'edat i les que alletaven. A l'últim, tota la resta. Però la senyora Pura feia passar la Dora sempre la primera: que tú tienes hambre por dos, chiquilla.

Comissió Neteja, la de la Paquita: s'hi havien compromès, i amb quatre dies de fer-hi dissabte aquella parròquia havia canviat de color i tot. Elles també eren les encarregades de traginar els bancs de la nau central amunt i avall. A la nit els encaraven i s'hi abrigaven per dormir-hi. Al matí els tornaven a lloc i s'hi feia missa com si allà no hagués passat res.

Comissió Sanitat, la de la Mercedes: no s'havien tancat a la parròquia de Sant Andreu de Palomar a la babalà. Tenia un rector i un vicari a favor i un ambulatori al davant mateix. Si cap canalla venia amb un ai o una tos, només calia travessar el carrer. Però també van donar veus, per quedar més tranquil·les. I de seguida els van venir de voluntaris una internista i un pediatre. Auscultada, xaropet, i a córrer. I que les mares poguessin estar pel que havien d'estar.

Comissió Criatures, la de la Carmeta: van trobar que la capella gran era el lloc més arrecerat i hi van fer el quarto dels xicarrons. Van arrambar els bancs a la paret i van compondre uns bressols amb els millors matalassos i flassades. I elles també van donar veus per mestres voluntaris. I també en van tenir. Dues nanes que acabaven magisteri feien classe a la canalla grandeta cada tarda. Després de la lliçó, se'ls enduien a airejar-se pel barri.

Comissió Porta, la de sa cosina Pili: Sant Andreu es va bolcar amb les dones de Motor Ibérica. Era un continu, l'anar i venir de gent del veïnat que els oferia casa seva per dutxar-se, que els portava manduca, abrigalls, tovalloles... Diners i tot.

Pels que els durien garrotades la Pili va idear una alarma: abans d'anar-se'n a dormir, baixaven els sants del pedestal i els feien fer guàrdia a la porta apilats. Si els grisos l'esbotzaven, que el barrabum els donés una mica de marge.

Comissió Premsa, bàsicament la Maruja: ella era la que enraonava amb els de la llibreteta que entraven preguntant. Tenia el cul pelat de bregar amb periodistes, sindicaleros, homes de partit i altres espècimens, la Maruja. Rondava sempre de nits i les enraonies només li podien adjudicar un ofici, dona com era. Però les seves cantonades eren per conspirar. I per passar a l'acció un pic tenia les veïnes organitzades. Perquè si s'havia de segrestar un autobús perquè fins a Torre Baró no n'arribava cap, el segrestaven. Si s'havia de sortir amb les pancartes a protestar perquè a Canyelles no els asfaltaven els carrers, se sortia i s'escridassava. I si s'havia de tallar el trànsit perquè al Bon Pastor no hi havia fanals, s'estiraven entremig dels cotxes i el tallaven. I que les vinguessin a agafar. Que les agafaven. I les feien dormir al quartelillo amb els *vagos y maleantes*. La Maruja i les seves guerreres hi tornaven. No havia nascut dictadura que acoquinés aquelles mares.

I per descomptat que també aprofitaven les nits, a Sant Andreu de Palomar.

Les hores bruixes de la tancada eren mel. La Dora en va viure set i li van fer més profit que tota una carrera a la universitat, aquelles altres jornades. A les deu la canalla ja feia nones i elles començaven l'assemblea. Cada comissió delegava la paraula en la seva portaveu i es repassava la jornada. S'informava dels donatius que havien entrat, de l'estat dels queviures, de res de l'església que s'hagués fet malbé, de les negociacions a Motor Ibérica, de les adhesions del dia, dels moviments dels grisos al barri, de millores a proposar, dinàmiques per criticar... I tot s'apuntava, es debatia, es votava.

I després de l'obligació, la devoció.

S'asseien en rotllana als peus de l'altar, feien córrer el cafè i els cigarrets, i començaven la seva assemblea. Convocaven el seu *clan de la cicatriu:*

—Mi marido me ve con la bolsa de aseo y la chaquetilla azul de la empresa y me dice nena, prepárame la cena, que me tengo que ir al turno. Y yo que le digo: Y yo tengo compromiso con mis compañeras y me tengo que ir al encierro, prepáratela tú ¡Se quedó con una cara de pasmarote!

—El mío me viene a buscar al día siguiente y me dice, no puedes faltar más de casa, que está hecho todo un desastre. Y le contesto, ¡pues como me lo encuentro yo cada día, rico! A ver si cuando vuelvo no estará...

—A mí me asustó mucho, el muy cabrito. Se presenta a los cuatro días de encerrarnos y me dice, ya está bien la broma, si no vuelves a casa te denuncio por abandono de hogar y te quito a los críos. No sé como tuve la sangre fría de responderle pues ya te los puedes llevar, que yo de aquí no me muevo hasta el final. Con el corazón en un puño, chicas, pero hoy vino y me los devolvió *porque le daban demasiada faena.*

La Dora se'n recordava del Paco ajudant-la a fer la bossa i ara sí que trobava que havia fet sort. No obria boca. Sa cosina Pili estava a punt. Volia dir que el seu home s'havia queixat per un altre *asunto* i no gosava, no gosava. Fins que va fer el cop de cap.

—Pues a mi aún me retumba en la cabeza, mañas. Me dijo que si esto iba pa largo, se tendría que ir con una fulana, que él tenía que vaciar el cargador.

Set nits i mai un silenci com aquell.

La Dora li va buscar el tou del braç i l'hi va agafar fort. Com els havia ressonat a totes, aquell *asunto.* La Pili havia tirat la primera pedra i ara no hi hauria prou mans per comptar totes les que s'anaven alçant.

—A mi los sábados me dan terror, ni se me ocurra querer dormir o no estar de humor, que se pone hecho una furia.

—Aún me acuerdo de la doctrina —va dir la senyora

Pura—. Decían: *si tu marido sugiere la unión, accede humilmente*. Y así estamos, que ellos tienen el derecho de lecho.

—Yo siempre me dejo trabajillos por hacer, para que cuando me vaya a la cama ya me lo encuentre dormido. Pues oye, siempre con un ojo abierto y de momento ya llevo cuatro hijos.

—Al primero yo lo tuve porque quise, a los otros seis, no. Pero cada año y medio, una boca más. Ni la marcha atrás ni el método ogino, me he quedao embarazada siempre.

—A mí me dijeron que cuando me faltara el periodo me tomara un vaso de cazalla y me echara agua caliente en los pies, que así se perdían. Hasta me tomé una hierba que me iba a morir y nada, nunca tuve suerte.

—Una amiga mía no tenía pa Londres y abortó de tapadillo en un piso de Sants, y medio muerta que se la tuvieron que llevar al Clínico: la salvaron de milagro.

La Maruja va escurar el cafè i hi va posar un bri d'esperança. Els va explicar que aquests drets els havien tingut, amb la República, que es podia avortar i divorciar-se, que l'adulteri no era delicte i que la pàtria potestat dels fills també era d'elles. I esclar que els feixistes van córrer a carregar-s'ho tot per fer-les esclaves de casa i paridores de mà d'obra de franc. Però que ara que hi hauria democràcia, ara les tindrien presents, ara les rescabalarien de quaranta anys de tractar-les de zero a l'esquerra.

Se la van escoltar amb els cinc sentits però no van dir res. Haurien de fer acte de fe en aquella democràcia que vindria, ves. Van plegar veles i se'n van anar a dormir.

La Dora, impossible. Tenia massa coses a dins. L'endemà se n'aniria. Massa coses per agrair. S'havia trobat de cine tota la setmana però no volia jugar-se-la. I del grisos sí que no n'havia perdut l'esporuguiment. I eren tantes coses... que se les va començar a gravar:

La senyora Pura fent conya i cocido per un regiment a la cuina.

La Paquita amb la granota de Motor Ibérica del seu marit donant de mamar a la nena.

La Mercedes amb el puny enlaire i el nen a collibè el dia que es van tancar.

La Carmeta ajupida entretenint la canalla amb les pancartes.

La Pili de bracet amb Sant Andreu abans de deixar-lo defensant la porta.

La Maruja i aquell seu palique que feia que sempre la volguessis seguir.

Les companyes més grans sempre amb la bata, sempre triscant. I les més jovenetes, amb pampallugues als ulls de veure les seves mares sense por de déu ni diable: amb pampallugues als ulls de veure les seves mares amb aquell poder.

*

La Dora va marxar amb més de tres-centes cinquanta abraçades a les costelles i una promesa: buscar als diaris les instantànies que li quedarien per viure.

I no va ser tan pla. Encara sort que el quiosquer era un conegut del Paco i li deixava rebregar totes les capçaleres. Cada dia. Noia, sembla que busquis l'agulla en un paller!, reia el bon jan. I ben bé.

Al principi els diaris sí que en van fer cas. El soroll que les dones de Motor Ibérica volien hi va ser. Ràdio i televisions de l'estranger i tot, van venir-les a gravar. Però ara ja feia vint-i-quatre dies i costava de trobar la tancada. Es veia d'una hora lluny que La Vanguardia Española les boicotejava. I quan no podia passar per menys i en deia quatre ratlles titulava *Familiares de trabajadores*, *Hijos y hermanos de los obreros* i *Encierro* per comptes d'escriure el que eren: *Esposas*, *Madres* i *Mujeres*. El Mundo Diario i el Diario de Barcelona, mig mig. Sí que estaven pel tema i en feien seguiment, però navegaven entre *Mujeres e hijos* i *Encerrados*. Qui ho explicava més i millor era el Tele/Exprés. Tenia Montserrat Roig i Pilar Aymerich, el Tele/Exprés: tot dit.

De repente, un montón de mujeres se dan cuenta de que ellas son también «sujetos activos» en la lucha de la clase obrera.

Ellas, si son valientes, van a seguir. Y descubrirán algo que todavía es insólito en las mujeres de nuestro país: las gracias de un papel activo en la lucha por un mundo menos aberrante.

Pocos teóricos, hasta el momento, han analizado el fenómeno de esas hembras que empezaron encerrándose por sus «maridos» para acabar haciéndolo por la «clase obrera».

¡Maña, si eran ellas! La Maruja les hi havia presentat a la sagristia. Els hi ensenyava com s'organitzaven amb l'avituallament. Una, amb la llibreteta i aquells ulls que ho entenien tot. L'altra, amb la càmera de retratar i aquell do per disparar sense que te n'adonessis. Què sabia, la Dora, que serien elles les que farien la feina més justa. Què sabia, la Dora, que eren elles les millors dels millors. Ara ja ho sabria per sempre més.

*

Amb els sants assegurant la porta no n'hi va haver prou. I tot arriba: a dos quarts de sis de la tarda del dia que la tancada en comptava vint-i-vuit.

Els grisos entren a cavall per la plaça Orfila. Més els que surten de les *cochineras*, un total de cent cinquanta bèsties rebenten la porta de l'església de Sant Andreu de Palomar. Sense miraments. Amb l'arsenal nou de trinca. Amb la mala hòstia de sempre. Les deixen cegues del fum. Les acorralen. Les volen arrencar una per una. La canalla xiscla, plora. A los niños no, ¡joder!, crida un mando, ¡a las madres, coño, a las madres! Aquest sí que tenia clar els subjectes de la notícia, tu. Les foten fora a cops de porra i de coces i s'acaba la tancada més ben parida de totes les que es fan i es desfan.

De lletra l'hi explica Montserrat Roig. De veu, sa cosina: El rector, pobrecico, un mes que le tuvimos la parroquia com una patena, ¡y en una hora todo destrozao! Nosotras moratones por todos laos y algún hueso roto, pero a la que nos serenemos, pa las guarderías públicas que iremos, Dora, ¡y que vengan a pararnos!

Perquè amb Motor Ibérica ja no hi havia res a pelar. Ni els van apujar el sou les quatre mil pessetes que demanaven els vaguistes. Ni van readmetre els que havien fet fora feia un any. Ni van retirar cap sanció. La direcció com si hagués sentit ploure. Dues setmanes després de l'entrada dels grisos a Sant Andreu, mil vuit-cents treballadors van anar al carrer.

I sabia greu i no es podia dir gaire alt, però per elles no va ser fracàs. Ni en somnis, es pensaven ser tantes ni resistir tant. Glòria, va ser. I de les que no passen. De les que se'n viu temps. A la Dora i a totes les companyes els va deixar solc, la tancada.

Un solc ben fondo a la ratlla de la vida.

Al costat del dia que van néixer els fills.

*

No van passar ni dos anys que la Dora ja tenia dos *cuquines:* una Mireia i un Jordi. I que la Pili havia engegat el que tenia tanta ànsia per *vaciar el cargador.* La va amenaçar amb fer-li la vida impossible, amb prendre-li la canalla. Amb matar-la. Però el *vaciador* de seguida en va ensarronar una altra i com si se l'hagués empassat la terra. La va deixar sense casa però amb vida, per ara.

I hi va haver una carambola. A la Dora li marxava la veïna de replà. La de davant per davant. El marit tenia els pares tous com una figa, tots els germans havien fet el sord i li va tocar a ella. Li va tocar a la jove més gran deixar casa seva i anar-se'n a viure a la rambla de Sant Andreu a fer d'infermera dels sogres. Pel cantó pràctic, com anell al dit: una que buscava llogatera de confiança i una altra que buscava pis per llogar.

I la Pili s'hi va instal·lar amb els dos nanos i sa mare. Era vídua, al poble es moria d'enyorament però el *vaciador* no la va voler mai amb ells. Ara pla estaria distreta, pobra dona. Perquè la tia els hi portava una cosa molt bona de Plasencia. Ni pestiños, ni morcilles, ni préssecs, ni vi. Res que es pugui envasar. Molt millor. Els hi portava el que les dones sempre perden marxant a ciutat: la tribu. Aquelles portes del 4t 1a i del 4t 2a mai més no es van tornar a tancar. Abuela per uns i tía pels altres, ella els aguantaria la canalla. I la Dora i la Pili se'n van poder anar a buscar feina sense patir.

Van donar veus per entrar en algun restaurant. Res. No les volien ni regalades, dues que per experiència només tinguessin la cuina del *Bar Los que faltaban* de Plasencia de Jalón. Van deixar de dir el nom del bar. Tampoc. I van deixar córrer fer de cuineres. Perquè de cantar coples ja ni en parlem, vist el panorama al Paral·lel.

Una companya de la resistència veïnal treballava a l'Hospital Clínic i va dir a la Pili que en volien fer entrar tota una tongada més. Doncs esclops, guants de goma, carretó, i a desinfectar s'ha dit.

I no era Hollywood, no. Torns malgirbats, hores extres malagraïdes, productes malsans, bates blanques malcontentes... Sempre és malparida, la feina de treure la ronya. Però la Dora no la seria més, la que espera que l'home porti el pa a casa. Escola de la tancada: la Dora es faria créixer el seu capitalet i tindria la vellesa una mica coberta. Amb el Paco s'estimaven. La sort, que s'allargava. Però que es poguessin dir adeu com les persones, si un dia sort i amor guillaven. Que mai s'hi hagués d'estar per força. Mai. Bé que ho va aprendre de les companyes més grans. Sempre amb la bata, sempre triscant i ni mestresses d'un cèntim seu per poder dir fins aquí hem arribat, noi.

I de primeres la Dora ni se n'adonava. Arribava del Clínic i ja buscava la roba per rentar. Per més trinxada que estigués.

O per estendre. Per més botits que tingués els turmells. O per plegar. Per més encetades que tingués les mans. I mentre esperava que l'oli d'arrebossar el llom fos prou calent, ja tenia embolicats amb paper de plata i a la nevera els entrepans de l'endemà.

Un dia que el quarto de bany ja era eixut i recollia els papers de terra va caure del ruc. Ajupida abans de fer-ne una bola, llegia ella sempre el diari. El Paco s'asseia al menjador i el degustava desplegant full per full fins que per art de màgia apareixia el sopar. I cada dia del món igual. Ah, no! O juguem tots a lluitar en contra de l'explotació, o estripem les cartes, Paco.

—¿Cuánto falta pa la cena, maña? —crida l'endemà el Paco des del menjador.

—Pues debe faltar ratico —avui la Dora es fa la frega a les cames que la doctora li diu que s'hauria de fer cada dia.

—Termino con el periódico y voy a buscar a los chicos a ca la tía.

—Venga pues —i s'estira al llit amb les cames a la paret com també li diu la doctora.

Arriben i se la troben al sofà. *Com? Si ella no s'hi asseu mai...* Llegint. *Què? Si ella només pot llegir al metro i al vàter...* Semblen tres estaquirots. *Ha de ser greu...*

—¿Te encuentras bien, maña? —pregunta amb peus de plom el Paco.

—Mejor que tú, que te has quedao blanco.

—¿Y no cenamos, pues?

—¿Sabes algo tú de la cena? Pues yo lo mismo —el Paco no entén res. Com si veiés una pel·lícula d'extraterrestres. Ben igual que si li haguessin entrat per la finestra i li haguessin abduït la dona. La Dora ha de deixar l'actuació. Posar el punt de llibre a *L'hora violeta* i explicar-li de pe a pa.

I al principi li fa el que fa sempre: portar la contrària. Con lo que yo trabajo, con lo que yo hago por la familia i quatre *conlos* més del seu repertori. Però la Dora sap on li dol més i també té a punt el seu, de repertori. No hauria dit mai que li faria aquell servei, l'ideari franquista. Va a buscar el *cuadernillo* i li comença a recitar:

Uno: *Recuerda que él es el amo y señor de la casa.*

Dos: *Ten preparada una comida deliciosa para cuando él regrese del trabajo.*

I la Dora ho escarneix amb un *retintín*...

Tres: *Ofrécele a quitarle los zapatos, preocuparte por su comodidad te ofrecerá una satisfacción personal inmensa.*

Cuatro: *Escúchale y déjale hablar primero, recuerda que sus temas de conversación son más importantes que los tuyos.*

I amb un posat burleta...

Cinco: *No le pidas explicaciones acerca de sus acciones o cuestiones su juicio o integridad.*

Seis: *Habla en tono bajo, relajado y placentero...*

El Paco està vermell com un perdigot. A un dit de fer el pet.

Siete, y este es mío: *Servid vosotras el café para que ellos puedan discutir de política, ¡no te joroba!*

I el Paco ha d'abaixar la cresta. Un *afecto al régimen*, ell? Ni de broma! I li ha de dir que sí tant si li pesa o li plau: a partir d'aquell dia queden que faran el sopar un dia cada un.

El sopar. No el dinar, ni els entrepans, ni la robada, ni els terres, ni la pols, ni les rajoles de la cuina, ni els vidres... Ni un pam de net, per més del comitè que siguin. Per més d'esquerres que es diguin. Amb les protestes de les dones sempre s'hi escanyen, sempre un os de mal rosegar, una espina, un maldecap, una nosa. Sempre allò de *primer la revolució, després... Després? Ah, sí, després ja alliberarem les dones, hohohoho.* La Dora treia foc pels queixals.

Com aquella vegada que li va haver d'arrencar el diari de les mans, ¡trae, Paco! Volia llegir-ho amb els seus ulls. I ben bé: ¡Qué santas narices! Ni comunistes ni socialistes van portar el dret d'avortar al seu programa, a les primeres eleccions de la tan esperada democràcia. Tant que se n'havia fet pagues la Maruja... Tant que se n'havien fet pagues totes. Doncs feu-vos repicar!

I no se n'adonaran que ja seran al 1982. Si el Felipe aquest tampoc se les escolta, si el seu govern tampoc despenalitza l'avortament... ¡Pues ya me dirás tú qué estafa de cambio!

I semblava que no hi eren, mentre els pares se les tenien amb la política. La Mireia feia i desfeia el cub de Rubik. El Jordi es penjava mocs amb el blandiblup. Doncs un dia van arribar a casa amb una estadística: vint-i-nou de trenta a la classe de la Mireia i vint-i-set de trenta a la classe del Jordi. Sense comptar la Dora, només quedava un pare vidu que no tenia més remei i uns que vivien amb l'àvia i el feia ella. La resta, el sopar sempre, sempre, se'l carreguen les mares: Visca el papa! I van saltar tots dos al coll del Paco.

La Dora s'hauria estimat més una altra conclusió dels seus cuquines, la veritat. Una altra heroïna. Un altre visca. Però qué se le va a hacer... Tant de bo aquella primera enquesta deixés llavor.

*

Van passar torns al Clínic. Van passar turmells botits i mans encetades. Van passar robades per rentar, estendre, collir i plegar. Van passar terres per fregar, pols per treure, vidres per fer nets, rajoles per desengreixinar, entrepans per fer i embolicar. Van passar sopars de sèmola, de llom, de migas, de menestra i de mares de lluç quan el feia la mare. I van passar sopars de sempre pa amb tomàquet i alguna cosa quan els feia el pare.

I una tarda la Dora els va voler anar a buscar a l'institut. I això que ja eren grandets, però un pic a la universitat ja li haurien volat. Li feia il·lusió tornar-los a veure al pati de la Pegaso.

Tants crits i tantes cercaviles com havia costat a la Pili i a les veïnes del barri.

El nano encara jugava a futbol i el va deixar fer. Se'n va anar cap a trobar la nana. Allà! La Mireia amb tota la colleta i una professora. Va sentir que enraonaven de no sé què de les mares i no hi va acabar d'arribar. Va fer veure que butxaquejava dins la bossa i va parar l'orella. De carnissera al mercat de Sant Andreu, de dependenta a l'Hipercor, de recepcionista d'un oftalmòleg, de cuinera d'una escola de Nou Barris... Fins que li va tocar a la Mireia: la meva mare treballa a l'Hospital Clínic. *A l'Hospital Clínic*, au, ventilat. I com que la Mireia també tenia el do de fer-se escoltar, va trencar de conversa sense donar temps per repreguntar. I allà es va quedar l'ofici de la Dora. Flotant. Entre la recepció, les habitacions, el quiròfan, la sala de parts, la unitat de trasplantaments, la infermeria de cures intensives, el manteniment, la cuina... Allà, entre els passadissos de l'hospital. Sense categoria. Sense nom.

—Vinga, que m'ajudareu a fer el sopar, a lavar manos, Jordi, y tú ven un momentín, Mireia.

—Què vols, mama? Hem quedat al parc, haig de baixar pitant, porfa!

—Catorze anys y ya con prisas, maña.

—Queeeè...?

—Pues que siempre se tiene que decir la verdad, hija mía. Que ni soy médica ni soy enfermera, y que hasta si robara para daros de comer, hasta en estas me gustaría que se lo contaras a todo el mundo, que supieran la clase de madre que tienes: una que hasta mataría con tal de que a sus cuquines no les faltara nunca de nada.

*

La Mireia entra al bloc dels seus pares com els lladres. S'hi podria esquitllar a cegues, amb tot tan com sempre: les mateixes rajoles de medallons de fa quaranta anys, les mateixes lletres de dymo a les bústies, el mateix llum glaçat i borni del replà, el mateix ascensor de color bordeus... Mira a l'esquerra. Mira a la dreta. I camina de puntetes fins que toca el timbre del 4t 2a. I amb només un pam de porta, s'hi esmuny. Abraçades i petons a dojo. I amb sordina, per no aixecar la llebre. Primer amb la tía. Noranta-quatre anys i una mica taupera, però encara és ella la que posa el plat a taula. Després amb la Pili. Jubilada del Clínic, els fills encaminats i temps per fer tots els cursos del centre cívic del barri. És ella la que ha burxat més la Dora perquè plegui de Can Montserrat, que vale que tuvo mérito saltar de ayudante del Bar Los que faltaban de Plasencia de Jalón a cocinera de una fonda catalana pasando por dejar reluciente el Clínico, ¡pero ya bastante que has dao el callo!

Feia molts dies que la Mireia no hi anava i la tía s'ha d'eixugar els ulls. Hala maña, que tu madre no nos pille con las manos en la masa: la Pili va per feina i aboca l'escampall de fotos candidates a sobre la taula.

—Tu padre dice esta —i li abasta la de quan la Dora va ser la reina de les festes del poble.

—Qué buena moza era —diu la tía—. Esa pañoleta se la bordé yo.

—Y la que tú tenías en mente —la Pili obre un sobre esgrogueït i l'hi ensenya.

Es veu la Dora enfilada al pupitre de l'escola. Porta un barretet, assenyala amb el dit i té la boca oberta: està cantant.

—Clavaíca a la Marisol, Mireia, como si la estuviera viendo.

—Partía todas las zapatillas —se'n recorda la tía—. Con tanto baile, todas las suelas, crac, ¡por la mitad!

—Quants anys tenia aquí la mama?

—Pues por la maestra sé que rondábamos los doce, porque se casó y se fue a Zaragoza. Más maja... Tenía la única cámara del pueblo. Pero espera, que aún no he dicho cuál pondría yo.

—Li pica l'ullet i va buidant l'arxivador amb molta cura. Va passant notícies, articles...

—Mira, esta es, y de fotógrafa famosa.

La Maruja a l'esquerra. Mira de reüll, porta la jaqueta de Motor Ibérica i està asseguda. Com la senyora Pura, que està enraonant i fa un gest amb la mà. I amb la bata, ella. Les altres dues estan dretes darrere. I són les úniques que miren a l'objectiu: la Pili, que fa veure que se n'amaga, tota múrria. I la Dora, que ningú diria que fos d'aquell mateix conjunt. D'aquella mateixa colla. Porta una brusa de ratlles llampant amb les mànigues arremangades i se li veuen les polseres. Té els braços a sobre d'aquella orgullosa panxa de cinc mesos i sap somriure a la fotògrafa. Amb gràcia. Sense cap vergonya. Tota una artista en lluita a l'església de Sant Andreu de Palomar, la Dora.

—Y no porque salga yo —la vol convèncer la Pili—. Sino porque es de donde sales tú, Mireia. ¿O te crees que lo tuyo viene de otro sitio? De tu madre y de esos días juntas en la parroquia, ya lo creo, maña.

La Mireia surt del bloc sense que sa mare les hagi enxampat. S'emporta la foto de la Pilar Aymerich i un rau-rau.

Mireia

Va saber que la seva cunyada estava embarassada i li va fer malícia. Va saber que en portava dos i no va aclucar l'ull. La família del poble, les veïnes del barri, les amistats, els coneguts..., de seguida van activar la maquinària: *A aquesta no se li passarà l'arròs, ben fet! Amb dos pans sota l'aixella, l'enhorabona! Un tret i dues bales, quin fletxa, el Jordi!* Les mateixes premisses fetes passar per certes. Anys i panys. Per contrarestar, la Mireia feia boicot als alegrois que venien de l'altra banda del telèfon.

—Els embarassos múltiples els determina la línia materna, mama, els espermatozous del teu *cuquín* no hi han tingut res a veure: tot el mèrit és de l'Àstrid.

La Dora va deixar estar la genètica i va virar cap a l'emoció, que no deu tenir tanta ciència.

—Contentíssims ara, mama, ja veurem que contentíssima estarà ella, amb una fent la glopada per aquí i l'altra escagarrinant-se per allà, perquè des del restaurant el teu fill no ho ensumarà pas.

Va tirar per terra un parell de superlatius més i sa mare li va veure el llautó.

—Jo? Què dius?! I tant que estic contenta pel meu germà! Però no tants llorers, que si l'Àstrid no s'ho pogués muntar bé amb la feina tu no series àvia. I penjo, mama, que faig tard al claustre, un petonet!

La Mireia seria tieta a contrapel. Tenint fills, el seu germà petit no només li passava la mà per la cara. De propina, li deixava marcada: *I ELLA NO.* Que hi hagués novetat a casa dels altres sempre la feia encongir, esgarrifa't a casa d'una mateixa.

La nit en blanc en van ser dues, cinc, deu, vint. Perquè esperava la veu de sa mare. La veu que li diria el que ella ja prou que es repicava.

Doncs no va arribar. I quan va tenir les bessones als braços va ser com si li presentessin una altra Mireia: *Hola, aquí la nostra tieta: mola, eh?*

I ja ho crec que li va molar. Ella que se n'havia rigut dels que regalimaven bavalles per una bestiesa. Ara es delia perquè li enviessin vídeos de les dues patufes fent... el que fos. Una ganyota, un petarró, un rotet. I se'ls tornava a posar. Uns panellets, una nadala, una disfressa de carnestoltes. I que cofada! Buscava excuses per ensenyar-les al primer que fes sortir alguna criatura a la conversa. Qui t'ha vist i qui et veu, amiga.

I la nova Mireia també va haver treure la pols als contes, quan les nenes van començar a fer més que caca i non. La Dora encara en guardava un tou a l'armari del rebedor. Tria i remena, que aquí hay de todo, maña, li va dir el Paco. Eh, mira això, Jordi! Era la rateta que escombrava l'escaleta del Ferrándiz. El dibuixant de les postals de Nadal, va reconèixer son germà, i tant! Les meves tietes també les compraven, va fer l'Àstrid.

La Dora era a Can Montserrat per passar-li a la Gabriela els últims secrets abans no es jubilés. Les últimes *manies*, que deia la Montserrat. Es van acabar les migas que va fer el Jordi. Les nenes se les van ben cruspir, eren de bona barra. Boníssimes, va estar d'acord tothom. I encara no havien tret els dolços que ja la buscaven. Tieta! Tieta! Va! Va! En estèreo. La Mireia va pelar un parell de mandarines i els hi va repartir, un grill per la Berta, un grill per la Paula. I se les va endur al sofà.

Quina preciositat de conte. Retallat amb la silueta de l'heroïna i sense que hi falti detall. Les floretes del davantal de la rateta. L'entapissat del sofà que fa joc amb les cortines. Les escales com una patena. El gerret de margarides a l'últim esglaó. La lluïssor del dineret. Els colors vius sense estridència.

I aquelles cares. Aquelles galtones que fan tan humans conills, gossos, porcs, ànecs, galls i rucs.

La Mireia té falcada una bessona per banda i escura la gola, som-hi: *Hi havia una vegada una rateta que escombrava l'escaleta, i un dineret va trobar. Noi, quina sort!, va pensar. Com que era molt presumida volia anar ben vestida i tot seguit va pensar el que es podria comprar.*

Ai, ai, ai... La Mireia es comença a neguitejar. De què coi anava? No se'n recordava ben bé i malaguanyat entusiasme. Amb una llambregada de pàgina veu el pa que s'hi donarà, en aquella *preciositat* de conte: que per afició la rateta només tindrà la de guarnir-se i per objectiu a la vida, trobar marit. I tant humans, aquells animalons, humaníssims!

Les bessones li estiren la màniga i ha de continuar.

A fer desfilar pretendents, ves.

L'ànec primer va passar i amb veu de nas va parlar: Ai rateta que ets bufona, no vols ser la meva dona? Tot fent passos de ball, molt tibat s'acosta un gall. Vols sentir la meva veu? Jo soc un tenor de preu! No gaire lluny el porquet la saluda amb el barret, ronc! ronc!, li diu a l'orella, tu i jo faríem parella. I passa el gos, passa el ruc i arriba el gat, que l'encaterina amb els seus meu-meus i...

La Mireia necessita una argúcia. S'aixeca. Un moment, patufes! Pesca un grapat de pestiños de la safata que ha tret son pare. M'agraden molt i aquests ganàpies no me'n deixarien, on érem? I se'ls entafora tots de cop a la boca. I prossegueix. Ah, sí,... *i es casen*, diu que pràcticament no se l'entén. I sort en té d'aquella flonjor amb aroma d'anís al paladar. Però ara ja se l'hauria d'empassar. I ja ve el final. I és per tirar el barret al foc.

Es gira en rodó cap a son germà i li fa amb cara d'esglai: *Que es halarà la rateta, xaval, jo passo!* Les bessones frisen perquè acabi el conte, tieta, tieta! Sí, sí, ja ho tenim, va atentes: Doncs passa que... que la rateta i el gatet es casen i... sí, després, es descasen!, que això també es pot fer, patufes. I vet aquí un gos i vet aquí un gat que aquest conte...? S'ha acabaaat!, criden pletòriques. I vet aquí un gat i vet aquí un gos que aquest conte...? Ja s'ha fooos! Gràcies al cel. I gràcies que la canalla vol cas, per més barrabassades que els hi llegeixis. La Mireia s'acomiada de nebodes, pare, germà i cunyada, i marxa de la Sagrera. Aviam si pot fer baixar la incredulitat.

Tot diumenge que va barrinar.

I dilluns se'n va anar a trobar pesquis on sempre n'hi ha: a les llibreries.

Quin bé de déu. I quin descans... La mà de títols que havien plogut des que ella va tancar l'últim conte. I aquests sí que eren una preciositat sense traïdoria. Eren una preciositat de la coberta a la contracoberta: *Les bruixes d'Arlet*, *La caputxeta forçuda*, *Hi ha res més avorrit que ésser una princesa rosa?*, *El príncep Ventafocs*, *La revolta de Santa Jordina*, *El cavaller que no volia lluitar*, *Daniela Pirata*, *El Quim i les Barbies*, *La dictadura de les cuetes*... N'hi havia per tots els gustos! I tindria material per temps. Perquè quan pensava en tot el que faria amb les bessones el cap se li disparava a mil i una ciutats, a mil i un museus, a mil i un teatres... Però les nenes tenien tres anys i per ara no gosava sortir al món en comitiva. I amb un pare amb opcions de xef estrella i una mare amb gestoria pròpia no els calien més pans, a aquelles patufes: llibres, ella només els regalaria llibres.

I convençuda que ja havia passat revista a tot l'estoc de Barcelona i que avui havia sigut un gran dia, ep! I aquella altra pila d'allà? *Inventores i els seus invents*, *Petita & Gran Ella Fitzgerald*, *Dones de ciència*, *Ada Lovelace i la informàtica*, *Pioneres*...

La Mireia havia fet eureka i repicó.

*

Cada cop eren més professores, les que també ho veien. Les que també ho criticaven. Els més veterans ni ho veien ni ho volien veure. Pots comptar posar-hi remei. És el *model* que tenim, s'excusava el director. Les editorials són mestresses i senyores dels continguts i el departament d'educació se'n renta les mans. Oi que queda garantida la llibertat d'expressió? *D'aquella manera*. I oi que som en un lliure mercat? *Per bé i per mal*. Doncs conte acabat. Treballeu amb els llibres de text que menys ràbia us facin i prou punyetes.

Però si te'ls miraves a consciència, de ràbia en feien tots. I les *punyetes* eren de l'alçada d'un campanar: Avui no tractarem el *descobriment* d'Amèrica ni us faré memoritzar els canons i els cavalls que el llibre diu que hi va desembarcar Pizarro. La Mireia els ho canviava per l'herència colonialista que encobria aquell enunciat i els recalcava que el 90 % de la població originària va ser aniquilada per l'home blanc.

I quan tocava el Romànic i el Gòtic els deia que igual que primer havien de saber què era la Bíblia per entendre les catedrals, també havien de saber què deia el seu primer llibre per entendre les arrels del masclisme: *Et faré patir les grans fatigues de l'embaràs i donaràs a llum enmig de dolors. Desitjaràs el teu home, i ell et voldrà dominar.* Ara imagineu-vos que aquest pilar de la civilització occidental hagués sentenciat això altre, al Gènesi: *Et faré gaudir els grans dons de l'embaràs i donaràs a llum enmig de tots els honors. Desitjaràs a qui vulguis en igualtat.* Les cares que els quedaven als de la primera fila i als de l'última valien l'esforç de batallar en solitari.

Perquè les companyes ja l'aplaudien, ja. I se l'escoltaven quan s'exclamava: *Qui pot trobar rigorós que de les cinquanta-sis obres d'art que van a la selectivitat només tres siguin de dones artista?!* I se'n feien creus d'un temari tan obsolet. I cadascuna feia el que podia a la seva matèria. Però res, sense organització ni saba jove no hi ha victòria. I un migdia que la Mireia sortia de l'aula se li va fer trobadís:

—Hola, soc el nou de mates, Nil.

Cap pelat, patilles, arracades per tot arreu, samarreta que

demana *No em «donis» petons, fes-me'n.* La Mireia no sabia on mirar. I trigava a contestar.

—Nil —va repetir. I se li va acostar per fer-l'hi ell—. Muà, muà.

—Mireia, perdona, molt de gust —eren al mig del passadís com el dijous i es va sentir incòmoda—. Mmm... vas cap a la sala de profes?

—Sí, et buscava, vaig sentir allò que deies dels llibres de text i he fet recerca. Un estudi sobre cent quinze llibres d'ESO que és per flipar: només el 7 % de figures rellevants citades són dones. El 93 %, els senyoros de sempre. Si vols que fem la revolta, compta amb mi.

I ara sí que potser podrien fer-la.

—Més que subversius som uns matats, perquè els hi fem la feina de franc, però algú s'ha de moure. Serà com un *rincón del vago*, mira —i li va treure l'esquema—. Les vincularem als continguts de cada curs i se les trobaran repartides per categories, i com més específiques, millor, més de pressa les localitzaran. Ciència, política, filosofia, art, música, literatura, periodisme... i ja anirem ampliant així que tinguem més biografies —i ara era el Nil el que trigava a respondre—. Què?

—Que protestar de boca no és tan cansat, això és una feinada de nassos, Mireia!

Però no se'n van desdir. Seguirien l'exemple d'aquells llibres que explicaven a la canalla quantes dones extraordinàries havien fet rutllar la història. La Mireia i el Nil es comprometien a fer un web obert a tot el professorat que volgués contradir l'enganyifa. Ara tindrien les celebritats que els llibres de text *es descuidaven*.

Les hi posarien en safata.

Excuses de mal pagador ben poques, ara.

I no passava dia que no s'enviessin una descoberta per whatsapp.

K'abel: guerrera suprema dels maies. Màxima autoritat de la casa imperial Va governar el reialme de Wak al segle VII dC. De les dones més influents del Petén, l'última resistència maia independent i invicta de Mesoamèrica

Teresa Claramunt: sabadellenca pionera del feminisme obrerista, de les primeres a plantejar l'organització autònoma de dones anarquistes. El seu nom es pronunciava a tot l'estat amb la mateixa devoció que a Alemanya el de Rosa Luxemburg

Harriet Tubman: heroïna abolicionista i pionera del sufragisme, va alliberar una setantena de persones esclavitzades als estats del sud dels EUA a través del «ferrocarril subterrani»

Maria Mitchell: primera astrònoma dels EUA. Va descobrir un cometa i no ho volia fer públic pel menyspreu que rebria per ser dona. Però ho va fer, el cometa va dur el seu nom i ella va ser la primera dona d'entrar a l'Acadèmia

I en tinc més, Mireia!
A l'Instagram del 324cat vaig veure un vídeo d'una pintora fins ara inèdita que vaig trobar bestial: Isabel Ferreras Vall

Perfecte, apuntada!

Ens en falten de més països i de més cultures

Els ianquis sempre es venen millor i n'estan rescatant a dojo

Totalment d'acord, m'hi poso

I es van haver de trobar fora de l'institut per passar llista.

—Abans no me'n descuidi, Mireia...

—Perdona —se'ls enduien els gots buits i els preguntaven què més volien—. Jo una altra canya, tu també? —el Nil va fer que sí i la cambrera se'n va anar cap a l'extrem de barra on hi havia els sortidors.

—Gràcies per explicar-me com acompanyes tu els nanos i nanes que fan el trànsit, avui m'ha tocat fer costat a l'Alexis Pérez.

—El vaig tenir a segon.

—Doncs ha sigut... Ha volgut sortir a la pissarra amb mi i tothom se l'ha escoltat amb un silenci total, i a la que els ha dit que a partir d'ara res de Nerea, que a partir d'ara ell era l'Alexis Pérez, tota la classe ha esclatat a aplaudir, a plorar, a corejar el seu nom...

—És emocionant, eh...

—Buah, mira! —i el Nil li va ensenyar la pell de gallina del braç.

—Tenim un ofici preciós, això no ho pot viure tothom —i ja els servien la segona ronda d'artesanes de la casa.

—Brindem pel nostre ofici —van fer tots dos un glop de cervesa i el Nil de seguida va tornar a atacar els plats—. Hòstia, Mireia, és boníssim! Pollastre al chili què?

—Al chilindrón, és típic de l'Aragó, d'on són els pares, el meu germà s'ho copia de ma mare i en fa tapes —i li va assenyalar el xef pastat a ella que no parava de borinar entre un eixam de fogons i d'ajudants de cuina.

—Quina sort, perquè la de borrajas també era brutal.

—Sí? Sí, ja, molt bo tot...

—Però...?

—Però que quan ets petita no ho saps apreciar.

—Que només volies gelats i xocolata, tu?

—No... Em passava que la meva profe preferida ens parlava de quiches lorraine, de vichyssoise i de llenguado a la meunière, i a mi em feien vergonya els meus plats del poble.

—Més que a mi segur que no.

—I tu què menjaves?

—Els meus pares eren hippies i vegetarians, imagina't la humiliació.

—Hahahaha... home és un consol, a mi em matava haver de dir *migas*, però *seitan amb germinats*, tela, també!

I el bon to es va allargar fins a les postres. Per fartanera es van partir un flam de coco. Per distracció de la cambrera el van escurar amb la mateixa cullereta. Per tan ple com un ou, els colzes frec a frec a la barra. I per tant xivarri, pessigolles de patilles i galtes d'una conversa cada cop més a cau d'orella. Calla, i el material per repassar?

—Ui! Doncs ho haurem de fer un altre dia, has vist quina hora és? Demà entro a les vuit...

—T'agradaria venir a casa meva?

—A casa teva? —va repetir la Mireia per curar-se en salut.

—Sí —i el Nil encara se la va mirar més segur.

—A repassar el material? —va continuar mal dissimulant l'emoció.

—No —li va respondre el Nil inequívoc.

—Perdona, estic espessa... —i acorralada. Fer l'orni per guanyar temps sempre té un límit.

—OK, doncs sense embuts, Mireia —i li va agafar totes dues mans—. M'agradaria molt, moltíssim, que passéssim la nit junts: et ve de gust?

—Que tens quinze anys menys que jo, Nil —va excusar sense ni mica de convenciment.

—Amb el menjar una mica classista, ara també edatista?

El riure que se li va escapar la va delatar, i es va deixar estar d'històries.

—Sí —la Mireia va fer una llambregada per comprovar que son germà continués amb els ulls als plats—. Em ve de gust.

*

Feia tercer de BUP quan la Mireia va sentir els noms de les tres nenes d'Alcàsser. Quan li van ensenyar què li passaria si mai feia autoestop per anar a la discoteca. La carronya televisiva s'hi van escarrassar de valent, perquè no li faltés ni un pèl ni un senyal. Vint-i-quatre hores de *Miriam*, *Toñi i Desirée* a la pantalla. Non stop. La Mireia va ser de la generació Alcàsser i aviat va saber com es deia el llop. I no portava només el nom d'Antonio Anglés i Miguel Ricart, no. El llop era pintar-se l'eyeliner, posar-se una minifaldilla, baixar al pàrquing, anar a la disco, conèixer nois, beure cubates, tornar amb bus, travessar un parc...

El llop era ser lliure.

Desitjar.

Voler viure.

I l'alliçonament del conte no va ser mai *mort al llop!* Ni *llobets deixeu les noies en pau i no les violeu*. Va ser *caputxetes tanqueu-vos a casa o vosaltres mateixes*. I totes estaven cagades sense dir-s'ho. Perquè no es deia. Però només s'és jove una vegada i bé que s'havia de fer el cor fort. I au, a jugar-se-la.

I la Mireia sortia, sí. I ballava. Però sense deixar-se anar, com si passés un examen: fent memòria de les coreografies que es marcaven als videoclips de la tele. I també bevia: dos vodkes amb llimona màxim. I feia veure que sabia empassar-se el fum. Però sempre amb el roc a la faixa, ella. Sempre a l'aguait de qualsevol moviment sospitós. De qualsevol sospitós.

Moltes amigues eren de pujar al primer cotxe que anés cap al barri: la Mireia tornava amb les que anaven a peu. Moltes amigues eren de competir aviam qui lligava amb més nois: la Mireia només guanyava a qui s'hi discutia més. Més d'una va tenir un *susto* amb més d'un. Més d'una va haver d'anar a urgències. A la policia. A Londres. Més d'una s'ho va haver d'empassar amb no menjar. Amb pastilles. Amb alcohol.

I una amiga es va suïcidar.

Però no es deia.

I pobra de la que aixequés la llebre, que se sentiria de tot.

Reprimida!

Tortillera!

Escalfabraguetes!

Monja!

La Mireia ho sabia prou bé dels estius a Plasencia.

*

De sempre que li havia rebentat que els gallets esbombessin les seves *proeses*. Si a aquesta li he ficat dos dits a dins, si a aquella la mà sencera, si a l'altra li vaig fer empassar tota la lleterada, si a la de més enllà li vaig fer fer una cubana... Doncs encara li esperava aquella pintada al pavelló:

Atracón en el coño de la Tapón.

I aquella altra davant de casa l'àvia:

TAPÓN PUTA.

Era veïna seva, la María Pilar. De petites havien jugat sempre plegades. I amb son germà, i amb els cosins. Però ai del dia que comença la camàndula de fer veure que nens i nenes són de planetes diferents. Ai de l'adolescència i les seves normes de socialització. De segregació. El que havia sigut una *pandilla* de tot el poble ara eren enemics: *la peña de los chicos* i *la peña de las chicas*. I ben just els venia de saludar-se pel carrer. Una canalla que només feia un estiu que caçava granotes, anava en bicicleta i es banyava a la séquia sense cap necessitat de certificar què hi tenia cadascú, entre les cames.

I aquelles *fiestas* la calorada fonia les pedres. I hi havia una esveramenta... Els gallets que fardaven d'*haver-ho fet* no paraven d'acollonir els que *no*. No se sabia exactament què havien fet ni en quins termes, però preguntar era senyal d'estar al bàndol dels que no. I ja diràs si algú s'hi atrevia. A les noies els arribava el rum-rum dels nois però no en feien cabal. Elles només tenien ulls pel Tom Cruise, el Rob Lowe, el Patrick Swayze i el Ralph Macchio. Solució: els que no ho havien fet ho farien a la força. I sempre s'apunta al blanc més fàcil.

Aquelles festes també s'havia posat de moda dir-li *tapón* a la María Pilar. Era la segona de la classe perquè feia mèrits per no ser la primera. Tímida com una mala cosa, volia ser il·lustradora. Sempre carregava una motxilla plena de còmics i l'embalum la feia semblar encara més baixeta. No la podien atacar pel cap, l'atacarien pel cos. *Tapón*, *Tapón*, *Tapón*, *Tapón* per tot el poble. *Tapón*, *Tapón*, *Tapón*, *Tapón* tot el jovent. I, avorrida, es va acabar girant i contestant.

Després de les *vaquillas* van venir els *calimochos*. A la penya dels nois i a la penya de les noies, que hay pa todos! Per omplir dues piscines, n'hi havia de vi de garrafa amb coca-cola. I anava tothom tan torrat que ningú se'n va adonar.

Un va començar a papallonejar al volt de la María Pilar. Que si con esta mini vaquera pareces la Madonna, Tapón, que si hoy sí que estás jamona, Tapón, que si te quieres venir pal merendero, Tapón... I tibant, tibant i omplint, omplint de calimotxo el got, se la van endur entre tres fora del poble.

L'endemà tot quiet. L'endemà només gosaven obrir boca les *chicharras*.

L'altre ja va començar a córrer. Com la pólvora:

¡A la María Pilar le caben más de veinte almendras dentro de sus partes!

Aquesta va ser la crònica. Els titulars: les pintades al pavelló i a la paret de davant de casa l'àvia. Els culpables, cap ganes de trobar-los: *Bah, trastadas de chicos*, deien a la carnisseria. I la vergonya i l'escarni tots per ella.

Insuportables.

Insuportables fins a la mort.

Perquè a les pedres no les fon mai la calor. Ni a les *chicharras*, que encara hi eren. I hi serien. Però la Maria Pilar, no. La María Pilar va escriure una carta als seus pares. La va deixar amagadeta sota el coixí. Va sortir d'esquitllentes de casa. Va córrer a tancar-se al graner. Va buscar una corda. Va agafar una galleda. La va girar de cap per avall. Va tornar a sentir les riallades dels tres que se la van endur al *merendero*. S'hi va enfilar. Va lligar la corda al ganxo dels pernils. Va tornar a sentir la indefensió, el terror i la ràbia. I amb una puntada de peu ho va acabar.

La María Pilar es va penjar l'últim dia d'estiu. Tenia catorze anys.

*

Als anys 90 estaven privades del dret i de la paraula *consentiment*. Als anys 90 no tenien cap hashtag. El *jotambé* només circulava en privat entre les més, més amigues, i gràcies. Però de la violació no, que no se'n deslliuraven. Ni de la tortura. Ni de la mort. I la Mireia no volia ser ni un nom propi en una paret, ni un nom propi en una pantalla de tele.

I així és com va arribar a la facultat de Geografia i Història, la Mireia. Amb la nota de tall més alta i el currículum sexual més magre: un únic morreig salivós amb un de Plasencia de Jalón.

I només li va faltar trobar respostes en una altra paraula. Aquesta ja existia, però li havien fet creure que feia d'empestada: *feminista*. Ara entenia que la misogínia que infecta el món era el que la mortificava des de sempre. I la reconeixia en aquelles mirades, en aquelles actituds, en aquelles gracietes, en aquells titulars, en aquells anuncis, en aquelles pel·lícules... I en la deixadesa de tots amb la María Pilar. També la seva.

Va, Mireia, no filis tan prim que si no ens extingiríem!, li deien les amigues de classe. I s'ho va fer amb un company que sempre traginava llibres de Virginia Woolf. Fullaraca. Poc profit li havia fet el geni de l'escriptora.

A quart va sortir amb un altre que semblava que sí: no parava de citar Angela Davis. Tururut viola, també.

I al primer institut que va entrar a treballar en va conèixer un que... Merda a l'espardenya igual.

I tant va ser el Pau, el Pere com el Berenguera, tots masclets de manual: *m'agrades però et faig gruar fent-te creure tot el contrari i potser t'estimo però ni t'ho dic ni t'hi tracto, aviam si ho endevines*. I, tipa, es va fer el propòsit de no perdre més el temps. Ella als seus llibres, als seus viatges i als seus alumnes. I a pastar fang els tios!

I les criatures, a pastar fang també?

Perquè la família del poble, les veïnes del barri, les amistats i els coneguts l'hi preguntaven, oi tant. La gent no se n'està mai de ficar el nas a la vida d'una dona *sola*. Ella sempre pilotes fora. Perquè la gent no la vol, la veritat. No els vinguis amb jo no tindré parella *per tenir* o jo no tindré fills *per complir. Com potser heu fet vosaltres.* El contracorrent sempre fa nosa. Sempre fa de mal sentir. I a la Mireia li faltava, aquell punt de l'espai-temps on s'entra amb el cor obert i la potència es multiplica: li faltava un *clan de la cicatriu* per esbravar-se. Però amb la Dolors de l'ecobotiga de sota casa havien agafat molta franquesa. I un dia li va explicar com s'havia fastiguejat d'aquesta cosa de l'amor. He arribat a pensar: esforça-t'hi, va, enamora't d'una noia i s'hauran acabat els problemes, però no puc, tu, no puc... No ho diguis, això. I aquella cara llarga de la Dolors la va fer esverar. De lesbiana no te'n pots fer, Mireia, no és com dir ara seré d'un altre equip de futbol, no són flors i violes, encara pesa molt, i t'ho dic per experiència. La Mireia li va demanar disculpes tres-centes vegades i va pujar les escales de casa amb el nas que li tocava a terra.

*

—I pots arribar a frivolitzar el patiment de molta gent, com jo vaig fer amb la meva amiga Dolors: se'n diu inconsciència del privilegi.

—Em rebenten els tios que no admeten el seu. M'he discutit molt amb els col·legues per això, perquè no veuen que no cal que siguis un violador per beneficiar-te de la vostra por. I al final sempre callen quan els hi dic que el #metoo l'hauríem de fer tots, perquè si tots tenim una mare, una germana, una cosina o una amiga que li ha passat, vol dir que també tenim un pare, un germà, un cosí o un amic que és un agressor.

No havien parat de fer l'amor. En tota la matinada. Els acabaven de tocar les cinc i xerraven abraçats. La Mireia es va voler desenganxar: per poder-se'l mirar.

—D'on has sortit, tu, Nil? Saps que ja havia perdut tota esperança que pogués existir algú així?

I aquella no va ser una nit perduda, no. Ni les dues, cinc, deu, vint que ja feia que compartia amb el Nil. Amb l'efecte bumerang del feminisme no hi comptava, la Mireia. Ves per on, quina grata sorpresa. I avui tocava la Revolució Francesa i de memòria, que els va cantar la biografia d'Olympe de Gouges:

Escriptora, dramaturga i filòsofa nascuda a Occitània que mereix un lloc a la història per aquesta gran contribució, atenció: De Gouges va redactar, l'any 1791, la Declaració dels Drets de la Dona i de la Ciutadana. Ja sabeu, o hauríeu de saber perquè ho vaig explicar l'últim dia, que un dels textos fonamentals de la revolució francesa va ser la *Déclaration des droits de l'homme et du citoyen*, Doncs bé, resulta que aquest document tan essencial deixava fora les dones, és a dir, no els hi reconeixia la condició de ciutadanes, les excloïa. Olympe de Gouges, que com altres pensadores revolucionàries s'havia abocat al moviment i confiava en la revolució per aconseguir la igualtat de drets, es preguntava a l'inici de la seva declaració: *Home, ets capaç de ser just? Una dona et fa aquesta pregunta.* Voleu saber la resposta? Olympe de Gouges és guillotinada el 3 de novembre del 1793 a l'edat de quaranta-cinc anys.

La indignació de la classe va ser general. Mitja dotzena de braços es van aixecar per dedicar a De Gouges el treball de recerca. La satisfacció de la Mireia, colossal.

Es va posar els cascos. Va buscar iCat, i va baixar cap al centre. *Tribut a la reina de la disco dels 70 i dels 80!*, va anunciar Miqui Puig. Quant de temps feia que no ballava? Els peus no li atrapaven el ritme del cos. *Ooh I feel love, I feel love, I feel love, I feel love, I feel love...* I l'aire de Barcelona li semblava net. Els cotxes, pocs. Els patinets pel seu carril. *Let's dance, the last dance, Let's dance, the last dance tonight...* Els vianants, cordials. Sense caques de gos per esquivar. I com si haguessin plantat més arbres. *Lookin' for some hot stuff, baby, this evenin', I need some hot stuff, baby, tonight...* Quina meravella de tarda! Quina meravella de ciutat! I quina meravella Donna Summer!

Fins que un crescendo i una bateria la van fer parar.

En sec.

She works hard for the money
So hard for it, honey
She works hard for the money
So you better treat her right[5]

La Mireia torna a tenir deu anys. És a ca la tía, a la Sagrera. Amb son germà i els cosinets. Miren videoclips. Aquest que han anunciat que posaran ara els agrada molt perquè al final surt tot de gent disfressada ballant pel carrer. I s'hi imaginen. S'hi engresquen. I amb draps de cuina es fan capes, davantals i barrets. I arramben com poden el tresillo. I ja tenen pista. Va, que comença!

Un despertador que sona. Dos de cinc del matí. La protagonista que s'alça. Nova York que tot just es desperta i la disco queen que repeteix amb cara de pocs amics:

She works hard for the money
So hard for it, honey
She works hard for the money
So you better treat her right[6]

La protagonista entra en un edifici buit i pica l'ascensor. En surt amb un cubell, un pal i una gaveta plena de productes

5 Ella penca fort pels calés / I com s'hi mata, rei / Ella penca fort pels calés / Així que val més que la tractis bé

6 Ella penca fort pels calés / I com s'hi mata, rei / Ella penca fort pels calés / Així que val més que la tractis bé

de neteja. I a fregar tot aquell llamp de terres. Ja són les nou, es canvia l'uniforme. I a servir esmorzars en un *dinner* ple de ganuts que volen els ous, la cansalada i els pancakes alhora.

It's a sacrifice, working day to day
For little money, just tips for pay[7]

Cau la tarda i torna carregada de bosses cap a casa. Escalfa el sopar. La canalla fa el rebec i se'l tiren per sobre. Ella els tiraria per la finestra però ja és hora d'anar a dormir. I no té esma per res, i li fa mal tota la carcanada.

But it's worth it all
Just to hear them say that they care[8]

Abans de tancar el llum, es veu a la foto de la tauleta de nit. Era jove i volia ser ballarina. L'apaga. Demà, sant tornem-hi.

Ben bé ella... Que sortia del Clínic per empalmar amb Can Montserrat. Que li fèiem marranades quan tocava minestra. Que tenia un somni d'artista emmarcat. Que se n'anava a dormir rebentada, els turmells botits i les mans encetades. I més trist encara que la protagonista del videoclip de Donna Summer: que jo, sa filla, m'avergonyia de la seva feina, dels plats que feia, no podia sofrir la música que cantava i li desdenyava les carícies per aquella fortor de lleixiu que no li acabava de marxar mai.

—Esclar que em dolia que me apartaras la cara, hija. Y cuando hablabas de la maestra de francés con esa devoción, también. Pero el daño no me lo hacías tú, cuquina, el daño era por no haber podido ser yo otra cosa.

A la Mireia la ment li vola del videoclip de la Donna

7 És un sacrifici, escarrassar-se dia a dia / Per pocs calés, quatre rals només
8 Però val la pena / Només per sentir-los dir que t'ho valoren

Summer a la foto de la tancada de Motor Ibérica. I a l'herència feminista que la Pili veu tan clara. I als llibres de Montserrat Roig a l'estanteria del quarto de bany que després llegiria ella. I a la cara de sa mare quan es plantava amb son pare. I als arguments que sempre trobava per rebatre un món en contra.

—No t'he donat prou les gràcies, mama...

—Vaig fer lo que una madre pa sus hijos, y ya vale, que venías tú muy garbosa y te me estás poniendo mustia.

—Jo? Feia dies que no venia a la fonda i com que ja te'n queden pocs...

—No m'ho diguis, pero yo barrunto algo.

—Ara és només un gra de sorra i no vull que en facis una muntanya, mama.

—Gra de sorra? ¿Que es muy canijo el mozo?

—Ostres, com ets...

—¡Eso es que sí!

I l'hi va haver d'explicar.

Que sí, que havia plegat de l'institut amb unes ganes boges d'anar-li a dir que per primer cop a la vida havia conegut una persona que semblava feta per ella. I que no, que sisplau no es fes més il·lusions que ella mateixa, que potser durava quatre dies i ja hi tornaríem a ser.

—Quan l'Àstrid es va quedar embarassada vaig tenir fred de peus del Jordi, que ho pot tenir tot: una feina absorbent, una dona fantàstica i dues criatures de cop. I també vaig tenir por que em retraguessis que jo no n'hagi tingut.

—Que poc em coneixes... ¿De qué siglo sales, maña? Si hubiera tenido yo vuestra juventud, madre a los veintiuno ya lo creo que no, y a lo mejor nunca, si con el cante hubiese hecho carrera, ¡figúrate!

—Jo pensava que pensaves que si no era mare et fallava.

—No pensis tant, i si aquest que no me has dicho ni el nombre te lo echas de novio, pues de maravilla, y si no, pues de maravilla también, hija, que si me hincho más de orgullo de mis cuquines no me van a abrochar los pantalones, oi, Sol?

La Montserrat li diu que prou de romanços i que faci el favor de passar cap al taulell amb ella, que deixi que les mosses es coneguin una micona més. Ha enviat la Judit perquè acabin de lligar d'amagatotis la festa de la Dora.

—Mama! Es diu Nil —li diu abans no facin relleu de cadira.

—¡Ahí va, como el río! —i a la Dora li falta temps per dir-ho a l'orella de la Montserrat.

La Mireia i la Judit demanen al cambrer un talladet. *Amb llet de civada*, li canten totes dues fent un bisbe.

—Hahaha... hola!

—Hola!

—Ja sé l'obra que anirem a veure i tot.

—No hi ha coples però crec que li agradarà.

—Segur que sí, ja només quan sàpiga que ens has organitzat per ella, no sé què pot fer més goig a una mare —la Mireia veu que se li comencen a entelar els ulls.

—Judit, jo... No em puc imaginar...

*

Usurers, escanyapobres, desgraciats... La Montserrat anava cap al taulell de la fonda remugant que, de sobte, estava travessant un prat d'espígol. I va començar a perdre embranzida. *El mateix tic de posar-se bé el coll de l'americana*, li estava reconeixent en aquella noia que havia preguntat per ella. Les cames li fallaven. *La taqueta de la galta*, li recordava com si fos ara. El taulell cada cop més lluny. *Bruna de cabells com jo*, li sabia del cert. Amb prou feines s'aguantava dreta, la Montserrat. S'estava emborratxant d'espígol i a punt de perdre el coneixement i tot. *No pot ser.* Es va aguantar fort al marbre. *No pot ser.* Mirava de trobar una mica d'aire entre tota aquella fragància. *No pot ser*. Però l'espígol no afluixava. *No pot ser.* Bon dia, he demanat per la Sol Montserrat Sagalés, és vostè? I ara encara era més intens, l'espígol. *No pot ser.* Perdoni, no s'espanti. *No pot ser.* Tranquil·la, que no li vull cap mal. *Marona, pot ser?*

Ja ho crec que ho era. I s'havia fet una dona de cap a peus, la serpeta que se li va escapar de dins a la Montserrat. Ara la tenia al davant i veia que se la mirava amb una urgència, amb un desfici... La Montserrat ho va llegir com els trons que anuncien la calamarsada. I ja tenia el moll dels ossos glaçats abans de caure cap gota: no m'ho podràs perdonar mai i jo, jo... Es va tapar la cara i va començar a sanglotar. Com si se l'hi haguessin endut per segona vegada.

La Dora no havia perdut passada i va sortir de la cuina com un coet. Sigui vostè qui sigui, ¡pa'rriba, mañas! Va agafar la Montserrat pel braç, la va tibar i va dir a aquella desconeguda que la seguís: en un no res ja les tenia assegudes al pis de sobre la fonda. No s'amoïni, de seguida marxaré, li va dir a la Dora abans que corregués a deixar-les soles. Es va girar cap a la Montserrat, que no podia parar de plorar, i es va disculpar: perdoni'm, no sabia com fer-ho per estalviar-li el tràngol, si trucar-la primer per telèfon, si dir-l'hi per escrit... Però ja no podia esperar més... I li va agafar totes dues mans amb aquella urgència, amb aquell desfici: No podia esperar més per conèixer la dona que el 2 de setembre del 1971 em va portar al món.

La Montserrat li va deixar anar les mans i es va tornar a amagar darrere la cara. I allò ja no eren brams ni plors: allò eren cinquanta anys de pena desabrigant-se-li i brollant-li a raig.

La filla de la Montserrat es deia Judit i no va marxar de seguida, no. Havia vingut a anunciar-li *soc viva i soc teva, mare, aquí em tens*. I ara sí que ja no tenia cap pressa. Ara tindria tota la paciència del món.

*

—No t'ho pots imaginar perquè és el millor que he viscut, i no només és cosa de les pel·lícules. Tot ve quan toca, i a mi m'ha arribat quan m'he quedat sense pare i mare, és un regal de la vida, Mireia! Quan remenant paperassa va sortir l'expedient d'adopció no m'ho podia creure, i quan una advocada amiga meva em va dir que l'havien localitzada a Barcelona mateix, vaig estar en xoc dos dies! Els pares eren fets a l'antiga, no els jutjo, i a l'avi que no em va voler, tampoc.

—La Montserrat està que no cap a la pell, mi-te-les com riuen amb ma mare.

—Li va costar el seu temps, deixar-me de jurar que ella no m'hauria donat i creure's que jo no li tenia cap retret, si tenia setze anys, si era una nena! El que compta és que ens hem trobat i ja fa mig any que estem juntes.

—I jo que l'he tinguda sempre... —a la Mireia li torna a venir aquell rau-rau—, i tot just ara la començo a valorar.

—Una que descobreix la mare i l'altra que la redescobreix, no estem tan lluny.

—Tu tampoc tens fills, oi?

—No, ni germans, per això dic que és un regal, mira quantes donasses he guanyat de cop!

Les donasses convocades a la festa de jubilació de la Dora són: la Montserrat i sa filla, la Judit; la Gabriela, la Lana, la Mireia, la Pili i l'Àstrid. Queden que la Mireia enviarà les invitacions, la Judit s'encarregarà del pòster i la Gabriela del piscolabis abans d'anar a teatre.

I ja poden passar els dies, va, ràpid, ràpid.

FESTA DE JUBILACIÓ DE LA DORA EN TRES ACTES, anuncia la targeta. *A les quatre, massatge cervical o manicura a la Perruqueria Yang. A les sis, brindis a Can Montserrat, avui tancat per celebració. I a dos quarts de vuit, funció a la Biblioteca de Catalunya!*

Totes l'han rebuda a la bústia. A la Dora l'hi van a portar en mà la Mireia, la Pili i l'Àstrid. Han conxorxat el Paco perquè no se li escapés a fer cap encàrrec a l'hora justa. Ding, dong! Les tres juntes? ¡Miedo me dais! I quan mira la invitació i es veu a la foto de la tancada de Motor Ibérica: ¿Y eso? Queda de pedra. Doncs que es jubila la nostra artista i no ens estem de res!

La fan empolainar i se'n van amb metro cap a Gràcia. La Mireia és tutora de la nena de la perruqueria i han agafat confiança amb la mare.

—¡Hola, guapa! —ja les esperava i de seguida les surt a rebre.

—Hola, Wenling, et presento la meva mare.

—¿Y tú jubila? Tu molt jove! —després de la floreta, la Wenling fa dos petons a la Dora i les convida a totes a entrar cap dins. Les reparteix, dona instruccions, i comencen a circular tovalloles, llimes i esmalts. La Wenling ha fet venir reforços per poder-les tenir a punt a totes vuit en menys de dues hores. I amb una traça, que posa ajudants i clientes en solfa.

Amb les contractures exterminades i unes ungles de revista, ja és hora de remullar-ho. La Montserrat fa entrar la Dora a la fonda la primera. Que li faci efecte el senyor retrat que ha fet aguantar a sobre del taulell. Fa un metro de llarg i mig d'ample. I hi han sobreimprès un peu i un copyright: *Una artista en lluita a l'església de Sant Andreu de Palomar*, © Pilar Aymerich, Barcelona 1976.

¡Ahí va, mañas!, es mira el pòster de dalt baix i li pica per riure. Però li dura poc. Perquè l'onada d'aquells dies va pujant. I pujant. Una onada que li du record de l'empenta. De l'organització. De la resistència. De les confidències. De les lliçons. De l'alegria. I s'abracen fort amb la Pili, que també ha de córrer a mocar-se. I com que avui serà un dia llarg d'aplaudiments, que els primers comencin ara!

Pels que no van tenir al seu dia les dones de la tancada de Motor Ibérica.

I pels que no han tingut encara.

La Montserrat busca l'hora al rellotge del menjador. I veu

que ha d'estroncar el picar de mans: Va, mosses, que farem salat! I se'n va amb la Gabriela cap a la cuina. En surten amb un bé de déu de tamales, de causa limeña, de papas rellenas, de tequeños, de gotets de ceviche i de copes de pisco sour. La Dora ja se n'ha pimplat tres i diu que prou brindis, que nos van a echar del teatro antes de empezar. Les delícies peruanes els han obert la gana i eixirivit l'esperit. No podien haver preparat millor el terreny.

I arriben a la Biblioteca de Catalunya. El xicot de la barba els diu on han de seure i prenen posicions. La Gabriela, la Lana i la Pili no havien vist mai teatre a la nau gòtica. I la sorra que trepitgen i els arcs que coronen el sostre ja són un primer espectacle. La Lana, que només ha estat al Grec, comenta amb la Gabriela si a Barcelona en sabran, de fer funcions dins d'un teatre com els de tot arreu. I ara es va escanyant la musiqueta que se sentia a l'entrar. L'Àstrid s'afanya a enviar un whatsapp a sa mare: *Ja dormen, les nenes?* El xicot de la barba tanca portes. La Judit i la Montserrat s'estrenyen fort. *Al Atlal, Cançó per a la meva mare*, llegeix la Dora del programa de mà. Aviam què serà, que con tanto trajín ni sé a qué voy. *Tot el que dirà aquesta filla és el que jo no et sabré dir mai tan bé.* Però la Mireia només li fa baixet: Molt millor, mama, tu ves llegint els sobretítols i aviat sabràs el què.

I comença la funció.

Tres músics a la penombra preparen guitarra, llaüt i teclats. L'esperen. S'il·lumina la cortina de fons i surt ella. És Norah Krief, una actriu francesa que a la boca hi ha tingut sempre els grans déus: Shakespeare, Molière, Ibsen, Txékhov... Posar ànima a les seves paraules li ha valgut premis, renom, prestigi. Però un dia, a la boca hi va trobar a faltar el gust del cafè que feia sa mare. Hi va trobar a faltar l'àrab, el seu idioma, la música que escoltava, les cançons que la feien volar cap al seu país. Perquè quan veia la mare preparar el cafè amb la *zazoua* al petit jardí de casa a la banlieue parisenca, quan la veia abocar-hi una gota d'aigua de tarongina amb aquell ritual, quan la sentia taral·larejar amb aquella fiblada de nostàlgia *Al Atlal* de la seva estimada Oum Kalsoum... a la petita Norah Krief no li agradava, gens, la refusava. Ara sa mare és morta i és amb aquest espectacle que la convoca. És amb la seva cançó d'enyor que Krief li diu *j'espère que je ne t'ai pas blessée, mais je voulais tellement être française, pour que l'on ne puisse pas se moquer de nous. Espero no haver-te fet mal, però volia tant ser francesa, ho volia perquè ningú no es pogués burlar de nosaltres.*

Després de la música, les paraules per entendre-la. Per entendre's. I Norah Krief traça la proesa d'una mare jueva de Tunísia migrada a la França dels seixanta. Es dol de la distància que la *integració* va imposar entre elles, recrea la infantesa al París que no surt mai a les postals, es reconnecta amb les seves arrels tunisenques, i torna a cantar la cançó del principi: *Al Atlal*. I ara que tothom ja sap què significa per elles, ara que tothom ja sap a qui s'ha vingut a honorar, pocs ulls queden que no s'hagin envermellit. L'aplaudiment és dels que fa mal a les mans i al cor.

La Mireia mira de reüll sa mare i al mateix instant de voler-hi parlar, l'actriu demana silenci.

S'encenen els llums de sala. Es treu de la butxaca un paperet per dir-ho en català i llegeix: *Com que sabem que sou moltes les filles que veniu a veure aquesta obra amb les vostres mares, us volem fer protagonistes.* Xiulets i clap-claps tornen a omplir la nau gòtica. Norah Krief somriu, demana un momentet amb el palmell de la mà i reprèn: *Us volem demanar si voleu compartir amb nosaltres un écho de nostalgie avec votre mère. Aquí teniu el micro!* I l'ofereix amb els braços oberts.

La Mireia no s'ho fa dir dues vegades. I per sorpresa de totes, que es miren incrèdules: Ha aixecat la mà! La Mireia ha aixecat la mà! El xicot de la barba li acosta el micro sense que la Dora hagi tingut temps de desenganxar els llavis.

El meu eco de nostàlgia és els dissabtes al matí, quan la

mare posava les seves cançons a tota vela perquè ens despertéssim, diu d'una tirada. La Dora es tapa amb totes dues mans. La Mireia les hi desenganxa i segueix: A mi em feia vergonya perquè eren coples i les trobava carques, però la meva mare les canta de meravella, i com que tinc la sort de tenir-la aquí al costat, potser us en voldrà cantar una.

I bona cosa ha deixat anar! Tothom dret, tothom picant de mans, tothom mirant la Dora, *s'il vous plaît!*, *s'il vous plaît!*, li prega l'actriu des de baix.

Qui és que deixa un públic així amb les ganes, eh?

I la Dora va baixant els graons de bracet amb el xicot de la barba i va dient *mi hija es el caso, ¡es el caso!* Però la Dora també sap com les gasta una professional. I quan són a l'escenari té una petició: ¿Hay algo de eso por ahí? Tenim de tot! I mentre el xicot de la barba s'esquitlla per trobar-l'hi, l'actriu francesa li dona les gràcies i li fa passar els nervis amb una abraçada. El guitarrista li pregunta què cantarà i va assajant els acords per acompanyar-la. I ja té aquí el vano i el mantón de Manila: l'atrezzo que necessitava l'artista.

Els llums de sala s'apaguen.

Tothom fa silenci.

La cortina de fons es torna a il·luminar.

I la música arrenca.

La Dora la paladeja. Se n'empelta. No té cap pressa. Es lliga el mantón de Manila amb tot el cerimonial i comença a senyorejar el teatre de la nau gòtica. Amunt i avall, amunt i avall. Ben igual que si hi tinguessin la Faraona. Repica el vano contra el pit. Un, dos, tres cops. Alça el braç i el fa voleiar com una serpentina. I amb un gir de canell el plega. I canta:

En el café de Levante
entre palmas y alegrías,
cantaba la Zarzamora

La Montserrat no s'ho pot aguantar. La tabarra que li ha arribat a donar amb les coples... I s'aixeca amb el primer *Olé!*

Se lo pusieron de mote
porque dicen que tenía,
los ojos como las moras

Però la Judit la fa tornar a seure, que allò va de debò, que el públic està entregadíssim, que la Dora sembla que no s'hagi mogut dels escenaris. I va interpretant la cançó, ella.

Los flamencos del Colmao la vigilan a deshora,
porque se han empestiñao
en saber del querer desgraciao
que embrujó a la Zarzamora

La Mireia va tard però hi ha caigut ara. I treu el mòbil. I la Pili i l'Àstrid fan igual. Si no ho graven, el Paco, el Jordi i la tía no s'ho creuran.

De aquello que hablaron ninguno sabió,
mas la Zarzamora lo dijo llorando,
en una coplilla que pronto ha corrío
y que ya la gente la va publicando
¿Qué tiene la Zarzamora,
que a todas horas, llora que llora
por los rincones?
Ella que siempre reía,
y presumía de que partía los corazones...

I ara la Montserrat hi torna perquè ja no és sola: ara els olés van que volen! La Gabriela i la Lana al·lucinen. I també s'hi apunten: Olé!

Que publiquen mi pecao, y el pesar que me devora.
Y que to's me den de lao,
al saber del querer desgraciao
que embrujó a la Zarzamora

I ara sí que s'acaba la funció. Norah Krief i els seus músics surten a saludar. Eufòrics ells i eufòrics els espectadors. I no deixen que la Dora marxi a la seva butaca. De cap manera. Tant sí com no volen que també ella es banyi d'aquella sonada ovació.

Que dura.

I dura.

I va durant.

I la Dora sent com li comencen a bombar els pulmons. Com se li obren els narius. Com se li obre la boca. I com li treballen per xuclar-li tot aquest vespre. Amb quin delit l'aspiren! Zup! I ja el tenen! Fins a l'última partícula. I l'hi escampen per tot els canals de la memòria perquè se'n ben infli.

I esclar que cada dia l'haurà de deixar anar, la Dora. Rebentaria, si no. I a miquetes, que ho farà. A miquetes. A miquetes. A miquetes anirà tornant el vespre que es va quedar tot per ella. Fins que amb l'última miqueta li arribarà l'hora. I ja no li tindrà cap retret a la vida. Ni cap por a la mort. Perquè és aquí. En aquest escenari de sorra: el paradís a la terra que havia estat esperant la Dora.

Un sopar sense Tupperware

La meva germana i jo ens vam inventar un joc. Un joc que requeria un furt. L'article a pispar el baixava la meva mare d'Andorra i el tenia amagat a l'últim calaix del taquilló de l'entrada. La meva mare no era fumadora, però aquells cigarros... Eren tan indiscutibles com el menú, quan tenia les seves amigues a sopar. I no m'estranya. He fet un fact-checking de memòria a Google i diria que la magdalena de la seva joventut ha de fer olor de tabac Sobranie of London. En concret, olor del *cocktail* de cigarrets que es presentaven en gamma de colors pastels i filtre daurat. Una capsa de bombons de l'*épicerie* més *fine* no té aquella presència. No sé com no em vaig viciar, amb un reclam tan atractiu cridant-me *fuma'm* cada vegada que travessava el rebedor.

Pel nostre joc també eren indiscutibles, els cigarrets pastel. Quan ja els teníem confiscats, ja ens podíem embetumar amb una mica de pintallavis, lligar un mocador al coll i servir-nos un got de *tang* fent veure que era bourbon, que ja estava: ja podíem jugar a *Lauris*.

Fèiem veure que érem amigues. Unes amigues que es posaven a comentar els descapotables que s'havien comprat. En plural. Igual que les festes que havien fet i que farien al ranxo, les destinacions on tenien previst passar el weekend, les destinacions on tenien previst passar les holidays... I fèiem un glop de bourbon.

—Ai, quina vida, Laurie!

—Un no parar, Laury!

Perquè aquests eren els nostres noms: Laurie i Laury. Així,

ben diferenciada la grafia. Ben copiada dels títols de crèdit que ens llegíem fins al copyright quan s'acabava l'episodi de Dallas, de Dinastia, de Falcon Crest, de Santa Barbara... De qualsevol de les sèries tan instructives que al voltant dels onze anys pescàvem a tota hora a la tele. I que ens cruspíem com les olives que sempre teníem per picar: una darrere l'altra, seguides, gluc, sense ni mastegar. Pinyol, opulència, anxova, misogínia, cogombret, abusos de poder... tot cap dins. Tot avall.

Fumar bé era molt important per la representació d'aquells mons fabulosos. Ma germana hi tenia la mà trencada. Així no, burra!, i em corregia la pinça dels dits quan jo ho imitava sense cap credibilitat ni glamur. Un pic els hi havíem agafat el traç, com els anàvem pipant, aquells Sobranie of London! Com carreteres. Com havia de ser, evidentment. Si no fumaves no eres gran. No eres independent. No eres guai. No eres americana. No eres una *Lauri*.

De què treballaven les Lauris no calia recrear-ho: les Lauris no fotíem brot, evidentment. Les Lauris érem riques. Fumàvem, conduíem, anàvem de festa en festa, viatjàvem, bevíem bourbon i no érem gens com la nostra mare, evidentment. No érem gens com ella ni com cap de les amigues que sentíem riure a l'altra banda del passadís, *sisplau*. Més enllà dels cigarrets pastel que els hi grapejàvem i els hi bavejàvem, ja em diràs què podien tenir elles que ens pogués fer imaginar una vida digna de pel·lícula —que per nosaltres volia dir digna de sèrie de televisió. Si elles *només* eren mares. Nosaltres érem Lauris. Americanes, guais, independents. I, evidentment, sense fills. Sense cadenes, sense noses, amb tot el camp per córrer, lliures com el vent, senyores del propi destí, les Lauris.

Preguntar-se què podien tenir les nostres mares també era preguntar-se què podien tenir *de millor* que els nostres pares. I en aquesta comparativa també perdien. En aquesta comparativa tampoc els hi trobàvem res més que els cigarrets pastel.

I és que ja podem sortir tota la humanitat d'aquesta copa

de carn sagrada que és l'úter, ja. Que la copa que compta per tota la humanitat és la de metall insípid que alça l'heroi: la copa d'ells, la dels nostres pares. I esclar, per més que per fora ens hi assembléssim, costava identificar-s'hi: costava voler ser de l'equip de les nostres mares. Si el que volies era guanyar de debò, esclar. I oi tant. Tu no volies l'aplaudiment escarransit i domèstic que el diumenge celebrés un arròs, una vedella amb bolets, uns canelons. No. Tu volies l'aplaudiment cabalós, públic i cada dia, a poder ser. L'aplaudiment que et celebraria vocacions, talents i dons, i que et recompensaria amb una nòmina bitllo-bitllo perquè et poguessis pagar la teva vida de Lauri —o *la il·lusió capitalista de*, ja m'enteneu. L'únic aplaudiment que compta per la humanitat encara ara, volies tu: el que s'enduien ells, el que s'enduien els nostres pares.

De fet, allò que l'úter és la copa de carn sagrada ho arribes a saber molt tard i per accident, com aquell qui diu. Perquè t'ho escatimen a l'escola, t'ho escatimen a la universitat, t'ho escatimen als llibres, t'ho escatimen a l'art, t'ho escatimen als mites, t'ho escatimen als rituals, t'ho escatimen a la ciència... Te les extirpen de tot relat oficial, les potències de les nostres mares. En canvi, que néixer, en majúscules, el que es diu néixer-néixer, es neix *en realitat* d'un home, això sí que t'ho inculquen aviat. I amb tota la pompa, que t'adoctrinen en dues obsessions fundacionals que si no fessin plorar farien riure: la fantasia bíblica que Eva *neix* de la costella d'Adam i la fantasia grega que Atenea *neix* del cap de Zeus. I de capgirar les lleis més elementals de la biologia i usurpar el poder real de les dones, a tractar-les d'éssers amb tara, a menystenir la gestació, a emmordassar la maternitat, a controlar la reproducció, a esclavitzar la seva sexualitat i a subjugar-les només hi va... Només hi va tota la cultura occidental. En pes.

Un exemple, un tòtem. Èsquil, pare de la tragèdia grega, va tenir el valor de sentenciar per la posteritat: «No és la mare, la que dona a llum el que anomenem el seu fill: ella només nodreix el germen sembrat en ella. El qui dona a llum és l'home que l'ha fecundat». Au.

Fredament costa de creure, que tothom, segle rere segle, l'hagi comprada, la fal·làcia d'una herència purament masculina. Que tothom segle rere segle l'hagi comprada, l'anihilació del naixement matern —¿que potser és casualitat, que l'òrgan crucial per l'embaràs, l'òrgan que negocia entre mare i fetus, sigui l'òrgan humà més ignorat i proscrit? Té tota la intenció, que la placenta ens la tinguin tancada al quarto de les rates, al costat del clítoris. Tota.

Però passa que tu encara no hi has arribat, aquí. Tu, que sense haver-ne vist mai cap, ja saps que tindràs *enveja del penis*, trigaràs, trigaràs molt, a desemmascarar l'*enveja de l'úter*. I esclar que te'l beus a galet, el romanço de la *creació paterna*. I el fal·locentrisme freudià. I el que faci falta. Com tothom, tu no seràs menys. I dones per indiscutibles tots els *fonaments de la civilització europea*. I qui no. I t'hi assimiles, per més barrabassades que diguin de les que són *com tu*, oi tant. I sí, sí, definitivament, si ho pots evitar, tu no seràs de l'equip de les nostres mares. No pas. Tu no seràs el mer receptacle, la subalterna, la que no existeixi, la que no ostenti l'autoritat, la que no s'honori mai enlloc. La que sempre es quedi amb el cul sec de la coca, tu? De cap manera.

I arriba un dia que maten el J. R. Que l'Alexis Carrington i l'Angela Channing també tenen el seu càstig, que s'inventen noves sèries, que a la teva germana i a tu ja no us cal jugar a Lauris, que algun cotxe t'has comprat, i tastat el bourbon, i anat a més d'una festa, i vist el món per un forat, i trobat i llegit les teves tòtems, les que no s'han deixat combregar pels patriarques de la *cultura occidental*, i... Te n'adones de l'abast. De l'encigalada. Còsmica.

Després de posar-te les mans al cap, et treus la bena dels ulls, te'ls fregues, i veus que les dels cigarrets pastel, atenció Lauris del món, les que trobàvem que *només* eren mares, les de l'equip perdedor, les de l'aplaudiment escarransit i domèstic, les extirpades del relat oficial, els mers receptacles, les subalternes, les que no existeixen, les que no ostenten l'autoritat, les mai honorades enlloc... Elles: no és que sempre ens cedissin el tall de coca més flonjo, no, és que ens van cedir la seva empenta, la seva gosadia i la seva llibertat senceres. Perquè i tant que tenien potències, les nostres mares. I per alimentar totes les centrals elèctriques del planeta.

I ara que ho saps, ja no les has de comparar amb ningú. Ara la pregunta que et fas és una altra: Sense la meitat de la humanitat que té el poder de donar vida-vida, sense les dones de qui vam néixer-néixer, sense les mares que ens van parir-parir, sense les que van arribar a estudiar magisteri, o infermeria, o secretariat, o res, sense les que no es van poder sentir *algú* al món i van haver d'enterrar ben fondo els seus anhels més fondos per criar-nos: Què, nosaltres?

Doncs poca cosa. I de poca cosa haurem servit, si les que hem pogut triar quin *algú* volíem ser no movem un dit per esbombar la grandesa que també hi ha a les seves vides, la veritat.

I ara, si em disculpeu, ja em truquen al timbre...

—Que sí, que ara et responia que he arribat bé... Si ni m'he tret la jaqueta, recoi, pesada que és ma filla.

—Doncs el meu és interessat, mira, whatsapet: si demà al matí estaré *operativa*, pregunta, que han d'ensenyar Barcelona a no sé qui que els ve de la France i la canalla per mi. Un dissabte que sopo fora, un dissabte, quina creu, senyor!

—És el de la...?

—El de la vasectomia, sí noia. El que vaig estar a punt de fotre a dins del quiròfan jo mateixa. Tu no facis aquesta cara i encén la gravadora, nena, que nosaltres ja no tenim cap vergonya.

—Esgarrifada, quedaràs, nena, que t'ho diguin a la fonda, si no!

—Hola!
—Holaaaaaa!
—La meva sòcia ara ve, que aparca.
—Que què?
—Que aparca.
—No, això ja ho hem entès, el que no s'ha sentit bé és *qui* aparca.
—La meva dooona...
—Ara t'escolto!
—La teca: abran paso! Hala pues, a comer.
—A ver si les gustará...
—No quedarà ni el paper de plata, si cuines com els àngels!
—Un moment, un moment: abans de tocar res s'ha de beneir la taula. Va, a fer dentetes als xafarders de l'Instagram, noies, i al cas, que si no me la feu repetir vint vegades: Lluíiiiiis!
—Aviam, nena, jo volia dir d'entrada que al llibre has de posar que les dones no ens deixem acovardir, per més en contra que ens vingui tot. Que el jovent sàpiga que les normes se les poden passar per l'arc del triomf, que si a mi m'ho arriben a ensenyar, hauria guanyat vint anys.
—I tant, encara correria, el que em volgués atrapar per casar, si hagués sabut com era la vida.
—Jo si tornés a viure voldria ser gos de casa bona, ni de broma, tants farts de pencar.
—Els dimonis se m'emporten quan sento que diuen *les que no han treballat.* Les que no hem cobrat, no et fot! Perquè de feina tanta o més que qualsevol assalariat i mai un duro.
—O les que hem treballat a dintre i a fora, quina ensarronada, també.
—Però la nostra feina que no ens la toquin, això també s'ha de dir. Jo em llevava a les sis, deixava tots els àpats a punt i em dutxava. I quan posava un peu al carrer per anar cap a Metalux pensava, ara sí!, ara aquesta sí que soc jo!

—Vosaltres perquè us van pagar uns estudis, no te joroba, y tú encima encontraste un buen despacho.

—L'ambient de l'empresa era fantàstic, tens raó. Ara, si hagués sigut un home, l'amo no m'hauria fet prendre-li la pressió.

—Quins nassos! La pressió?!

—Ja ho crec, cada dia ho havíem de fer una de les noies del despatx, amb la maquineta que tenia al calaix. I fer-li el te, i que no hi caigués cap fulla, sobretot, i que la llet fos de la Granja Santa Clara. I a les cinc en punt, que ens el feia portar.

—Com si hagués sortit del Palau de Buckingham, tu!

—Abans que em passessin a ginecologia i obstetrícia, estava a consultes amb un metge que fumava a dintre, com tots a l'època, però al meu li queia la cendra a sobre de les receptes i ni l'apartava. Jo no ho podia sofrir i un dia li vaig dir: cada cop que vostè encengui un cigarro davant del pacient, jo l'hi apagaré. Em va mirar amb cara d'aquesta infermera s'ha tornat boja, però al cap d'uns quants dies ja s'esperava que el pacient hagués marxat, per fumar.

—Parlant de tabac...

—Oh!

—Els cigarros que portaves d'Andorra!

—I tant!

—Eren bons, però sempre es poden millorar.

—Què vols dir?

—Que us he portat una mica d'*avemariapuríssima* per perfumar-los, aquesta era la sorpreseta.

—Ets l'hòstia, de debò?

—De debò, de debò, en vaig aprendre pel càncer i de tant en tant no fa mal a ningú.

—Això no ho treguis al llibre, eh, nena.

—Un porro rai, ja veurà quan les que hem tingut fills comencem amb el sang i fetge dels parts...

—Calla, calla, quin suplici vaig passar quan havia d'anar de ventre, mare meva, amb aquells punts!

—I les morenes? El ginecòleg no hi donava cap importància i te'n podien sortir així de llargues, com una botifarra, i quan t'asseies, t'hi asseies a sobre i no sabies si era la morena o si també t'estava sortint un tros de ves a saber què pel forat del davant. Verge santa, que verdes que estàvem i que deixades de la mà de déu.

—Jo vaig avorrir el caldo de gallina i la llet d'ametlles, que decían que iba bien pa dar el pecho, pero mis cuquines nada de peso, y me los tuve que criar con biberón.

—Et xuclen les metes, la paciència, els calés... t'ho xuclen tot, els fills.

—I que no és maco?

—Hahaha!

—Preciós, és!

—El meu ex va descobrir que era pare quan el nano es va apuntar a jugar a futbol. Abans, res.

—El meu ni ara que té nets, em penso que sap que un dia va ser pare.

—¿Se imaginan? ¿Poder parir y ya?

—Has d'escriure que voldríem haver fet més la nostra, i no tant viure pels altres.

—Pels pares, pels fills, pel marit, pels sogres, pels nets... Si es que no acabas nunca, ¡maña!

—I alto, que quan dic fer la meva, et parlo de posar-me a llegir un llibre una tarda, tampoc no et pensis.

—Doncs això ja sembla la lluna.

—Però si no fas res para tú misma te vas caldeando, y te tienes que cuadrar.

—Sí, perquè les renúncies no les tens païdes, per més que t'ho pensis.

—Sempre et sents per sota, sempre et pesa, no haver pogut ser qui hauries volgut ser.

—O haver-ho provat, si més no.

—Igual que ho proven ells.

—Va, noies, que em sembla que és hora de treure les postres de xocolata, destapar el cava i posar musiqueta, va.

—Això, això, que no decaiga, ¡que la noche es joven!

—Però res de Serrat ni de Maria del Mar Bonet, eh.

—A mi el *despacito* me sale que ni pintao.

—La Rosalía, nena, posa la Rosalía.

—I fem un brindis, va.

—Per nosaltres: per arribar fins aquí i perquè encara ens queda corda per estona!

—I per les que ja no hi són: per elles!

Per totes.

Índex

Comentari del jurat

El jurat per majoria ha reconegut un calidoscopi de veus femenines, de diferents generacions i classes socials, que s'entrecreuen en una suma d'històries amb una mirada crítica i realista i una llengua àcida i esmolada.

Els Premis Sant Jordi

1961 **L'últim replà** · Josep Maria Espinàs
1962 **Balanç fins a la matinada** · Manuel de Pedrolo
1963 **L'ombra de l'atzavara** · Pere Calders
1964 **La visita** · Ramon Folch i Camarasa
1965 **La derrota** · Estanislau Torres
1966 **El carrer de les Camèlies** · Mercè Rodoreda
1967 **39° a l'ombra** · Antònia Vicens
1968 **Un lloc entre els morts** · Maria Aurèlia Capmany
1969 Desert
1970 **Nifades** · Josep Maria Sonntag
1971 **Fes memòria, Bel** · Vicenç Riera Llorca
1972 **L'enquesta del Canal Quatre** · Avel·lí Artís-Gener
1973 **La casa encesa** · Miquel Àngel Riera
1974 **Pinyol tot salivat** · Josep Albanell
1975 **Un regne per a mi** · Pau Faner
1976 **El temps de les cireres** · Montserrat Roig
1977 **Coll de serps** · Ferran Cremades
1978 **Un home qualsevol** · Jordi Carbonell i Tries
1979 **La senyora** · Antoni Mus
1980 **L'espectacle** · Joan Mas i Bauzà
1981 **Evangeli gris** · Vicenç Villatoro
1982 **Christian** · Toni Pascual
1983 **La teranyina** · Jaume Cabré
1984 **Al meu cap una llosa** · Olga Xirinacs
1985 **Els colors de l'aigua** · Isidre Grau
1986 **Les primaveres i les tardors** · Baltasar Porcel
1987 **Posicions** · Ricard Creus

1988 **Retrat de Carme en penombra** · Agustí Alcoberro
1989 Desert
1990 **Línia trencada** · Ferran Cremades
1991 **El sol de la tarda** · Robert Saladrigas
1992 **Cames de seda** · Maria Mercè Roca
1993 **La salvatge** · Isabel-Clara Simó
1994 **Gràcies per la propina** · Ferran Torrent
1995 **Els fantasmes del Trianon** · Nèstor Luján
1996 **El misteri de Berlín** · Jordi Mata
1997 **L'atles furtiu** · Alfred Bosch
1998 **El Quincorn** · Miquel de Palol
1999 **El llibre de les mosques** · Emili Teixidor
2000 **Sota la pols** · Jordi Coca
2001 **No miris enrere** · David Castillo
2002 **Purgatori** · Joan Francesc Mira
2003 **La meitat de l'ànima** · Carme Riera
2004 **La ciutat invisible** · Emili Rosales
2005 **El metall impur** · Julià de Jòdar
2006 **Sayonara Barcelona** · Joaquim Pijoan
2007 **Les senyoretes de Lourdes** · Pep Coll
2008 **El nas de Mussolini** · Lluís-Anton Baulenas
2009 **Se sabrà tot** · Xavier Bosch
2010 **L'home de la maleta** · Ramon Solsona
2011 **Crim de sang** · Sebastià Alzamora
2012 **Plans de futur** · Màrius Serra
2013 **Dies de frontera** · Vicenç Pagès Jordà
2014 **L'àguila negra** · Joan Carreras
2015 **La vida sense la Sara Amat** · Pep Puig
2016 **El setè àngel** · David Cirici
2017 **Jo soc aquell que va matar Franco** · Joan-Lluís Lluís
2018 **Digues un desig** · Jordi Cabré
2019 **Les amistats traïdes** · David Nel·lo
2020 **L'aigua que vols** · Víctor García Tur
2021 **Morir-ne disset** · Sergi Belbel